AF387345

„Liebe ist die Urquelle des Kosmos“
(Quantenphysiker Hans-Peter Dürr)

Dorothea J. May

Dreitausend und eine Nacht

Zeitreisen der Liebe

Roman

Dank

Von Herzen Dank an Philippe und seine zeitlose Liebe.

Dank an Lukas für seine tatkräftige, liebevolle Unterstützung und seine lachenden Träumereien.

Dank an Maria, die mit ihrer funkelnden Begeisterung dieses Buch reanimierte.

In größter Dankbarkeit neige ich mich vor meinen Eltern und meiner wunderschönen und weisen Tochter Anna-Giulietta, meiner Meisterin.

INHALTSVERZEICHNIS

ABSCHIED

Chet Bakers unnachahmlich zarte Stimme verströmte
sanfte Wehmut im Raum. Diese Stimme, die direkt aus
dem Herzen des begnadeten, gefallenen Engels zu strömen schien, umwehte Amanuee und Paul.
„Ob Chet mir ein Trompeten-Solo bei meiner Ankunft
schenkt, so wie damals in Paris?" Paul der alte Schelm
grinste. Der Abend im Blue Note in der Rue d'Artois,
gleich neben dem Champs Elysees, war immer noch in
Amanuees und seinem Herzen lebendig.
„Amanuee, meine Liebe...You are still my favourite work
of art! Mein Lieblingskunstwerk!"
Der 87-jährige Paul flüsterte die Worte seiner 76-jährigen
Geliebten ins Ohr und zog sie zu sich. Sie küssten sich
zärtlich.
„Amanuee, heute ist es soweit. Ich gehe."
Er drückte ihre Hand.
„Ich wusste es."
Amanuee hauchte die Worte, als hätte sie Angst durch die
Laute ihrer Stimme das spinnwebfeine Lichtnetz, das ihren
Mann umgab, zu zerteilen. Sie lächelte ihn an. Tränen, die
sie nicht zurückhalten konnte, rannen über ihre Wangen.
Sie hatten diesen Augenblick so oft besprochen. Alles und
Nichts war gesagt. Amanuee holte einige Male tief Luft
und schluckte die Tränen hinunter.

Beide wussten, dass Veränderung die einzige Wahrheit im
Leben, vielleicht sogar die Essenz des Universums, ist.
„Ich weiß es. Lieber Paul, ich werde alles so halten wie
besprochen. Und du, melde dich, besuche mich. Vergiss

mich nicht, bei all den neuen, aufregenden Welten und Wesen, die auf dich warten!“

Sie versuchte zu scherzen, was ihr nicht wirklich leicht von den Lippen kam. Sanft streichelte sie seine Hände mit den Altersflecken, deren Haut sich wie feinste Seide anfühlte. Ihr Sein atmete dieses vertraute Gefühl tief ein.

„Meine Liebe, wie du weißt, habe ich mich in den letzten Tagen fast nur noch in anderen Dimensionen aufgehalten. Ich bin bereit. Heute verlasse ich diese Form. Ich bin im Fluss mit dem Göttlichen. Meine Zauberin, rufe mich, wenn du dich nach mir sehnst. Du weißt ja am besten, wie es geht. Vergiss nicht, wie sehr ich mich auf unser Wiedersehen in einer anderen Welt, an einem neuen Schauplatz, freue. Denk daran, dann werde ich mich dir, knackig frisch, als Adonis präsentieren oder als schneidiger Commander eines Raumschiffs, was wäre dir lieber?“

Er zwinkerte ihr verwegen zu.

Amanuee nickte lächelnd. Tränen tropften in ihren Schoß und benetzten Pauls Hände. Noch ein letztes Mal küssten sie sich zum Abschied.

„Geliebte, ich habe gerade gesehen, dass dich in nächster Zeit ein alter Kollege von mir besuchen wird und meinen Nachlass möchte. Du kannst ihm vertrauen, gib ihm alle Papiere. Ich liebe dich, mein Engel. Viel, viel Spaß bei deinen neuen Unternehmungen und schockiere deine lieben Mitmenschen nicht zu sehr, du süße, junge Revoluzzerin.“

Amanuee schnitt eine Grimasse und grinste, wie ein Teenie. Paul kannte ihre Zukunftspläne und hatte sich bei der Vorstellung davon ziemlich ins Fäustchen gelacht. Ein letztes Mal zwinkerten sich die beiden zu.

Amanuee stand vorsichtig auf, ging mutig auf die Tür zu, umfasste die Klinke, drückte sie hinunter, ging hinaus ohne sich noch einmal nach ihrem Geliebten umzusehen. Sie ließ den Sterbenden, wie ausgemacht, allein.

All-Ein mit dem Licht göttlicher, allumfassender Liebe und liebenden Wesenheiten, Frequenzen aus anderen, lichteren Dimensionen.

Paul entschlief sanft. Sein Tod trat um 00:11 Uhr ein.

Feuertiger

Eine Salve befreienden Gelächters erschütterte das kleine, bunte Grüppchen, das in der Vorhalle des Krematoriums stand. Ein lässig gewandeter, schlaksiger Junge, so um die zwanzig, riss Witze und gab kuriose Grabin-schriften zum Besten. Eine, an die er sich erinnerte, lau-tete:

Bin gleich wieder da!
Kurt Maria Klöbell
Geboren: 1.12.1913
Gestorben: 8.4.1982

Dies löste bei den Trauergästen eine um sich greifende, fast hysterische Heiterkeit aus. Das kichernde, gluck-sende, immer hemmungsloser fröhlich werdende Grüpp-chen sprengte den Rahmen der düsteren Verbrennungs-anlage. Mit eisigen Blicken bedachten umstehende Trauernde, die offensichtlich zu einer anderen Beerdigung gekommen waren, das pietätlose Pack, das so ungeniert und respektlos mit der Endgültigkeit des Todes umging. Sie konnten nicht ahnen, dass dieses Lachen und die farbenfrohe Kleidung dem ausdrücklichen Wunsch des Verstorbenen entsprachen.

Das Ereignis hatte sich in der Hamburger Gesellschaft wie ein Lauffeuer herumgesprochen: Paul Winkelmanns Tod sollte mit einem großen, ausgelassenen Fest und einer Art Performance gefeiert werden!

Winkelmanns Wunsch wurde von der Familie respektiert und in den Anzeigen dementsprechend weitergegeben. Die Trauergemeinde wurde dazu veranlasst schwarze Traurigkeits-Uniformen, Beerdigungs-Anzüge, das Kleine Schwarze, elegante, antrazithfarbene Hermes-Tücher und dunkle Prada-Täschchen gegen fröhliche Farben zu tauschen.

Paul Winkelmann war nicht *irgendwer* gewesen, sondern ein angesehener Hamburger Bürger, der viel für die Stadt und seine Menschen getan hatte. Sein Vermögen stammte aus dem riesigen Landbesitz einer alteingesessenen Hanse-Familie und war in den letzten Jahren dank seiner Großzügigkeit stark geschmolzen. Der angesehene Physiker, Arzt, Homöopath und Forscher war noch in den letzten Jahren mit hohen internationalen Preisen bedacht worden. Von vielen seiner alten Patienten, die ihn allesamt verehrten, wurde er schlichtweg als Wunderdoktor bezeichnet, was Paul Winckelmann gar nicht so recht gewesen war, galt er doch bei anderen als unseriöser Spinner und Scharlatan.

Diese Ansichten jedoch konnten ihm nichts anhaben, da die vielen, internationalen Ehrungen, Preise und Doktorhüte diese Meinungen aussagekräftig widerlegten. Neid und Missgunst hatten ihn sein Leben lang begleitet, aber immer wieder hatte er es geschafft mit seiner bescheidenen, liebevollen und bestimmten Art, die höchsten Wellen zu glätten. Berühmt war Paul Winkelmann für seine tagelangen rauschenden Feste. Er hatte lange vor seiner Abreise nach Hause, wie er es nannte, bestimmt, dass seine Beerdigung ein Freudenfest werden sollte.

Viele waren gekommen, um Paul Winkelmann das letzte Geleit zu geben. Das auffallend bunt gewandete Publikum fühlte sich in der düsteren Aussegnungs-Halle sichtlich unwohl und deplatziert. Die freundlichen Farben und legeren Kleidungsstücke, die die Trauergäste dem Wunsch des Verstorbenen entsprechend, angelegt hatten, verunsicherten sie. Nur Loyalität der Witwe gegenüber und Achtung des ausdrücklichen Wunsches des Verstorbenen hatte manche Gäste zu diesem unüblichen Schritt veranlasst. Locker und heiter zur Verbrennung der sterblichen Überreste eines Bekannten oder Freundes zu erscheinen, erschien dennoch den meisten völlig unverständlich und äußerst unpassend und provokant.

Allmählich füllte sich die Vorhalle mit immer mehr bunten Gestalten. Manche sahen etwas verschnupft aus. Jetzt erschien auch Amanuee, Pauls Frau, leichtfüßig, im weiten, grellbunten, indischen Rock mit heller Seidenbluse und einem wunderschönen goldenen Seidenschal mit üppigen Stickereien. Die 76-jährige Dame sah transparent und etwas zerbrechlich aus. Ein sympathisches Lächeln lag auf ihren Lippen. Alle die Amanuee kannten, hatten nichts anderes erwartet, oder vielleicht doch? Wenigstens ein kleines nervöses Zucken um die Augenwinkel, einen hoffnungslosen Blick oder wenigstens feuchte Wangen angesichts dieser wohl traurigsten Situation in ihrem Leben? Nichts von alledem.

Amanuee trat wie ein weiser, heiterer Engel von Grüppchen zu Grüppchen, tauschte mit jedem einige persönliche Worte aus, bedankte sich fürs Kommen und bat, auf ein Zeichen des Krematorium-Verwalters hin, die wunderliche Gesellschaft in die Haupthalle. Auf der Bühne war der Sarg zwischen herrlichen Blumen Gebinden aufgebahrt. Nicht schwarzes Ebenholz beheimatete Pauls Gebeine: Nein, sie lagen gut gebettet in einer bunten Kiste. Die Enkelkinder hatten den schlichten Fichtensarg grell und fröhlich bemalt. Er leuchtete in knallrot, zitronengelb, ultramarin-blau und türkis und sah aus wie ein Requisit der Monty Python-Truppe. Irgendwie erwartete man mit Spannung, dass sich der Deckel dieses Theaterrequisits plötzlich heben und ein lebendiger Paul, als Kasperle verkleidet, seine freche Nase herausstrecken würde. Doch nichts dergleichen geschah.

In der dumpf-kalten Atmosphäre des Krematoriums mochte, trotz aller Farbigkeit, nicht die richtige Stimmung aufkommen.

Amanuee betrat die düstere Bühne und sprach mit ruhiger und sanfter Stimme:

„Paul hat seinen Körper, den er in diesem Leben gewählt hatte, seine Hülle, hinter sich gelassen. Sein Selbst ist nach Hause gegangen, wir alle wissen nicht, zum wie-vielten Male.

Pauls Essenz, ein brillantes Licht, ein Licht, das wundervolle Liebe und Macht ausstrahlt, aber IST. Es IST jenseits von unserem Zeit- und Raumverständnis.

Wir alle sind gespiegeltes Abbild des Einen. Die Göttlichkeit, unser aller Kern, geht immer wieder auf herrliche Reisen zu ihrer Quelle.

Feiert mit mir heute das Licht, die Essenz Pauls und auch unser aller Licht und Herrlichkeit, die uns alle miteinander im Göttlichen verbindet – so hat er es sich gewünscht! Amen. So sei es! "

Sie strahlte die Gäste mit einem solch gewinnenden und attraktiven Lächeln an, dass manch einer weiche Knie bekam.

Spinnt sie jetzt völlig? Ist sie übergeschnappt? Weiß sie etwas, was ich nicht weiß? Geht das jetzt nicht etwas zu weit? Müssen wir uns das gefallen lassen? Die Fragezeichen auf den Gesichtern vieler Angehöriger und Freunde waren unübersehbar. Manch einer versuchte zu analysieren, zu überlegen, zu beurteilen, aber die Wärme und Liebe, die aus Amanuees Worten geflossen war, hatte jeden im Herzen erreicht und graue Zellen gelähmt.

Manch einer lächelte gottergeben und ein wenig säuerlich. Nur einige, wenige, allesamt aus Pauls Fangemeinde, sowie eine Handvoll Freunde, hatten keine Schwierigkeiten mit dieser Art des Abschieds.

Amanuee hatte anstatt der üblichen, klassischen Trauermusik vom Band eine fünfköpfige Zigeunerband aus Rumänien engagiert. Die Musiker hatten bereits neben der Verbrennungsbühne Aufstellung genommen. Sie fingen in dem Moment an zu spielen, als sich das Ungetüm von schwarz-violettem Samtvorhang mit einem ekelhaft quietschenden und aufdringlich brummenden Geräusch, vor dem bunten Sarg zu schließen begann.

Zu dieser Szene begannen die Musiker eine traurige und herzzerreißende Melodie zu spielen. Das Weinen der Geige riss auch noch die Fröhlichsten der Trauergemeinde in einen Strudel von Schniefen und Schnäuzen.

Eine perfekte Inszenierung. Synchron mit dem sich hinter dem Vorhang abspielenden Flammen-Inferno, steigerte sich die Musik zu einem rasanten, unwiderstehlich fröhlichen Finale. Freude und Traurigkeit wurden noch einmal heftig durcheinander gewirbelt und endeten in einer musikalischen Ekstase. Die Spannung in der dunklen Halle war gewaltig. Zurückgehaltene Gefühle bahnten sich ihren Weg: Tränen flossen, Nasen trieften, hinter geschlossenen Augenlidern wurden Erinnerungen an herrliche lustige Feste und Begegnungen mit Paul wachgerufen. Manche Trauergäste umarmten sich spontan. Manche fühlten gleichzeitig Trauer, Dank-barkeit und Lebensfreude im Angesicht des Todes. Die

Referenzpunkte hatten sich verabschiedet und alles verschwamm im Taumel des Grenzenlosen.

Die vielen Kinder genossen den Partycharakter dieser außergewöhnlichen Beerdigung. Die Kleinen spielten und tanzten um die Musiker herum und verteilten bunte Taschentücher und Blümchen an die Gäste.

Amanuee überraschte die Trauergemeinde mit fröhlichen Volksliedern und Straßenmusik. Einige aus der älteren Generation reagierten aufgebracht und entsetzt. Auch manche der Jüngeren waren peinlichst berührt und kamen nicht zurecht mit dieser ungewohnten Situation. Keiner wagte es jedoch, den Saal zu verlassen. Dies Wechselbad der Gefühle strengte an. Auf mancher Stirn standen Ärger und Ohnmacht geschrieben. Tradition und Etikette wurden gnadenlos mit Füßen getreten. In der Tat, es war niemand gezwungen worden, zur Beerdigung zu gehen. Aber Neugier und Sensationslust hatten gesiegt, und so waren sogar mehr Gäste erschienen, als erwartet worden waren. Jeder kam auf seine Kosten: Füße bewegten sich pietätlos zum Takt heiterer und mitreißender Musik, Kinder tanzten durch die Reihen. Die Klarinette jubilierte wie ein Vögelchen. Erregt, geschockt, aufgewühlt und tief berührt verließen etwa zweihundert Gäste nach circa fünfundvierzig Minuten die dunklen, kühlen Räume. Sie traten in den gleißenden Sonnenschein eines milden, sonnigen Frühsommertages hinaus.

Jetzt konnte kein einziger mehr daran zweifeln, dass Paul Regie geführt hatte: Auch die Inszenierung des Wetters zeugte von perfektem Timing. Vor dem Gottesdienst noch hatte es in Strömen geschüttet, und der Wetterbericht hatte nichts, aber auch gar nichts von Sonne verlautbaren lassen. Jetzt kitzelten wärmende und tröstende Sonnenstrahlen die Nasenspitzen der vielfach verschnupften Trauergäste.

Nachdem Amanuee, Pauls Witwe, an die hundert Hände geschüttelt hatte, stieg sie etwas ermattet in das Auto ihrer ältesten Tochter Tizia. Sie schloss ihre müden Augenlider. Flammen, Feuerrituale, zuckende Blitze, Licht und Hitze, feurige Zungen tanzten durch Amanuees Kopf. Gerade hatten sie Pauls Körper den barmherzigen Flammen preisgegeben. Die reinigende Macht des Feuerelements und die großartigen Umarmungen der Feuersalamander, in all ihrer Pracht und Lebendigkeit, hatten sie beeindruckt. Aber: Es hatte auch geschmerzt. Ihre tiefe Verbindung mit Pauls Körper hatte sich in feuriges Licht aufgelöst. Sie hatte die fließenden, lichten Äther-formen seiner Wesenhaftigkeit im Tanz mit den Feuer-geistern gesehen. Es hatte sich angefühlt, als ob sich auch ihre Haut teilweise von ihrem Körper gelöst hätte. Sie fröstelte. Sie fühlte sich nackt, gehäutet und ungeschützt. Trotz allem: Die Gewissheit der Ewigkeit, Unsterblichkeit und des Wiedersehens, des Immer-Da-Seins, waren so unumstößlich in ihren Zellen verankert, dass sie wieder lächeln musste. Ihre rechte Hand glitt an ihr Herz. Kurzfristig hatte ihr der Atem gestockt. Sie atmete einige Male tief durch, und das wirkte irgendwie erlösend. Plötzlich fühlte sie wieder Pauls Präsenz.

„Nimm deine Tigerpranke von meinem Körper", dachte sie lächelnd und fühlte, wie der Druck abnahm, wie es ihr leichter ums Herz wurde und ihr Atem wieder rhythmischer zu fließen begann.

> *„Tiger, ich liebe dich. Wilder, sanfter Tiger bis bald ...*
> *Im nächsten Theaterstück.*
> *Wie geht es dir? Wie ist es zu Hause?*
> *Komm mich bitte oft besuchen, du hast es mir versprochen."*

Ahnungen und Gedanken blitzten, wie Sonnenstrahlen, durch ihren Kopf. Sie fühlte den Windhauch im Haar und den Kuss des Geliebten auf der Stirn. Jetzt strömten

Tränen und waren nicht mehr aufzuhalten. Sie gab sich ganz dem sehnsüchtigen Gefühl des Trennungsschmerzes hin und ließ die tausend Umarmungen, die Millionen Küsse, die unendliche Anzahl geflüsterter Liebesschwüre und all die leidenschaftlichen Begegnungen noch einmal an sich vorüberziehen.

Sie wusste, Tizia war feinfühlig genug, sie in diesem Moment in Ruhe zu lassen und sie fragenlos nach Hause zu chauffieren. Nass tropfte und rann es Wangen und Hals hinunter. Wie warmer Sommerregen aus Wolken, die aus Erinnerungen bestehen.

Sein Körper würde nicht mehr neben ihr liegen, einfach nicht mehr da sein.

Der körperliche Entzug machte ihr schon seit Tagen zu schaffen. Auf ihn hatte sie sich nicht gut genug vorbereitet. Sie fühlte Paul und seine Liebe – sie fühlte die Verbundenheit mit ihm auch zwischen den Welten, mal mehr, mal weniger. Aber sein warmer, wunderbar erregender Körper fehlte ihr. Sie kannte diese Entzugserscheinungen, sie hatte sich schon einige Male in diesem Leben damit auseinandergesetzt. Sie wusste, dass es nur eine Frage der Zeit und ihrer gerichteten Aufmerksamkeit sein würde, bis sich die physischen Zellen ihres Körpers wieder an das Alleinsein gewöhnt hätten.

Meditationen würden ihr helfen. Sie holte ihre Gedanken wieder ins JETZT.

Der kleine weiße Flitzer von Tizia fuhr etwas hart durch die Kurven, die Straßen leuchteten im Sonnenlicht und die Schönheit der Stadt und ihrer Häuser tat Amanuees Herzen gut. Sie fühlte diesen Tag als frisch und jung-fräulich – als einen Neubeginn.

„Heute ist der Festtag, den Paul und ich uns so oft ausgemalt haben, ich glaube wir werden ein lichtvolles Fest feiern und Spaß haben. Tizia, wie gefallen dir eigentlich die Musiker??"

„Fabelhaft, Mami. Ich war sehr, sehr ergriffen und ich fühlte Paul ganz nah. Ich bin sicher, er ist zufrieden mit uns. Wir haben ihn nicht mit unserer Trauer festgehalten. Ich glaube, er hat heute viel gelacht. Einige unserer Trauergäste waren richtig im Schock. Hast du gesehen wie Godefroys, Linnebachs, Almsinks und Böemanns reagiert haben? Aber die wussten doch, was auf sie zukommt. Sie hätten ja nicht zu kommen brauchen. Vielleicht gibt ihnen Pauls Inszenierung doch einige Denkanstöße. Wäre doch schön für sie. Auf alle Fälle haben sie genug zu quasseln für die nächsten zehn Jahre, bis sie selbst in die Kiste gehen. Mami, übrigens der bunte Sarg hat mich dann doch fast umgeworfen. Als ihn die Kinder anmalten – zusammen mit dem scherzenden Paul, fand ich ihn gar nicht so außergewöhnlich. Aber eben mit der Vorstellung von Pauls leerer Hülle darinnen und in diesem schrecklich, grusligen Krematorium ... da hat es mir schier die Sprache verschlagen. Das hatte so eine Magie und Lebendigkeit, dass ich glaubte der Sargdeckel würde sich sekündlich heben und Pauls bleiche Hand uns majestätisch witzelnd zum Abschied winken ..."

„Tizia, wie wundervoll, mir ging es ebenso. Genau diese Spannung hat sich Paul gewünscht. Der Lump! Hat er es wieder geschafft."

Beide lachten und bogen in die herrschaftliche Toreinfahrt des Anwesens ein.

Der Straßenrand war bereits von den abenteuerlichsten Fahrzeugen gesäumt. In dieser feinen Gegend parkte am

Bürgersteig vielleicht einmal ein alter Saab oder ein VW Cabrio, nicht aber zerbeulte Renaults, Fiats in grässlichen Farben, dreckverschmierte Campingbusse und sonstige geschmacklose Rostbeulen. Der Innenhof sollte heute autofrei bleiben, und so mussten sich die edlen Gefährte mit der Nachbarschaft von billigen Blechgefährten zufrieden geben.

Der sonst wild belassene Garten vor dem Winkelmannschen Anwesen bot heute einen außerordentlich gepflegten Anblick. Der Rasen war getrimmt, die blüh-enden Blumenrabatte gepflegt, und herrlich gedeckte Tische mit weißen Damasttüchern luden zum Tafeln ein. Von der großen Wiese hatten die Gäste einen wunderbaren Blick auf die Elbe und die langsam vorbeiziehenden Ozeanriesen. In der Mitte des Festparks ragte eine riesige, exotische Skulptur mit gewaltigen Ausmaßen in den blauen Sommerhimmel. Beim näheren Hinsehen entpuppte sich die Konstruktion, die mit einer Höhe von sieben Metern recht stattlich war, als ein imposantes schwarz-weiss-rot gestreiftes Tigertier aus Pappmaché.

Paul und Amanuee hatten sich in Bali in das fröhliche Raubtier verliebt. So wurde der gewaltige Papptiger in Containern verpackt nach Hamburg eingeschifft. Das war bereits vor fünf Jahren gewesen. Erst heute wurde das majestätisch und sehr freundlich dreinblickende Tier, seiner Bestimmung zugeführt. Inspiriert durch balinesische Verbrennungszeremonien wollte sich Paul heute, mit einem ähnlichen Ritual von Freunden und Verwandten, verabschieden. Da er den Zeitpunkt seines Abgangs ziemlich genau im Voraus gewusst hatte, hatte Amanuee das imposante Tier bereits vor Monaten zusammen mit einer befreundeten Kunstprofessorin und ihrer Bildhauerklasse zum Leben erweckt.

Die Projektgruppe hatte mit einer Fotodokumentation den Zusammenbau des herrlichen Tieres zu großartigem, wild-rot-strahlendem Tigerleben bezeugt. Mit großen Plastikplanen war Paulchen-Tiger an Regentagen eingewickelt und zugedeckt am Boden gelegen und hatte sich auf heiße Zeiten vorbereitet. Paul konnte von seinem Lager aus den Fortgang der Arbeiten begutachten und kommentieren und hatte eine kindliche Freude an den Bastelarbeiten.

Tiger mit dir will ich reiten, nimm mich mit ins Licht, trage mich im Feuerwind – Lichtgestalten, die wir sind.

Heute war seine Feuertaufe. Auch Paulchen-Tiger würde in einen neuen Seins-Zustand übergehen und transzendieren. Die Vergänglichkeit wurde gefeiert. Die Künstler hatten sich bereits alle um den mächtigen Papiertiger versammelt. Ein Häufchen futuristisch-exotisch aussehender junger Menschen, die ihre Garderobe zur Feier des Tages mit Lust an Farbe und verrückten Details aufgepeppt hatten. Amanuee wusste dies sehr zu schätzen, fiel es ihr doch selbst oft schwer, nicht immer nur in ihren Lieblingsklamotten, Hosen und weitem Hemd, herumzulaufen.

Da stand sie nun, diese majestätische, freundlich dreinblickende, riesige Raubkatze. Die vier Beine mit den dicken Pranken ruhten auf einem Baugerüst aus Aluminium, an dem eine große, hellblaue Wanne mit Ästen und Papier befestigt war. In dieser sollte das Feuer entzündet werden. Die Balinesen legen den Leichnam in den Bauch der hohlen Pappmaché-Tiere und verbrennen beide zusammen. Da in unseren Breitengraden das Verbrennen von Leichen im eigenen Garten nicht erlaubt ist und erheblichen Ärger nach sich gezogen hätte, verzichteten Manu und Paul auf dieses Ritual. Aber wenigstens sollte der leere Tiger brennen – das hatten Manu und Paul über den Hamburger Kultursenat durchgesetzt. Da die Verbrennung an eine offizielle Kunstaktion mit der Akademie geknüpft war, hatten sie eine Sondergenehmigung erhalten.

Farbigkeit, Lebendigkeit und Ausstrahlung des unwirklich anmutenden Tieres verschlugen Amanuee aufs Neue die Sprache. Fast schien ihr die Skulptur wie ein gewaltiges Wesen von einem anderen Planeten, so lebendig und präsent wirkte sie in ihrer frischen Farbigkeit und den gewaltigen Dimensionen. Sie war handwerklich so außerordentlich künstlerisch und liebevoll gestaltet, dass das Tier die unvergleichlich fröhliche Sanftmut und Friedfertigkeit des balinesischen Volkes wie Liebesgeflüster in den nordischen Garten hineinwehte. Diesem exotisch verspielten Charme konnte sich niemand entziehen. Die Sonnenstrahlen zauberten einen Glanz auf die lackierte Tigerhaut, dass sie wie von einer gleißenden, heiligen Aura umgeben schien. Mit ihrem dritten Auge konnte Amanuee Paul auf dem Tiger reiten sehen, ihr eine Kusshand zuwerfend. Ein Schauer durchfuhr ihren Körper.

Nie war sie so ergriffen, wie bei humorvoll frecher und lebendiger Schönheit. Der Park und die Villa wurden mit diesem magischen Wächter im Garten in einen völlig anderen Kontext gerückt. Alles wurde unwirklich, zu einer geträumten Welt, in der Dimensionen, Räume und Zeit andere Zusammenhänge spiegelten. Alles schien sich zu verschieben und plötzlich war das Unwirkliche viel realistischer als das Wirkliche. Nur das Tiger-Wesen aus Künstlerhand schien real. Haus, Garten und Gäste hingegen wirkten wie Statisten. Paulchen-Tiger hatte die Regie des Festes in seiner papierenen Leibhaftigkeit übernommen und zog magnetisch die Gruppen der Trauergäste in seinen Bann.

Paul und Amanuee hatten zusammen in Bali eine Totenzeremonie miterlebt. Die Verbrennung der Leiche, die frühestens 42 Tage nach dem Ableben stattfinden darf, wird von Gamelan-Orchestern, balinesischer Musik und scherzenden Teilnehmern begleitet. Dieses Fest, von tagelangen vorausgegangenen Ritualen und Zeremonien umrahmt, war so fröhlich, dass Paul und Amanuee es sich für ihre eigene Beerdigung jeweils vom anderen gewünscht hatten. In Bali war der Gang zur Verbrennungsstätte traditionell durchaus kein stiller, letzter Gang, sondern eher ein ekstatisches Bad in der Menge. Hier befreite man, beim Freudenfest der Verbrennung, die Seele des Toten von der Last der fünf Elemente. Eben auch ein Fest der Veränderung.

Der Elb-Garten hatte sich inzwischen mit Trauergästen gefüllt, die Musiker ihre Geigen und Klarinetten gestimmt. Sie spielten Melodien, bei denen niemand still zu sitzen vermag. Musik so irdisch, sinnlich und lustvoll, so tanzend zwischen tiefster Sehnsucht und himmlischster Freude, dass kein Hier-Gebliebener die frevlerische Tat begehen konnte, sich vom Leben abzuwenden und der Traurigkeit eines vermeintlich endgültigen Todes zu huldigen. Amanuee vertrat die Meinung, dass das Leben jede Minute gefeiert werden sollte, da der Tod nur ein kleiner Schritt in ein anderes Leben sei, in eine andere Realität. Für sie existierte nur das JETZT. Der Sinn einer Totenfeier lag für Amanuee im Feiern des Da-Seins, in der leidenschaftlichen Hingabe an das Sein – Da-Seins-Freude. Und für sie galt es, den Dank an den Verstorbenen auszudrücken, der sich dazu bereit erklärt hatte, mit ihr und allen anderen Freunden und Feinden ein Stück seines

Weges zu gehen und zu teilen, mitzuspielen im Theaterstück, das Leben genannt wurde.

Die Gäste bedienten sich an dem einladenden Büffet, an dem weiß geschürztes Catering-Personal stand. Lange, gedeckte Tische waren aufs Phantasievollste von den Studenten der Akademie dekoriert worden. Papierne Drachen und andere Fabelwesen kämpften zwischen echten Lotos-Blüten auf weißem Damast. Die Kunstwerke sollten später als prachtvolle Grab-Beigaben mit den dazugehörigen Wünschen von Gästen den reinigenden Flammen geopfert werden. Die Wünsche wurden symbolisch durch die Fabelwesen den Flammen überbracht. So sollten sich die Gedanken in reinste, feurige und manifestierende Geist-Energie umwandeln.

Die atemberaubende Schönheit der Kompositionen wurde noch belebt von den schmeichelnden Gerüchen, die aus den überall aufgestellten Duftlampen strömten, die mit herrlichsten, ätherischen Ölen gefüllt waren. Eine Mischung von Rose und Bergamotte zog über die Tische, entspannte verkrampfte Gesichtsmuskeln und drang bis tief hinein in die Herzen. Keiner konnte sich den zauberischen Kräften und der Magie all dieser Schönheit entziehen. Alle vorgefassten Meinungen über Unanständigkeit, Unmöglichkeit und Verrücktheit eines solchen Leichenschmauses schmolzen dahin wie Eis im Angesicht der Sonne. Für einige der Gäste, die Gleichgesinnten, war diese Art des Rituals mit Freude, Erleichterung und einem singenden Herzen verbunden, hatte es sie doch ihr Leben lang nach einer ähnlichen Zeremonie verlangt und gedürstet. Sie lachten und tanzten oder standen in Grüppchen zusammen, unterhielten sich, sannen nach und badeten im Teich der Liebe.

Amanuee, von allen kurz Manu genannt, fühlte wieder Pauls Präsenz. Ihre Fähigkeiten hellsichtig zu sein hatten in den letzten Jahren zugenommen. Körperlose Wesenheiten, wie Engel, Schutzgeister, persönliche Führer und auch andere kosmische Wesenheiten, waren für sie energetisch und manchmal auch visuell wahrnehmbar. Sie spürte die kleinsten Veränderungen, Verdichtungen und Schwingungen. Sie konnte störende Entitäten erkennen, die für unangenehme Realitäten, wie z.B. Krankheiten und Süchte, sorgten. Immer wieder hatte sie ihre Fähigkeiten geprüft und mit den Erkenntnissen und Sicht-weisen anderer hellsichtiger Menschen verglichen. Sie wollte anfänglich sicher sein, dass sie sich nicht in blau-äugigen Einbildungen verlor. Ihre Freundin Ingrid besaß seit ihrer Kindheit diese nicht immer beneidenswerten seherischen Fähigkeiten. Wie oft hatte Ingrid Manu von Beerdigungen erzählt, bei denen sie klar und deutlich die oder den Verstorbenen neben dem Grab gesehen und sich mit ihm unterhalten hatte. Dabei hatten ihr die Körperlosen immer wieder zu verstehen gegeben, dass die Trauer der Angehörigen und Freunde es ihnen sehr erschwerte, in die Dimensionen des Lichts zu wechseln, die für sie ein Weitergehen und Lernen bedeuteten. Durch die oft sehr egoistische Trauer der Angehörigen wurden sie in der Erdenschwere festgehalten und schaff-ten es manchmal nicht über die Astralebene hinaus.

Lotte, die vierjährige zerzauste Schönheit, Tochter von Mattias und Anouk, kam mit ausgestreckten Ärmchen auf Manu zugerannt. Manu fing sie auf, drehte sich ein-mal schwungvoll mit ihr im Kreise und hielt sie fest im Arm. „Manu, komm, komm mit, du musst Feuer machen. Der Tiger muss jetzt brennen. Komm! Bitte, bitte mach Feuer! Bitte!" Lotte befreite sich flugs aus Manus Armen und riss sie mit sich fort und hinter sich her. Der riesige Reisig- und Holzhaufen unter dem Bauch der Skulptur wartete nur darauf entzündet zu werden. Aber die Zeremonienmeisterin Manu hatte anderes im Sinn.

„Halt, Schätzchen, erst einmal wollen wir alle zusammen um den Tiger herumtanzen und ihn richtig feiern, bevor ihn die Feuerflammen aufessen! Meinst du nicht, Süße, dass seine Schönheit und Mächtigkeit noch einmal richtig gewürdigt werden muss?"

„Aber dann darf Paulchen-Tiger Licht werden so wie Onkel Paul und zu Onkel Paul in die Sterne tanzen, oder?", strahlte Lotte und ihre hellblauen, großen Augen, blitzten in erwartungsvoller Vorfreude.

„Aber klar, Schätzchen, die zwei werden sicherlich viel Spaß zusammen haben und vielleicht erzählt ihm unser Tiger, was für ein wunderschönes Fest wir für ihn ge-feiert haben. Das wird Paul sicher sehr, sehr freuen."

Manu ging auf das Grüppchen mit Tizia zu. „Tizia, meine Liebe, was meinst Du, ich glaube alle haben schon etwas gegessen und getrunken, wir fangen jetzt mit dem Tanz an."

„Klar, Mam, bin ich sehr dafür, sonst wird alles so spät, einige müssen ja doch früh gehen. Wir müssen nur noch den Künstlern und die Musikern Bescheid geben, also vielleicht in 10 Minuten?"

Tizia, ihre hübsche 46-jährige Tochter winkte die Musiker und ihren Mann Joe zu sich. Laetitia, genannt Tizia, und Joe waren ein sehr attraktives und momentan auch glückliches Paar. Joe stammte aus Kiel und war jahrelang als Weltenbummler und Weltensegler unter-wegs gewesen. Nach einem Nah-Tod-Erlebnis auf dem Atlantik hatte er sein Leben drastisch geändert und wurde vom

Aussteiger zum Einsteiger. Der Neueinstieg gelang ihm vor zwei Jahren, bei ihrer Tochter Laetitia. Joe erkannte in ihr seine Meisterin, ernannte die rassige und temperamentvolle Schöne zu seiner Göttin und baute zusammen mit ihr einen florierenden Buchverlag für politisch und wissenschaftlich brisante Science-Fiction-Literatur auf. Sein verwegenes, von Wind und Wetter gegerbtes Gesicht mit dem blonden Pferdeschwanz, seine stechend blauen Augen und sein durchdringendes, Whisky gewöhntes Gelächter zogen das weibliche Geschlecht magisch an. Archetyp „Pirat und Seeräuber" war unsichtbar auf seine Stirn tätowiert.

Tizia war eine südländisch anmutende Schönheit. Mit ihrem vollen dunklen langen Haar, das sie mütterlicherseits geerbt hatte und den grün-gelben Katzenaugen unter dichten dunklen Augenbrauen, ihren vollen sinnlichen Lippen, einem Erbstück Albrechts und ihrer sehr hoch gewachsenen, schlanken Figur wirkte sie auch in ihren Vierzigern noch sehr anziehend. Ihr Temperament ließ ihre Feurigkeit erahnen, die sie jedoch jahrelang unterdrückt hatte. Sie hatte es abgelehnt, ein unstetes und freies Leben wie ihre Mutter zu führen. Tizias größter Traum war die bürgerliche Großfamilie. Diesen sehnlichsten Wunsch hatte sie sich früh erfüllt und nach Italien geheiratet. Mühselige Zeiten des Lernens und Erwachens waren auf sie zugekommen: 21 Jahre jung, hatte sie sich über beide Ohren in den Lebemann Giancarlo di Ciotti aus Mailand verliebt, ihn geheiratet und drei Kinder zur Welt gebracht. Florian, der eigentlich Lucca Florian Giancarlo di Ciotti hieß, wurde als Dritter geboren. Endlich! Der lang ersehnte Sohn. Aber auch der Stammhalter konnte die kaputte Ehe nicht mehr retten. Die Beziehung zwischen dem reichen, adeligen Mailänder, der 20 Jahre älter als Tizia war, war aus der Sicht Amanuees, ohnehin von Anfang an zum Scheitern verurteilt gewesen.

Aber Manu wusste nur zu gut, dass Eltern ihren Kindern keine Erfahrungen ersparen können. So spielte Manu jahrelang die Rolle der tröstenden Zuhörerin und natürlich der liebenden Mutter. Fast 11 Jahre sollte es dauern, bis Tizia endlich genug davon hatte, belogen, betrogen und gedemütigt zu werden. Und wieder einige Jährchen, bis sie ihre drei Kinder aus den Fängen der italienischen Familienmafia befreit hatte und sich mit den Kindern unter größten Schwierigkeiten nach Hamburg zurückziehen konnte. Inzwischen war sie selbstständig geworden und wusste, was sie von einem Lebensgefährten und Mann wirklich erwartete. Joe und Tizia waren beide zwei zufriedene, eigenständig lebende, glückliche Menschen, die die Gegenwart des Anderen als zusätzliches Geschenk empfanden, den Partner aber nicht für das eigene Glück brauchten oder verantwortlich machten. Und dies war, wie Manu sehr wohl wusste, der Schlüssel zu einer guten Partnerschaft oder Ehe.

Florentine, die Akademieprofessorin, signalisierte, dass die Studenten und die Kameraleute bereitständen. Joe kletterte über eine Leiter auf ein Podest vor dem Tiger, und Tizia schlug zwölf Mal auf einen riesigen chinesischen Gong. Langsam bildeten die Trauergäste einen Kreis um den mächtigen papiernen Freund.

Joe hielt die Predigt:

„Ihr Lieben, wir danken Euch für euer Kommen, natürlich auch im Namen von Paul, der sich den heutigen Tag so gewünscht hat. Paul hat die Seite im Buch des Lebens umgeblättert. Er ist uns – wie immer! – voraus gegangen.

Paul war immer enthusiastisch, was auf Griechisch nichts anderes bedeutet als En Theos – also: in Gott.
Freude war seine Motivation.

Paul hat uns gelehrt, dass wir alle mit unseren Ge-danken unsere Welt und Wirklichkeit erschaffen. Er hat uns vorgelebt und uns daran erinnert, dass Freiheit nicht wahrgenommen werden kann, bis sie tatsächlich gelebt wird. Er hat sich selbst erobert, um sein eigenes Gesetz zu sein. Er hat immer gewusst, dass Schöpfung ein Prozess ist und kein Akt. Er hat seine Paul-Identität mit Leichtigkeit hinter sich gelassen und wird sich nun eine neue Realität erschaffen, die noch lichter und herrlicher sein wird.

Wir danken ihm für alles. Für alles, was er uns in unseren zeitlosen Begegnungen zeigte, für sein Heilen, für sein Mitgefühl und sein Lieben und natürlich für sein Lachen und all die herrlichen, wundervollen, ausgelassenen Feste.

Lasst uns mit ihm singen, tanzen und jubeln. Lasst uns ein Freudenfeuer für ihn anzünden. Wem zum Weinen zumute ist, den soll nichts und niemand daran hindern, wer aber Lust hat zu lachen, der soll es tun.

Paulchen-Tiger, das königliche, balinesische Reittier wird unsere Dankbarkeit, unsere guten Wünsche und Gedanken in Pauls neue alte Heimat transportieren.

Das Universum lacht, es weint nicht, lasst es uns feiern.
Amen.
So sei es! Jetzt. "

Tizia gab den Musikern ein Zeichen und mitreißend klagende Klarinettentöne erklangen, die sich zu jauchzenden Klängen steigerten. Hände fanden zueinander und es formte sich ein tanzender und hüpfender Kreis, der sich rhythmisch im Uhrzeigersinn stampfend um den Tiger herumbewegte. Die Verbundenheit mit der Musik und untereinander wurde immer dichter. Eine Love-Parade, die zu einem ekstatischen, fast tranceähnlichen Rundtanz führte. So mancher Anzugträger musste beschämt zugeben, dass er lange nicht mehr soviel Lebendigkeit in den Knochen gefühlt hatte wie bei dieser außergewöhnlichen Totenfeier.

Nachdem viele Ältere atemlos auf der Strecke geblieben waren und nur noch die Hartnäckigsten wilde, ausgelassene Tänze um den Tiger vollführten, unterstützt von aufgedrehten Kinderscharen, ertönte der Gong wieder zwölf Mal, und die Musik brach ab.

Das Feuer-Ritual begann. Neun Studenten der Akademie, gewandet und geschminkt wie Scifi Götter und Göttinnen, kamen mit angezündeten Fackeln zu der Musik eines Gamelan-Trance-Techno-Mixes feierlich die Terrassentreppe der Villa heruntergeschritten. Sie formierten sich um den Tiger und umrundeten ihn drei Mal. Etwas störend waren die Fotografen und Kameraleute, die das Spektakel für das Akademieprojekt dokumentierten, doch auch sie gingen rasch in der intensive Atmosphäre des Rituals auf. Die Spannung, aufgebaut durch die Musik, steigerte sich. Manu stand mit einem Enkelkind auf dem Arm und einer alten Freundin zur Seite auf der Terrasse und beobachtet von diesem höher gelegenen Logenplatz das Happening. Ein zufriedenes Lächeln lag auf ihren Lippen.

Jetzt – es war so weit, die ersten Flammen fraßen sich durch Reisig und Hölzer und langsam schlugen sie hoch, leckten am Bauch des Tigers und loderten plötzlich mit riesiger Macht am Leib des Tieres hinauf, fraßen sich hinein ins Innere. Es sprühte Funken, es knackte und knisterte, prasselte und explodierte. Das Schauspiel war so gewaltig, dass alle in Ehrfurcht und Staunen erstarrten. Endlich löste sich die Spannung, und mit wildem Geheul wirbelten die Götter um das Tier herum. Riesiger Jubel, Freude und Gelächter brachen aus. Die Musik fing wie-der an zu spielen und steigerte die Stimmung bis jeder, der sich bewegen konnte, tanzend die vier Elemente fei-erte. Feuer, Wasser, Erde und Luft – die Rituale der Kul-turen wurden synergetisch verbunden, ohne Rücksicht auf ethnologische oder philosophische Ansichten. Ge-tanzt wurde aus purer Lebensfreude und Dankbarkeit.

„Das Universum lacht, es weint nicht ...
lasst es uns feiern!"

Das waren Pauls Worte, wenn er wieder einmal zu einem seiner beliebten Gartenfeste eingeladen hatte. Amanuee stand immer noch auf der Terrasse und beobachtete das wilde Fest. Sie war glücklich, diese Inszenierung war gelungen, alles war noch imposanter, freier und fröhlicher, als Paul und sie es sich zusammen ausgemalt hatten. Die Flammen schlugen hoch, schwarze Rauchschwaden stiegen gen Himmel, Funken stoben und krachend brachen Teile des Tieres in die aufgestellten Eisenwannen, verbrannten, verglühten und verglommen dort zu weißer Asche.

„Unser gemeinsames Leben löst sich in Energie auf", dachte Manu. *„So haben wir es gelebt, so knisternd und dramatisch, so brennend vor Liebe und Leidenschaft, so hingebungsvoll, wie sich das bunte Papier von den Flammen auffressen und verwandeln lässt. Paul – ich danke uns – diesmal sind wir zusammen ein großes Stück weitergekommen. Wir haben uns von Genießern zu wis-senden Kennern gesteigert. Wir haben dem Universum keine Schande gemacht. Wir haben unser Leben mit genussvoller und dankbarer Liebe und Leidenschaft ge-lebt, zu Ehren der Schöpfung. Auf uns!"*

Sie hob ihr Glas mit Rotwein und prostete dem, in sich zusammenfallenden Papiertiger, der mit einem heftigen Knall und Funkenflug antwortete, zu. Manu lächelte. Trotz aller Traurigkeit erfüllten Dankbarkeit und unendliche Liebe ihr Herz. Bis jetzt hatte sie es geschafft die Kälte und Starre des Todes, den Geruch der unlebendigen Leichenhaftigkeit, die grausam kalte Fühllosigkeit aus ihrem Herzen und Garten fernzuhalten. Ihr unerschütterliches Wissen über den wahren Fortgang der Ereignisse und ihr vorausschauender Blick hatten diese phantasievolle Inszenierung zu einem Fest der Sinne, des Lebens, des Todes und der Neugeburt, zu einer ausgelassenen Feier einer großen Liebe werden lassen.

Es dämmerte bereits, als die letzten Tigerreste verglommen. Die Stimmung im Garten hatte sich inzwischen etwas gemäßigt. Manu hatte genug von Händeschütteln und Verabschiedungen. Sie zog sich in ihr Erkerzimmer zurück, um sich auszuruhen. Dieser Tag und diese Nacht kamen ihr streckenweise unwirklich vor. Irgendwie war sie nie alleine gewesen, immer hatte sie Paul neben sich gespürt. Jetzt erst hatte sie dieses Gefühl des Alleinseins, Tod. *„Solange ich fühle, bin ich auf der Erde"*, schoss es ihr durch den Kopf und tiefer, wehmütiger Frieden erfüllte ihr Sein.

Xzar

„Es reicht!"

Kühl und endgültig durchschnitten diese zwei Worte die verqualmte, schwere Luft.

Eine eisige Kälte breitete sich an dem kleinen Ecktisch aus. Benita lümmelte lässig in der Ecke der roten, langen Kunstlederbank, die sich über die ganze Längsseite der Bar erstreckte. Das knalleng anliegende orange-türkis gestreifte Kleidchen ließ viel Figur und Bein sehen. Aus dem weit ausgeschnittenem Dekolleté wölbten sich zwei wundervolle, kleine Brüste, äußerst vorteilhaft drapiert.

Benita sah wieder einmal umwerfend attraktiv aus. Ihre langen, dunklen und sehr feinen Glieder bewegten sich mit einer eleganten Geschmeidigkeit, wie man sie sonst nur bei Katzen sieht. Große, grün-braun funkelnde Augen unter dichten, langen Wimpern blickten genervt durch den Raum. Ihr langer schwarzer Zopf, mit den dicken Haaren reichte ihr bis zur Taille. Ab und zu zog sie etwas zu heftig an der Zigarette. Damit verriet sie ihre ansonsten gut überspielte Erregung.

Benita war sich ihrer umwerfenden Schönheit bewusst und wusste sie auch zu nutzen. Sie fühlte die begehrlichen Blicke der Jungs an der Bar auf ihrem Körper. Sie genoss das feige Getue und Getuschel ihrer Anbeter. Sie verfing sich mit allen ihren Sinnen im Feuer der Blicke, die auf ihr lagen und sie umschmeichelten. Sie atmete das Begehren ihrer Anhänger förmlich ein und lebte davon.

„Ich finde wirklich es reicht. Wir gehen. Komm jetzt. Ich habe schon bezahlt."

Florian nahm die Schlüssel vom Tisch, sah sie mit einem verächtlichen Blick an und stand auf.

Auch er sah verdammt gut aus. Zwar war er mit seinen 1.72 m etwas klein, wirkte aber dennoch sehr männlich. Um seine breiten Schultern lag ein dunkelgrüner Kaschmir Pullover, die schmalen Hüften steckten in weiten Hosen. Zum coolen Look gehörten auch die rasiermesserscharf geschnittenen Koteletten, die sich bis zu den markanten Wangenknochen zogen und seinem Gesicht das gewisse Etwas gaben. Florian galt mit seinen knall-blauen Augen, dunklen, fast schwarzen Haaren, der feinen langen Nase und den großen sinnlichen Lippen, als sehr gut aussehender Mann.

Benita machte keinerlei Anstalten aufzustehen.

„Du vögelst zwar ganz gut, aber sonst bist du ein riesen Arschloch", war ihr geneigter Kommentar. Sie sah ihn an und zuckte cool mit beiden Schultern, was wohl ausdrücken sollte: „Pech, das ist eben leider einmal so, da kann man nichts machen."

Florian explodierte. Sein Kopf lief erschreckend rot an. Seine Hände zitterten – wäre Benita ein Mann gewesen, hätte es eine klassische Schlägerei gegeben ... so packte er sie nur ziemlich unsanft am Arm und riss sie in die Höhe.

„Du kommst jetzt mit!", zischte er mit Nachdruck.

„Lass mich looooos!" Benita schrie ihn hemmungslos an. Die Blicke der Gäste im Xzar richteten sich alle auf Flo. Sogar die Musik verstummte. Alles schien den Atem anzuhalten und nur darauf zu warten, Benita, dem dunklen Engel, zur Hilfe zu eilen. Notgedrungen ließ Florian Benitas Arm los.

Sie fiel zurück auf die Bank und steckte sich eine Zigarette an. Florian zitterte seine Gauloises hervor und gab
Benita Feuer.

„Du hinterhältige kleine Edelnutte", zischte er zwischen
den Zähnen hervor. „Wer darfs denn heute zum Nach-tisch
sein? Konstantin der Große oder Alexander Wendehals?
Oder vielleicht taucht ja noch ein Sugar-Daddy auf für
mein kleines, unschuldiges Kuschel-mäuschen, ein
richtiger Beschützer mit einem dicken Portemonnaie,
Alter spielt dabei natürlich keine Rolle." Sarkastisch
grinsend warf er ihr die Sätze an den Kopf.

„Na, Benitalein, oder kommst du doch noch mal mit mir
mit, mit Florian dem Arschloch, der ja für manche Dinge
noch ganz gut zu gebrauchen ist, Klamotten kaufen zum
Beispiel ... schließlich hast du mir ja auch noch das
Prädikat *ganz gut* beim vögeln verliehen. Mal sehen, heute
streng ich mich besonders an für dich, dann kann ich mich
vielleicht zum „gut" steigern. Willst du es nicht mal
ausprobieren? Einmal mehr oder weniger ist für dich doch
nicht so wichtig, aber für mich. Kannst du dir das
überhaupt vorstellen? Ich meine es nämlich ernst mit dir."

Wütende Eifersucht loderte aus Florians Blicken.

Die hübsche Dunkelhäutige sah ihn fassungslos an. Sie
bekam eine Gänsehaut und sah sich bereits in Ketten,
gefesselt an einen Mann in einem Lebensfilm, den sie sich
nur als Horrorfilm vorstellen konnte.

Benita hatte nie einen Hehl daraus gemacht, dass sie weder
heiraten wollte noch eine feste Bindung einzugehen
gedachte. Die Ehe ihrer Eltern war grauenvoll gewesen,
für alle Beteiligten. Benita, als Jüngste der fünf Kinder,
hatte sich geschworen, nicht in diese Lebensfalle zu

tappen, die ein verlogenes Zusammenbleiben mit sich
brachte. Sie konnte Einmischung in Privatsphären auf den
Tod nicht leiden und hielt auch überhaupt nichts von der
staatlichen Einmischung namens Heirat. Sie wollte ein
Leben nach ihrem Geschmack leben: frei und unge-
bunden, ohne Kinder und mit wechselnden Liebhabern.
Und nie hatte sie einem ihrer Männer falsche Ver-
sprechungen gemacht.

Benita sah Florian noch einmal prüfend an, ihre Blicke
ruhten auf seinem Hals, streiften seine schönen Hände und
hielten schließlich mit einem Ausdruck von Ver-achtung
und Verletztheit seinen kalten Blicken stand. Flo, wie sie
und seine Freunde ihn nannten, hatte ihr schon viele
Eifersucht-Szenen hingelegt, diesmal jedoch war es ihr zu
viel. So konnte es nicht weiter gehen. Aus dem linken
Augenwinkel hatte sie gesehen, dass Peter zur Tür
hereingekommen war und am Ende der Bar stand. Benita
stand auf und nahm ihre Jacke und ihre Handtasche. Sie
beugte sich hinunter zu Flo und sagte ruhig:

„Flo, jetzt reichts mir. Ich will dir auch mal was sagen: Du
weißt, wie wichtig mir Offenheit ist. Das mit der
hinterhältigen Edelnutte geht einfach zu weit. Ich lasse
mich von dir auch nicht als Lügnerin oder Betrügerin beschimpfen. Diesmal hast du den Bogen überspannt. Zieh
Leine, such dir ein Hausfrauchen, das treu sein will und
nur Hochzeit, Kochtopf und Kinder im Kopf hat. Du hast
irgendwann einmal zu meinen Bedingungen ja gesagt,
halte dich gefälligst daran. Ciao Baby, mach's gut.”

Traurig, aber entschieden drehte sie sich um und ging in
Peters Richtung. Sie war enttäuscht. Flo bedeutete ihr viel,
aber sie war nicht bereit ihren hart erkämpften Freiraum,
ihren Spaß am Leben, für ein – manchmal

zugegebenermaßen – sehr nettes Riesen-Arschloch aufzugeben.

Florian verließ wütend die Szene-Bar. Er hatte den Kürzeren gezogen und bereute es bereits, ausfällig geworden zu sein. Für ihn war das Spiel noch nicht beendet.

Wie von Paul bereits vorhergesagt, erreichte Amanuee ein Anruf von einem alten Bekannten und Kollegen Pauls aus New York, der seinen Besuch ankündigte. Die Nach-richt von Pauls Tod traf ihn unerwartet. Trotzdem bat er Amanuee um Einsicht in Pauls Forschungsunterlagen. Amanuee lud ihn gerne ein und versprach ihm behilflich zu sein. Mit keinem Wort erwähnte sie, dass Paul ihn kurz vor seinem Tod avisiert hatte.

Der New Yorker Gast saß an einem sonnigen Montag-nachmittag zusammen mit Florian im kleinen Salon des stattlichen Herrenhauses an der Elbe. Amanuee hatte an-geregt, dass auch Florian die Bekanntschaft des Forschers Nick Filoff machen sollte. Nicks Buchprojekt schien ihr für Flo in seiner Eigenschaft als Journalist durchaus spannend zu sein. Nicks Buch mit dem Arbeits-Titel „AIDS-Lüge" stand kurz vor der Veröffentlichung durch ein renommiertes New Yorker Verlagshaus.

Nick hatte sich bereits warm geredet und beantwortete geduldig Florians Fragen.

„Ich habe noch eine sehr grundsätzliche Frage nach der Definition von AIDS und HIV, wie hängen das Virus und AIDS eigentlich zusammen?" Florian sah wissbegierig zu Nick.
„AIDS steht für ein Syndrom, dass als eine Ansammlung von 25 nicht miteinander verwandten Krankheiten de-

finiert wird, also ein erworbenes Immunschwächesyndrom. Es wird definiert durch einen kritischen Mangel an T-Zellen und, wie gesagt, begleitet von konventionellen, degenerativen und neoplastischen Krankheiten. Die meisten sind dir sicherlich bekannt, Herpes und Lungenentzündung gehören zum Beispiel dazu. Wie jeder weiß, besteht eine Wechselbeziehung von AIDS zu 95% mit Risikofaktoren wie Promiskuität, Drogenmissbrauch etc., das ist den meisten bekannt. Außerdem soll AIDS mit Antikörpern gegen einen Retrovirus zusammenhängen. Dieser ist interessanterweise jedoch in nur etwa 40% aller Fälle bestätigt.

Diese Wechselbeziehung ist die Grundlage für die Hypothese, dass dieses Virus AIDS durch Abtöten von T-Zellen verursacht. Das Virus wurde aus diesem Grunde Immundefizienz-Virus genannt, also HIV, und als ein Bestandteil der Definition von AIDS angenommen."

Nick klopfte sein Pfeiffchen aus und kramte in seiner gut polierten Pfeifensammlung.

„Richtig spannend wird das Virus, wenn wir es von ei-nem gesellschaftspolitischen und wirtschaftlichen Stand-punkt einmal näher betrachten", fuhr er mit einem verschmitzten Blick zu Flo fort, sich gemütlich ein neues Pfeifchen stopfend.

„Der Franzose Montagnier entdeckte 1983 das Virus. Er ist, meiner Meinung nach, der wirkliche Entdecker. Der Amerikaner Gallo, der weltweit als Entdecker gilt, eignete sich das Virus 1984 an und ließ sich von der Wissenschaft und den Medien weltweit als Entdecker feiern. Meinem Dafürhalten nach hat er das Virus und damit ein Patent buchstäblich geklaut, ich kann wirklich, in Kenntnis der Sachlage, nur klauen sagen.

Übrigens, der französische Wissenschaftler Montagnier kam 1990 zu dem Schluss, dass HIV keine ausreichende Ursache von AIDS sei und daher nicht mehr als Hauptfeind im Krieg gegen AIDS betrachtet werden könnte. Als Hauptgründe für seinen Sinneswandel führte Montagnier die chronische Inaktivität des HIV an. Diese Meinung publizierte er und verkündete sie, aber interessanterweise wollte niemand seine Meinung hören. Nicht viel anders ergeht es einem anderen hoch qualifizierten Wissenschaftler: Professor Duesberg von der kalifornischen Berkeley University, auch ein mutiger Kämpfer gegen den „HIV-Irrtum", führt unter anderem zum Beispiel an, dass reines HIV bei Schimpansen, die für das Virus empfänglich sind, kein AIDS erzeugt, ebenso wenig wie bei zufällig infizierten Menschen. Inzwischen gibt es also eine Unmenge von Forschungsarbeiten, die diesen medizinischen Irrtum belegen, aber sie werden nicht gehört, verschwiegen und nicht publiziert. Meine Erklärung da-für ist eine einfache: Es sind eben Milliarden im Spiel."

Nick nahm einen Schluck Tee mit Milch zu sich und genoss den gedeckten Apfelkuchen mit herrlicher Schlagsahne.

„Aber es kann doch nicht sein, dass weltweit alle Kri-tiker-Koryphäen mit Nichtachtung gestraft werden. Das kann ich nicht glauben." Florian schüttelte fassungslos den Kopf und sah hinüber zu Amanuee, deren wissendes Lächeln die Aussagen Nicks zu bestätigen schien.

„Wenn berühmte und anerkannte Wissenschaftler, wie z.B. Prof. Duesberg von der Berkeley University und Montagnier selbst, nach intensivster Forschungsarbeit an einer Hypothese Kritik üben und nicht gehört werden, muss man dann nicht vermuten, dass die weltweite Akzeptanz von wissenschaftlichen Irrtümern, solange sie nur lukrativ genug sind, erstaunlich hoch ist?"

Die heftige Diskussion um Sinn und Unsinn in der AIDS-Forschung war nun schon seit mehr als einer Stunde im Gange. Amanuees Blicke wurden von ihrem Gesprächspartner abgelenkt: Eine feucht-rosa Zunge leckte hingebungsvoll ihre Hand. Manu sah lächelnd nach unten. Nicks kleiner langhaariger Lhasa Apso mit dem Namen Brezel hatte sich auf ihren Schoß geschummelt und längst in ihr Herz geschlichen. Amanuee hatte sich sofort in den wuscheligen Hund mit den klugen Augen verliebt. Brezel hatte es sich, wie selbstverständlich, bei ihr gemütlich gemacht und genoss die Streicheleinheiten.

„Als ich vor etwa drei Jahren", fuhr der ältere Herr fort, „ich glaube, es war das letzte Mal, das wir telefonierten, Paul aus Berkeley anrief, stimmte er mit mir tausendprozentig darin überein, dass auch er ein Anhänger der Risiko-Aids-Hypothese sei. Wissen Sie denn, Frau Winkelmann, ob Paul seine Meinung darüber in der letzten Zeit noch geändert hat?"

Nickolaus Filoff sah Amanuee erwartungsvoll an. Dieser über 190 cm große Gentleman im feinen Tweed war so um die 60 Jahre alt. Ein sehr stattlich, aristokratisch wirkender Herr. Die beigen, breit gerippten Cord-Hosen mit Umschlag waren bereits etwas abgewetzt. Aber den ungeputzten, englischen Schuhen sah der Kenner sofort an, dass sie handgenäht waren. Nick strich sich einige Male über seinen graumelierten Schnauzbart, der ihm ein gemütliches Aussehen verlieh. Das täuschte jedoch: Nick war alles andere als gemütlich. Choleriker und unerbittlicher Kämpfer für die Menschenwürde, hatte er die letzten Jahre damit verbracht, „seine" Indianer im Amazonasgebiet vor dem westlichen Imperialismus zu bewahren. Ein frustrierendes Unternehmen. Ein Tropfen auf den heißen Stein. Inzwischen widmete er sich parallel dazu, natürlich mit der ihm innewohnenden Intensität, einer anderen Außenseiter-Szene, den AIDS-Kranken. In der Identität Arzt, überzeugter Ökologe und Ganzheitsmediziner richtete er nun all seine Kräfte auf das Aufdecken der *AIDS-Lüge*, wie er sie nannte.

„Natürlich ist Paul dabei geblieben, wenn er auch aus verschiedenen Gründen aufhörte, seine Meinungen weiterhin öffentlich kundzutun. Wissen Sie, Nick, Paul hat beim Thema AIDS die Sicht der orthodoxen Medizin immer wieder angegriffen und hat auf die Widersprüche der verschiedenen Thesen aufmerksam gemacht. Er hat Artikel geschrieben und auf internationalen Symposien Vorträge gehalten. Immer wieder zeigte er auf, dass nur eine Medizin, die sich so weit von der Natur und den Menschen entfernt hat, im Stande ist, solch ungeheuerliche Fehlinterpretationen zu schaffen und auch ohne Skrupel danach zu handeln."

Manu kommentierte ihre Sätze mit einem leichten Zucken der Schultern. Gegen weit verbreitete Ignoranz und eine mächtige und verkarstete Wissenschaft war noch kein Kraut gewachsen. Sie lebten hier alle zusammen auf dem Planeten des freien Willens. Jeder Einzelne konnte nur selbst entscheiden, ob offiziellen Theorien Glauben zu schenken war oder ob er auch alternativen Betrachtungsweisen Raum im eigenen Weltbild einräumen wollte. Informationen und Hilfe waren, ihrer Ansicht nach, längst in der Software des Planeten gespeichert und auch vielen zugänglich. Sie war der Meinung, dass ein großer Teil der Menschheit, Opfer einer mächtigen, globalen Pharmaindustrie geworden war und bislang so gut wie keine Möglichkeit hatte, dem Zynismus hinter den Vorgängen zu entgehen.

„Übrigens: Der mutige, deutsche Publizist, Hans-Joachim Myers, hat meiner Meinung nach zu Recht einmal geschrieben, dass von der Medizin- und Pharmaindustrie der Mensch nur noch als Markt missverstanden wird, aus dem soviel wie möglich herausgeholt werden muss", kommentierte Nickolaus Filoff Manus Gedanken, so als ob er sie gelesen hätte. Er schmunzelte.

„Scheint das nicht die Quintessenz all dieser schrecklichen Machenschaften zu sein? Ich finde, Myers bringt das ziemlich genau auf den Punkt. Ein Wunder eigentlich, dass er noch am Leben ist."

Genüsslich schlürfte Nick seinen Campari und steckte sich ein Pfeifchen an.

„Wieso, meinen Sie die Pharma-Lobby hat etwas gegen mutige Journalisten und würde ihn gerne loswerden?" Manu sah Nick fragend an.

„Aber natürlich, wer nicht linientreu ist, überlebt eigentlich nicht lange. Die hätten sicherlich nichts dagegen, Myers loszuwerden. Da sind schon ganz andere, kleinere Lichter, unauffällig verschwunden, waren plötzlich HIV-positiv oder hatten einen tödlichen Autounfall. Aber Myers muss irgendeinen Trumpf in der Tasche haben, oder seine Auflagen sind wirklich noch zu klein und er ist zu uninteressant für die Pharma-Industrie."

„Nick, weiß Myers denn, dass Ihr Buch über die AIDS-Lüge in Kürze in den USA erscheinen soll?"
Manu hatte sichtlich an dem attraktiven, charmanten Nick Gefallen gefunden. Sein Kampfgeist und Humor machten ihr Spaß. Ganz davon zu schweigen liebte sie es, diese wohltuende, männliche Energie zu spüren, die sie seit

Pauls Weggang vermisste. Paul hatte sie zwar in geistiger Gestalt, wie verabredet, schon einige Male besucht und sie mit seiner vollen Aufmerksamkeit belohnt, sie fühlte sich auch weder verlassen noch einsam, dennoch genoss sie die Gesellschaft dieses Freundes und Weggefährten Pauls. Brezel stupste sie bei diesen Gedanken mit seiner feuchten Schnauze sanft, aber nachdrücklich am Arm. Klar, der Wuschel konnte natürlich Gedanken lesen, Brezel wollte ihr sicherlich sagen, dass Manu die Gegenwart Nicks mit ihm zu teilen hätte. Amanuee musste lachen. Sie beugte sich zu dem Kleinen hinunter und flüsterte ihm etwas ins Ohr.

Es war längst dunkel, als sich Herr und Hund von einer fröstelnden Manu verabschiedeten. Florian war bereits früher gegangen. Amanuee versprach, Nick die betreffenden Unterlagen aus Pauls Nachlass herauszusuchen und ihm in den nächsten Tagen per Boten zu schicken. Manu begleitete Nick und Brezel noch zum Taxi, das bereits vor der Toreinfahrt wartete. Eine himmlisch laue Sommernacht. Der Sternenhimmel wölbte sich dunkelblau über der Elb-Chaussee. Der Duft von Linden und feuchtem Sandboden stieg Manu in die Nase. Das Vorbeirasen der Autos störte die Ruhe empfindlich. In diesen sanften Nächten schienen diese Geräusche gewaltsamer und lauter zu sein als am helllichten Tage.

Bei seinem kleinen Hotel angekommen, lud die mondhelle Nacht Nick noch zum gewohnten Zeitung-Lesen für Brezel ein. Allabendlich unternahm er in den Straßen rund um das hübsche alte Hotel an der Innenalster mit seinem treuen vierbeinigen Gefährten einen zwanzigminütigen Gute-Nacht-Spaziergang. Beide liebten diesen abendlichen Rundgang. Heute benahm sich Brezel auffällig ungezogen. Er kläffte an jedem Baum und lief unruhig hin und her.

„Sag mal Brezel, bist du mondsüchtig, oder was ist in dich gefahren?“ Nick schüttelte etwas genervt den Kopf. Dieses lästige Getue! Er hatte gute Lust umzukehren und ins Bett zu gehen.

„Jetzt komm schon, halt den Mund, du weckst ja alle auf, es ist schließlich schon fast Mitternacht. Jetzt benimm dich endlich. So kenne ich dich ja gar nicht. Wenn du so weitermachst, nehme ich dich an die Leine!“

Die Drohung *an die Leine nehmen* war in Brezels Hundeleben so ziemlich das Unwürdigste, das sein Herrchen sich ausdenken konnte. Brezel hasste solcher Art Freiheitsentzug. Als Tempelhüter mit königlicher Abstammung reagierte er darauf immer beleidigt und verschnupft. Er klemmte seinen Schwanz zwischen die Beine und verschwand im Schweinsgalopp um die nächste Ecke. Nick hörte plötzlich das startende Aufheulen eines schweren Motorrads. Ein ungutes Gefühl beschlich ihn.

„Brezel, komm sofort hierher!“ Sein Ruf gellte durch die sternenklare Nacht.

Als er um die Ecke bog sah er nur noch die Rücklichter eines mit zwei dunklen Gestalten besetzten Motorrades, dessen Beifahrer sich kurz zu ihm umdrehte.

„Breeeeeezel! Komm!“

Nicks Herz blieb fast stehen. Von Brezel war weit und breit keine Spur. Die halbe Nacht verbrachte Nick auf der Straße, Brezel blieb unauffindbar.

Am nächsten Morgen wurde der tote Hund vor Nicks Unterkunft gefunden. Man hatte ihn auf den Fußabstreifer gelegt. Er wies keinerlei äußere Verletzungen auf.

Hüte

Manu liebte den Geruch, der ihr in die Nase stieg: Es duftete nach altem Holz, nach der dunklen, mächtigen Kampfer-Truhe, die drüben in der Ecke stand. Ein bisschen roch es auch nach Mottenpflege und Sandelholz, nach alten modrigen Klamotten und nach Katzenkindern und weckte alte Erinnerungen an Kinderspiele und große Geheimnisse. Und dann war da noch dieser Geruch nach Lavendel- und Thymian-Kissen, die zwischen dem Berg alter Kleider steckten, die in einem dreitürigen, alten, einfachen Schrank gestapelt lagen. Anzüge und Abendkleider, die keiner mehr anziehen wollte, hingen neben Wintermänteln und Sportklamotten. Vieles wurde nur noch aufbewahrt, weil es immer wieder bei Theateraufführungen oder Faschingsfesten benutzt wurde.

Die Hitze auf dem geräumigen Dachboden war fast unerträglich. Manu entledigte sich ihrer dünnen Sommerjacke und tastete sich in gebückter Haltung hinüber in die Ecke mit den Umzugskartons. Sie stolperte dabei über Unmengen Kisten mit Weihnachtsdekorationen und die alten, wunderschönen, zarten Papierblumen aus China, von denen sie sich nicht zu trennen vermocht hatte. Barfuß wie immer trat sie auf ein kleines Spielzeug Auto irgend-eines Enkelkindes, ein äußerst unangenehmes Gefühl. Sie schob den wackligen, vorsintflutlichen Kinderwagen zur Seite. Ausmisten tat Not. Sie hatte es sich schon einige dutzend Male vorgenommen, und es immer wieder auf-geschoben.

Dort in der Ecke, neben den Kartons, stand das Regal mit Pauls Ordnern, sie sah sie hinter dem geblümten, etwas verblassten Chintz-Vorhang hervorlugen.

Daneben stand der herrliche alte Seekoffer ihrer Mutter. Sie konnte sich im Augenblick nicht an den Inhalt erinnern. Neugierig öffnete sie ihn: Pauls Hüte! Wie ein flüchtig durchblättertes Buch erschienen Erinnerungsbilder vor ihren Augen.

Vorsichtig, wie um die Bilder nicht zu vertreiben, nahm sie das weinrote Barett heraus. Sie sah einen jungen Paul im hellen offenen Burberry vor sich, eine Hand in den Taschen seiner karierten Knickerbocker, die andere um seine erste Frau Marie-Helen gelegt, das Barett schief auf dem Kopf. Beide lächelten fröhlich in die Kamera. Das Foto war in den Bergen aufgenommen, in den frühen Fünfziger Jahren. Paul hatte Manu wenig über seine erste Frau erzählt. Mit ihr war er immerhin fast zehn Jahre zusammen gewesen und hatte einen Sohn mit ihr gezeugt. Mit Pauls Sohn Peter hatten sie wenig Kontakt, nachdem er sich als Großgrundbesitzer in Argentinien niedergelassen hatte. Die Lebensansichten seines Sohnes hatten Paul früher einiges Kopfzerbrechen bereitet. Schließlich hatte er sich jedoch, in seiner großzügigen Art, mit der Andersartigkeit seines Sprösslings versöhnt und ihn mit viel Liebe und guten Gedanken aus seinem Herzen bedacht.

Marie-Helen hatte nach der Trennung gleich wieder geheiratet und war mit ihrem zweiten Ehemann, dem erfolgreichen Chirurgen, sicherlich glücklicher gewesen als mit Paul. Manu sah Paul in dieser ersten Ehe mit Marie-Helen als ehrgeizigen Wissenschaftler vor sich, dem nur sein Institut und die Forschung am Herzen lag, der sich einen feuchten Kehricht um Frau und Sohn kümmerte, murrend und nur gelegentlich gesellschaftlichen Anlässen nachkam sowie die Familie mit seinen religiös-spiritistischen Aktivitäten nervte.

Amanuee musste lächeln. Da hatte sie wirklich Glück gehabt, dass sie diesen sonderbaren Einzelgänger und verschrobenen Spinner erst später kennen gelernt hatte.

Ihr Blick glitt zurück in den Seekoffer auf den verbeulten vergilbten Panamahut. Sie atmete tief ein. Ein Kloß saß in ihrer Kehle und sie fühlte, wie ihr Herz in tiefer Sehnsucht nach ihrem Geliebten verlangte. Tränen rannen leise aus ihren Augen. Sie sah eine sich sanft im Wind schaukelnde Hängematte vor sich, aus der nur die Kuppe und der Rand eines verbeulten Panamahutes hervorlugten, sowie zwei nackte Füße, die über den äußersten Rand der Hängematte hingen. Paul hatte wieder einmal den ganzen Tag an seinem Lieblings-Meditations-Platz verbracht.

Jeder wusste, dass er hier auf gar keine Fälle gestört werden durfte, schließlich arbeitete er! So pflegte er diesen kontemplativen, schläfrigen Zustand zu nennen. Paul befand sich in seiner Hängematte auf einer Reise durch die Universen, im Dialog mit den verschiedensten Zauberern und Engelwesen, im Einklang mit seinem göttlichen Innersten.

Für Manu gehörten die Abende oder auch Morgen-stunden nach diesen Reisen ihres Mannes zu den intensivsten in ihrem Zusammenleben. Sie liebte seine motivierenden, inspirierenden und spannenden Erzählungen, wenn er vom Outer Space zurückkam. Meist entspannen sich höchst interessante Gespräche, die zusätzlich von so-viel Liebe und Zuneigung getragen waren, dass diese Stunden zu den ekstatischsten in ihrem Zusammensein gehörten.

Sie ließ sich hineinfallen in diesen melancholisch-sehnenden Zustand. Plötzlich fühlte sie sich von einer

warmen Licht-Welle erhoben und durchflutet, als wäre sie
ein von Mama in die Arme genommenes und getröstetes
kleines Kind. Das sichere Gefühl von Geborgenheit und
Trost trocknete ihre Tränen. Verträumt glitten ihre Blicke
über die verstaubte Ansammlung und blieben an einem
zerbeulten, grauen Borsalino hängen.

Erhobenem Hauptes, auf dem ein, ihrem Geschmack nach
albern wirkenden Hut saß, schritt Paul, wild und engagiert
gestikulierend, neben Professor Bauer her, der ihn um
mindestens drei Köpfe überragte. Ein sehr ungleiches und
außerdem komisches Paar. Der Hut verlieh Paul in diesem
Zusammenhang beileibe nicht mehr Größe, sondern wirkte
eher lächerlich. Nicht nur das Äußere der Situation war
grotesk gewesen, auch der Inhalt der tagelangen
Gespräche war diesem Eindruck in Nichts nach gestanden.
Paul hatte versucht, dem etwas naiven Institutsleiter
Professor Bauer, die Augen für die Machenschaften der
Pharma-Lobby zu öffnen. Natürlich hatten diese
Gespräche zu einem radikalen Ausschluss des unwilligen
Revoluzzers Paul geführt.

Damals waren Manu und Paul entsetzt, überrascht und
gelinde gesagt, erstaunt gewesen. Im Nachhinein waren sie
ihren Schutzgeistern nur noch dankbar gewesen. Sie waren
knapp mit heiler Haut davongekommen. Ihre Naivität und
der Himmel hatten sie beschützt.

Hilflosigkeit

Das kleine Gästehaus hatte Nick nach der Tragödie mit Brezel sofort verlassen. Er hatte sich in ein Hotel am Jenisch-Park eingemietet, von dem es nicht so weit zum Winkelmannschen Anwesen war. Er empfand die Nähe von Amanuee als wohltuend. Manu hatte ihm eines ihrer zahlreichen Gästezimmer angeboten, aber Nick hatte abgelehnt. Er wusste, dass er auf einem Pulverfass saß und wollte seinen Bekannten nicht zur Last fallen und sie nicht in seine Kreationen mit hineinziehen.

Natürlich hatte er umgehend seinen Verleger Jason Hundt in New York von dem Attentat auf Brezel erzählt. Dieser hatte ihm geraten, in das nächste Flugzeug zu steigen und erst einmal unterzutauchen. Auch ihm war die Brisanz der Lage klar. Noch hielt er Nickolaus Filoff die Stange. Aber beide ahnten, dass die Veröffentlichung des Buches „AIDS-Lüge" nun schnellstmöglich über die Bühne gehen musste. Nick und sein Verleger konnten sich nur zu gut ausmalen, aus welcher Ecke dieser Warnschuss abgefeuert worden war.

Jason hatte den Telefonhörer in seinem eleganten New Yorker Büro sehr nachdenklich zur Seite gelegt. Tausend Gedanken schossen ihm durch den Kopf. Würde sich *Redhouse* diese Veröffentlichung wirklich leisten können? Würde die Presse mitspielen, die, wie er nur zu gut wusste, längst von der Pharma-Lobby gekauft war? Würden sie es schaffen, die wenigen noch unabhängigen Geister im Medienbereich auf ihre Seite zu ziehen? Politisch hatte er Gottlob auch noch eine der mächtigsten Familien Amerikas auf seiner Seite, die, aufgrund eines AIDS-Falles in der eigenen Familie, großes Interesse an einer anderen Darstellung der AIDS-Theorien bekundet hatte.

Hundt entschied sich sofort eine Krisenkonferenz mit seinen engsten Mitarbeitern einzuberufen. Jetzt kam es darauf an, geschickt, präzise und klug zu handeln. Die Gegenseite hatte die Spur aufgenommen und reagierte panisch und von Angst gesteuert. Mit solchen Gegnern war nicht gut Kirschen essen.

Nick hatte sich entschieden, Deutschland nicht ohne Pauls Unterlagen zu verlassen. Amanuee hatte ihm diese bereits für morgen zugesichert. Außerdem riet Manu ihm, die Polizei zu unterrichten und bat Nick, nicht mehr alleine aus dem Hause zu gehen. Sie hatte ihm vorgeschlagen, ihren Journalisten und Neffen Florian in die laufenden Vorgänge einzuweihen und seine noch verbleibende Zeit in Deutschland mit ihr oder mit Florian zu verbringen.

Nick, ein Dickschädel und störrisch wie eine Fischgräte, hielt nur bedingt etwas von Manus Vorschlägen. Vorsichtig und behutsam zu sein, war nicht seine Cup of Tea. Immerhin ließ er sich soweit breitschlagen, dass ihn Florian zum Fünf-Uhr-Whiskey in seinem neuen Hotel aufsuchen durfte.

Sie verstanden sich auf Anhieb. Florian sperrte Mund, Nase und Ohren auf, als ihm Nick über eine andere Seite des etablierten Wissenschaftsbetriebes berichtete: Alles vorprogrammierter Wissenschaftsbetrug! Soweit seine Aussage.

„Lieber Florian, ich ziehe es vor die Worte des Kollegen Dr. Dr. Heinrich Brämer zu zitieren: Das Spiel, dass das Pharmakartell spielt, ist ein weltweites Milliardengeschäft mit der Todesangst vor einem nicht vorhandenen Virus. In diversen Fachzeitschriften ist inzwischen nachzulesen, wie Dr. Gallo und Kollegen den sogenannten AIDS-Test maßgeschneidert manipulierten. Alle relevanten Veröffentlichungen kannst du recherchieren, dies wird dir vielleicht deine blauen Augen öffnen."

Nick sah den ungläubigen Florian wohlwollend an. Beide hatten sich inzwischen in eine gemütliche Ecke auf der schicken Terrasse zurückgezogen und ließen sich einen wunderbaren 62-er Rotwein munden. Das köstliche, leichte, belgische Käsegebäck und die schwarzen Oliven harmonierten vorzüglich.

„Lieber Nick", längst waren beide zum Du übergegangen, „falls es wirklich so ist, wie du vermutest, und Brezel tatsächlich grausamen Pharma-Killern zum Opfer gefallen ist, dann bin ich sowie der Rest der Welt, sau-dumme Püppchen und Marionetten, die von einigen, wenigen Spielführern an der Nase herumgeführt werden, bzw. an ihren dünnen Fädchen durch eine Scheinwelt bewegt werden. Tut mir leid, aber das kann ich nicht glauben. So einfach und undifferenziert kann und will ich die-se weltbewegende Problematik nicht sehen."

Flo war es fast übel. Er blickte in Nicks grau-grüne, wache Augen. War dieser Mann ein Fanatiker? Ein Spinner? Ein frustrierter Wissenschaftler, der späte Rache nahm, um sich für eine nicht erfolgte Karriere zu rächen? War Nick einer dieser Menschen, die hinter allem und jedem eine Verschwörung vermuteten? Florian hatte immer noch dieses flaue Gefühl im Magen. So kannte er sich gar nicht. Dieser Mann erschütterte mit seinen wenigen, abstrusen Behauptungen Flos Weltbild. Von An-fang an waren sich beide äußerst sympathisch gewesen, das machte es für ihn aber nicht leichter.

„Lieber Nick, heißt das, dass die Krankheitstheorie *HIV verursacht AIDS* auf wackligen Füßen steht?" Flo hatte sich an dem Thema festgebissen. Er wollte jetzt mehr wissen.

„Die Kritiker der HIV/AIDS-Theorie wenden gegen diese Diagnose gewöhnlich ein, dass ein HIV-positiver Laborbefund eben das willkürliche, konstituierende Definitionsmerkmal der klinischen Diagnose AIDS sei. Ein deutscher Kollege von Paul, ein Arzt, der sich seit etwa 15 Jahren wissenschaftlich mit dem AIDS-Spuk beschäftigt, hat dokumentiert, dass sämtliche Hypothesen Gallos an der biologischen Wirklichkeit vorbeigehen und wissenschaftlich nicht haltbar sind. Er hat nachgewiesen, dass der von Gallo entwickelter Test, an dem er und die Pharmaindustrie Milliarden verdient haben, aus einem raffinierten Labortrick besteht. Er hat dokumentiert, dass AIDS vom Pharmakartell dazu missbraucht wird, schlecht verkäufliche Zellgifte wie beispielsweise AZT, das gebräuchlichste Medikament, zu Umsatzrennern zu machen.“

Florian hatte Nicks Argumenten nichts entgegenzusetzen. Erstens hatte er sich noch nie mit dem Thema AIDS auseinander gesetzt und zweitens war Medizinjournalismus nicht gerade sein Schwerpunkt.

„Ich kann einfach nicht glauben, dass du, Paul und einige Kollegen Recht haben. Wie kommen denn dann all die Zahlen, Statistiken und Leitartikel zu Stande? Es können doch nicht alle blind sein! “

„Gallo verwendete seine Zeit darauf, Wissenschaft politikfähig und damit Politik wissenschaftsfähig zu machen“, konterte Nick.

Flos Entsetzen steigerte sich in Hilflosigkeit. So nach und nach bröckelten die tragenden Säulen seines Glaubenssystems. Eine Hälfte von ihm, die um seine Herzgegend nämlich, war bereits davon eingenommen, dass bei diesem Thema nicht alles mit rechten Dingen zuging. Sein Kopf jedoch hielt eisern an der Wissenschaftlichkeit der offiziellen AIDS-Thesen fest.

Nick sah ihn verständnisvoll an und meinte: „*Das Wichtigste ist nicht aufzuhören zu fragen,* sagte doch schon Albert Einstein. Fakt ist, dass HIV die üblichen epidemiologischen, biochemischen, serologischen, kinetischen, genetischen und evolutionären Kriterien eines viralen Pathogens nicht erfüllt. Man sollte weiter fragen und forschen."

Florian nahm einen großen Schluck Rotwein. Er sah auf die im frühen Abendlicht schimmernden, hellgrünen Blätter des nahen Buchenwäldchens. Alles erschien ihm auf einmal unwirklich.

„Das muss ich alles erst einmal verdauen. Nick, ich glaube leider, ich muss mich jetzt, ob ich will oder nicht, mal mit diesen Themen ernsthaft befassen. Wenn das auch nur annähernd alles so abläuft, wie du sagst, kann ich eigentlich gleich meinen Beruf an den Nagel hängen."
Er grinste schief und genehmigte sich noch einen großen Schluck Rotwein.

Nick hob sein Glas und zwinkerte ihm zu:
„Prost, denn man tau! Auf die Wahrheit."
Etwas zögernd schloss sich Florian diesem Trinkspruch an: „Auf die Wahrheit."

Irgendwann am nächsten Morgen wachte Florian, angezogen auf dem Bett liegend, in einem wildfremden Hotelzimmer auf. Er war nur mit einer geblümten Überdecke bedeckt. Neben ihm schnarchte es. Florians Augen schlossen sich sofort wieder. Er hatte einen ekelhaft säuerlichen Geschmack im Mund. Die Luft im Zimmer war schneidend. Es roch nach abgestandenem Nikotin und Alkohol. Langsam kam er zu sich. Allmählich drangen auch wie Nebelschwaden einige bläuliche Erinnerungsfetzen in sein Wachbewusstsein.

Nick und er hatten noch den ganzen Abend diskutiert, viel gelacht und viel getrunken. Irgendwann kam das Thema Frauen zur Sprache. Sie hatten herumgealbert und sich zum Schluss mit einigen von diesen leckeren Rotweinflaschen aufs Zimmer zurückgezogen. Um Mitternacht hatte man sie bereits im gut angetrunkenen Zustand aus der kleinen Hotelbar gebeten. Daraufhin hatte Nick vorgeschlagen, sich noch ein Tröpfchen auf dem Zimmer zu genehmigen. Wie in alten Tagen. Florian war mit steigendem Alkoholpegel zum Anbeter von Nick mutiert. Dieser genoss dies sichtlich und schüttete Flo zu guter Letzt noch sein Herz aus: seine tiefe Trauer über Brezels Tod. Beide waren den Tränen nahe, schworen dem Pharmakartell mit Nicks Buch noch bittere Rache und schliefen irgendwann betäubt nebeneinander ein.

Florian quälte sich aus der Horizontalen. Auch Nick war inzwischen mit einem lauten unanständigen Rülpsen erwacht. Erschrocken blickte er Florian an. Dann dämmerte es ihm, und er grinste. „Na, junger Saufbruder, machst du dich auf den Heimweg?" Flo nickte. „Wann triffst du Amanuee zur Übergabe der Manuskripte?", fragte er.
„Wir sind um 15:00 Uhr verabredet. Vorher werde ich mich bei einem Spaziergang an meinem geliebten Hafen aus-nüchtern. Mein Flugzeug geht erst am Dienstag um 21:30 Uhr. Vielleicht kann ich am Wochenende noch einen wichtigen Kollegen treffen. Wir werden uns heute wohl nicht mehr zu sehen kriegen. Mach's gut, Flo, und ruf mich an, wenn es dich nach neuem Unsinn verlangt."

Nick grinste und winkte Flo vom Bett aus zu. Flo schloss die Tür hinter sich. Er wollte möglichst unauffällig aus diesem Hotel kommen. Irgendwie war ihm im Moment alles etwas peinlich.

Erinnerungsräume - ABEND I

„Mit 20 Jahren schickte mich mein Vater zu einem befreundeten Kunsthändler-Ehepaar nach New York. Von den europäischen Kriegswirren war dort nur wenig zu spüren. Das Leben in Manhattan gefiel mir, ich empfand es als paradiesisch. Tagsüber besuchte ich eine Schule für Design, und abends trieb ich mich in den wundervollen kleinen Jazzclubs von Harlem und der Upper Eastside herum.

Die Salmons, meine Gastgeber, kümmerten sich nur soweit um mich, dass sie mir ein kleines Zimmerchen zur Verfügung gestellt hatten, das über eine der Feuerleitern mit Leichtigkeit auch von draußen zu erreichen war. Es war wundervoll, keine Eltern oder andere ängstliche Aufpasser um mich herum zu wissen. Meine Naivität und Unerfahrenheit waren der beste Schutzschild in der brodelnden Großstadt.

Ich sog die Lebendigkeit und Farbigkeit der vielfältigen Kulturen und Rassen mit grenzenlosem Wohlgefallen in mich auf. Diese aufregend unterschiedlichen Menschen, diese Archetypen, diese Schauspieler auf unserer Weltenbühne, nie vorher und nie mehr nachher war ich so fasziniert vom Typus Mensch und dessen Gesichtern. Ich erinnere mich an Gesichter, wie aus Tausendundeiner Nacht – fein geschnitten, mit mandelförmigen, dunkel glänzenden Augen, Gesichter aus den Bildern eines Arnold Böcklin, verzerrt und grob, angsterfüllt und lüstern, Gesichter aus den dämonischen Gefilden eines Aleister Crowley, mit versteckter Hinterlist und scharfen, schneidenden Gesichtszügen, unschuldig-sonnige, naive Gesichter mit runden Augen und wollüstigen Lippen von fernen Inselparadiesen, Gesichter besessen von Gier und

Wut, zerfurcht und zerklüftet, Gesichter so unschuldig und einfältig, wie weiche Schnäuzchen junger Schäfchen, Gesichter aus denen intellektueller Hochmut mit einer frappierenden Deutlichkeit sprach und Hand in Hand ging mit einer Gefühlsarmut, die sich frostig ins Herz schlich, Gesichter, die solch eine Lustigkeit, Witz und Lebenslust ausstrahlten, dass mich schon beim Hinsehen eine wärmende Fröhlichkeit, Liebe und Lachen durchfluteten – kurzum die farbige Palette menschlicher Charaktere war in diesem sprichwörtlichen Melting Pot aufs Trefflichste versammelt.

Mein Sehnen war ganz auf das Entdecken meiner großen Liebe gerichtet. Märchen hin oder her, ich hatte mir für dieses Leben vorgenommen meinem Traumprinzen zu begegnen und mit ihm eine große, überwältigend glückliche Liebe zu leben. Meine Vorstellungen in dieser Hinsicht waren zum damaligen Zeitpunkt leider nicht sehr präzise. Heute weiß ich, dass ich mir vieles erspart hätte, wenn ich genaue Vorstellungen vom Drehbuch meines Lebens und meinem Traumprinzen gehabt hätte.

Ich träumte davon, in Freiheit mit meiner großen Liebe durchs Leben zu tanzen, so ich sie gefunden hatte. Nichts erschien mir erstrebenswerter als Liebe, Liebe und nochmals Liebe. Die Liebe zum Göttlichen, zu mir selbst, dem Leben in all seiner Farbigkeit, Menschen, Kindern und dem Mann. In meinen Visionen schritt ich Hand in Hand mit meinem König über die Bühnen der Welt und strahlte die alldurchdringende Macht der Liebe.

Es war an einem eisigen Abend im Dezember. Meine Freundin Laura hatte mich zum Fünf-Uhr-Cocktail in die 42-ste-Straße eingeladen. Sie hatte ein für New Yorker Verhältnisse großes Appartement, und wir planten, später zusammen chinesisch Essen zu gehen. Laura war Schauspielerin und in Long Island geboren. New York kannte sie wie ihre Westentasche, und auch die wichtigen und richtigen Leute. Ein bunt zusammen gewürfeltes Häufchen hatte sich bei ihr eingefunden. Es wurde stark geraucht. Martinis und Whiskeys flossen nicht zu knapp. Ich erinnere mich noch, dass wir uns über Surrealismus unterhielten. Die Handvoll Europäer wurde natürlich immer wieder zum Kriegsgeschehen und Hitler befragt. Ich versuchte, soweit wie möglich, mich nicht auf politische Themen einzulassen, um mich nicht in langatmige Gespräche zu verwickeln. Ich hatte das riesige Glück, mich als Schweizerin vorstellen zu können, und war sehr dankbar, dass in diesem Kreise Politik ausdrücklich zum Tabuthema erklärt worden war. Aber natürlich kam es immer wieder vor, dass unsere Unterhaltungen um das europäische Grauen kreisten.

Um mein soziales Gewissen zu beruhigen, arbeitete ich ein Mal die Woche bei einer Wohltätigkeitsorganisation und half CARE-Pakete packen. Es gelang mir, auch meine Familie, die in ständiger Angst vor deutschen Übergriffen lebte, mit Lebensmitteln zu versorgen. Alle wehrfähigen Schweizer Männer waren eingezogen worden. Mein Vater hatte Glück. Er durfte zu Hause bleiben, da er früher Kinderlähmung gehabt hatte und leicht behindert war. Damals faszinierte mich die Hilfsbereitschaft der Amerikaner. Heute sehe ich die Situation aus einem etwas anderen Blickwinkel. Aber ich denke, es würde zu weit führen, darauf einzugehen.

Ich bewunderte Laura. Sie sah hinreißend aus, eine zweite Greta Garbo und hatte einen unfehlbaren Geschmack. Leider nicht, was Liebhaber anbelangte. Sie war schrecklich verliebt in den jungen, erfolgreichen Anwalt David. Ein sehr gut aussehender, kräftiger, etwa siebenundzwanzig Jahre alter Bad Guy aus Brooklyn. David war mit allen Wassern gewaschen, und ich riet Laura umsonst die Finger von ihm zu lassen. Seine fast schon sadistischen Methoden, mit Frauen umzugehen, reizten sie. Sie ließ sich von ihm alles gefallen. Das kostete sie später ihr schickes Appartement, das sie ihm freiwillig überschrieben hatte, zwei Abtreibungen, jede Menge blauer Flecken, gebrochene Rippen und einen tiefen Schnitt im linken Ohr. Laura hatte wohl in anderen Leben schon einige Spiele mit diesem Monster gespielt. Von meiner jetzigen Warte sieht es so aus, als ob sie vielleicht einst der Täter war und sich jetzt im Opfer-Sein erprobte. Der Schlagabtausch wurde nicht beendet, solange ich sie kannte. Irgendwann verlor ich sie aus den Augen. Was wohl aus ihr geworden ist?"

Amanuee hielt kurz inne. Der kühle Hamburger Abendwind spielte mit ihrem grauen Haar, das sie, streng nach hinten gekämmt, zu einem einfachen Knoten gesteckt, trug. Dieser wurde von einem grobmaschigen schwarzen Netz zusammengehalten. Geschmückt wurde er von einer eleganten, sehr großzügigen schwarzen Samtschleife. Manu sah wieder äußerst elegant aus. Florian konnte sich gut vorstellen, dass sie eine sehr attraktive Frau gewesen war.

Mit halb gesenkten Augenlidern, ihre rechte Hand spielte, fast nervös, mit dem prachtvollen keltischen Ring am kleinen linken Finger, atmete Manu einige Male tief ein. Flo schien es, als ob es ihr schwer zu fallen schien, das Folgende zu erzählen. Es schien sich eine gewisse Elektrizität im Raum auszubreiten:

„An diesem eisigen Dezemberabend, draußen blies dieser schmerzende New Yorker Wind, der einem durch die Glieder schneidet wie der Sämann mit der Sense, öffnete sich die Tür bei Laura, und mein Blick fiel auf eine hereinkommende Gestalt, die mich sofort magisch in ihren Bann zog.

Er war nicht sehr groß, aber geschmeidig und sicher in seinen Bewegungen. Ein sehr dunkler Typus, Südeuropäer, tippte ich. Mit niedergeschlagenen Augenlidern, die er nur lauernd und in Intervallen kurz hochklappte, erfasste er blitzschnell den Raum, die Situation und etwaige Beute.

Mir drängte sich das Bild eines Spielers auf, der nicht mit offenen Karten spielt. Das war mir nicht unbedingt sympathisch, aber es zog mich an. Dieser Fremde strahlte eine geheimnisvolle Männlichkeit aus. Seine Ohren kamen unter einem Wust dunkler Locken hervor und waren wunderschön geschwungen mit den langen, fleischigen Ohrläppchen und der harmonisch geformten Ohrmuschel. Mein Blick glitt vorsichtig hinab zu den Händen, die nachlässig und gleichzeitig ein Zigarillo und ein Martini-Glas hielten. Es waren kräftige, sympathische Hände, die verrieten, dass dieser Mensch zupacken konnte, aber auch sensibel und musisch war. Wie ein guter Spürhund hatte er mich längst gerochen und mein aufkeimendes Interesse für sich gespürt.

Plötzlich stand er mit zwei Martini-Gläsern vor mir und drückte mir wortlos eines in die Hand.
„Kannst du morgen Abend um 7:00 Uhr zu mir ins Büro kommen? Ich würde dich gerne kennen lernen."
Er gab mir seine Visitenkarte. Raimon Sanchez.
Sein Büro war in der 58-sten West, feine Adresse. Ich war völlig perplex.
„Du machst es dir ja einfach! Und was sollen wir in deinem Büro bitte machen? Was soll das für ein Kennenlernen sein?"
Er grinste.

„Hast du Angst, dass uns nichts einfällt? Zum Beispiel könntest du mit mir Essen gehen."
„War das eine Einladung?"
„Ja."
„Irgendwelche Bedingungen?"
Er nickte.
„Ja. Einige, kleine Bedingungen! "
Ich sah ihn fragend und skeptisch, ja fast angewidert an. Ich war auf das Schlimmste gefasst.
Er grinste frech.
„Die Bedingungen sind: erstens, dass du nicht gleich mit mir schlafen willst. Zweitens, dass du mich ekelhaft und grässlich findest und drittens, dass du, wie eine richtige Europäerin, alles an mir kritisierst und alles besser weißt!"
Mir blieb der Mund offen stehen und er – lachte und lachte und lachte. Ein sehr, sehr offenes, herzliches La-chen. Ich schmolz dahin und sagte zu. Zum damaligen Zeitpunkt hatte ich mir längst angewöhnt, in die Tiefen meiner Gefühle hinabzutauchen und zu erkunden, in welcher Weise die Beziehung zu dem Mann, der mich gerade interessierte, wohl gewesen waren. Dieser Vor-gang ist sehr leicht zu bewerkstelligen, aber schwer zu erklären. Ich versetzte mich in einen meditativen Zustand und achtete aufmerksam auf die Gefühle und Bilder – ich ließ mich treiben, wie in einem Boot auf einem Fluss. Eines weiß ich: Meine Bildergeschichten oder Botschaften, die wie ein inneres Kino auf meiner privaten Leinwand abliefen und die durch das ständige Üben immer schneller und präziser wurden, brachten mich dazu mich, immer mehr zu erkennen und zu verändern.
Sie ermöglichten mir, Standpunkte einzunehmen, die nie die meinen gewesen wären. Wie mit einer Kamera befahl ich meiner inneren Kamerafrau, verschieden Standpunkte und Blickwinkel einzunehmen. Sie verschafften mir Klarheit und eröffneten mir Informationen, zu denen ich

sonst keinen Zugang gehabt hätte. Vielleicht hätte mir eine hellsichtige Person ähnliche Informationen gegeben.

Erst viel später erfuhr ich, dass diese Art von Informationen auch in Rückführungssitzungen, die meistens mit Atem- oder Hypnosetechniken durchgeführt werden, erlangt werden können. Natürlich gibt es auch andere, neuere Methoden, für die inzwischen längst keine Therapeuten mehr vonnöten sind.

An jenem eisigen Abend im Dezember legte ich mich neugierig auf mein Bett, mit dem amerikanischen Quilt, deckte mich mit meiner wundervoll-wärmenden Wolldecke zu und schloss die Augen, um mich zu erinnern. Bewusst ließ ich mich von meinem Fühlen in eine Situation mit Raimon fallen, die ich am intensivsten wahrgenommen hatte. Sie war der Auslöser, der mich in andere Welten führen sollte.

Zunächst sah ich Raimon wieder im Appartement meiner Freundin Laura zur Türe herein kommen, mit diesen niedergeschlagenen Augenlidern unter denen sich der lauernde Blick eines Jägers verbarg. Ich spürte, wie mein Herz höher schlug. Ich genoss dieses Gefühl und langsam fingen die Bilder an zu laufen, erst undeutlich, dann immer deutlicher. Allmählich kristallisierte sich eine mir bis dahin unbekannte Umgebung heraus. Ich sah ein schmuddeliges Boudoir, und merkte, wie ich mich davor ekelte und die Nase rümpfte. Es muffelte nach feuchten, verpilzten Wänden, Beischlaf, Mottenkugeln und einem billigen Duftwasser.

In der Ecke, halb verdeckt durch einen Paravent, stand eine nicht mehr hübsche Dirne, die sich wusch. Müde und lustlos mit fast mechanisch-sparsamen Bewegungen, reinigte sie ihren Körper, der von Hoffnungslosigkeit und Krankheit geprägt schien. Ihre nackten Unterarme waren mit Kratzern und Pusteln übersät. Das lose, über die bloßen Schultern geworfene Tuch war dreckig und zerfetzt. Ihre Bekleidung hatte nur noch wenig Aufreizendes zu bieten. Der dunkelrote Samtrock war abgenutzt, und die weißliche Bluse mit dem tiefen Dekolleté glich einem mühseligen Versuch zu bedecken, was früher einmal aufregend und frech gewesen war, nun aber in unglücklicher Weise sich zu verstecken suchte.

Mein Blick wurde von einer dunklen Ecke in dem schäbigen Raum angezogen. Auf einem heruntergekommenen, staubigen Sessel saß ein Mann mit dem hungrigen und etwas ängstlichen Blick eines armseligen Straßen-köters. Als er aufstand, sah ich seine verwachsene Gestalt, sein ärmliches Gewand und die Hoffnung, die aus seinen Augen leuchtete. Die Dirne, längst fühlte ich, dass es wohl eine meiner früheren Rollen gewesen war, warf ihm leidenschaftslos ein Geldstück zu, dass er behände fing, um schnellen Schrittes davonzulaufen. Sein stolpernder Gang führte ihn enge Gassen entlang zu einer dunklen Tür, an die er ungeduldig klopfte, um dort, endlich eingelassen, dahinter zu verschwinden.
Ich sah, wie er von einem alten Weib, Kräuter und Pülverchen entgegennahm und mit dem Geldstück dafür bezahlte. Mir wurde klar, dass es sich um Medizin für die erkrankte Dirne handelte. Ich stellte mir die Frage, wer denn dieser verwachsene Mann sei, der dieses geschundene, arme Wesen umsorgte. Wie war wohl die Beziehung des Verwachsenen und dieser sichtlich todunglücklichen und hoffnungslosen Kreatur, dieser missbrauchten und gedemütigten Frau?
Die darauf folgenden Bilder, bei denen ich auf meinem New Yorker Bett Tränen des Mitgefühls und des Schmerzes vergoss, gaben mir Aufschluss über die Beziehung der Beiden. Der Verwachsene liebte die Dirne abgöttisch und suchte sie am Leben zu erhalten. Sie trat ihn mit Füßen und tolerierte seine unterwürfige Hunde-

liebe mit Scham, Verachtung und gelegentlicher Duldung.

Ihre Herzen und ihr Sein waren aneinander gekettet. Der eine konnte ohne den anderen nicht sein. Ich nahm noch verschwommen den Tod der Dirne und ihr armseliges Begräbnis wahr. Die tiefe Traurigkeit des Krüppels über den Verlust der Geliebten und Wegbegleiterin erschütterte mich. Seine Einsamkeit war groß.

Plötzlich wurde mir klar, dass der Verwachsene Raimon gewesen sein könnte – in einer anderen Raum- und Zeitqualität. Es dauerte nicht lange, und ich war mir ganz sicher. Meine Gefühle sagten mir klar, dass Raimon und diese Gestalt zusammengehörten. Er muss damals furchtbar unter mir gelitten haben, und ich, die arme Dirne, hatte das Ungetüm kaum ertragen können.

Jetzt war ich erst recht auf eine Begegnung mit ihm im 20. Jahrhundert neugierig. Diese verlief, wie nach meinen Einsichten nicht anders zu erwarten, sehr spannungsgeladen. Raimon zog mich gleichzeitig an und stieß mich ab. Ein Hin und Her, das er mit bravouröser Coolness meisterte. Was hatte er vor? Würde er sich an mir rächen? Liebte er mich immer noch? Trotz meiner Zeitreise bedeuteten diese Schritte im Jetzt ein Stolpern ins Unbekannte. Zweifel legten sich wie dicke Nebelschwaden über mich und packten mich in undurchdringliche, graue Wattepolster.

Wir landeten nicht am ersten Abend im Bett.

In den nächsten Wochen tasteten wir uns langsam immer näher an den anderen heran. Ohne Frage: Ich hatte mich verballert und bekam sogar rote Ohren, wenn Raimon am Telefon war. Als die Spannung unerträglich geworden war, stürzten wir uns endlich aufeinander, verschlangen uns gegenseitig und liebten uns, wann immer die Zeit es erlaubte. Raimon, Anlageberater und Immobilienmakler, vergaß ins Büro zu gehen, vergaß Termine, vergaß seinen Beruf.

Dieser Zustand hielt etwa einen Monat an. Allmählich fing er an, Spielchen mit mir zu spielen. Umso mehr ich ihn verehrte und begehrte, desto hässlicher war er zu mir. Er machte Besitzansprüche geltend und bestrafte mich, wenn ich mich mit Freunden traf, tauchte selbst aber immer weniger auf und fing an zu trinken. Immer öfter ließ er mich warten, speiste mich mit lächerlichen Entschuldigungen ab, behandelte mich vor seinen Freunden wie ein kleines dummes Mädchen, nur um sich dann über mich lustig zu machen. Im Bett spielte er den Lustlosen, um mich rasend zu machen mit seiner verletzenden Verweigerung. Ich tat mein Bestes, mich auf diese Machtspiele nicht einzulassen, aber das fiel mir nicht immer leicht.

Meine Tage und Nächte wurden immer unerträglicher. Raimon behandelte mich schlecht und ich schwor mir, ihn so schnell wie möglich zu verlassen.

Als ich ihm endlich von unserer Inkarnation als Krüppel und Dirne erzählte, schlug er mich zum ersten Mal. Danach brach er in Tränen aus. Er war völlig durcheinander. So kannte er sich nicht, er hatte die Kontrolle verloren, das machte ihm Angst und stimmte ihn außerdem nachdenklich. Irgendetwas an der Geschichte hatte ihn tief berührt, so dass er seine Beherrschung verloren hatte. Natürlich stritt er vehement ab, dass diese lächerliche Phantasiegeschichte der Auslöser für seine heftigen Reaktionen gewesen sein könnte.

Diese Geschichte und seine Gewalttätigkeit hatten etwas verändert. Unsere Beziehung fing an, in eine neue Phase einzutreten: Wir verstanden uns wieder ausgezeichnet und

gingen sanfter und liebevoller miteinander um. Leider
hielt das nicht lange an.

Wieder wollte ich ihn verlassen und brachte es nicht fertig.
Raimon wurde immer mehr zum Trinker, zum un-
zuverlässigen und unberechenbaren Tier. Er warf mit Geld
und großen Worten nur so um sich. Das widerte mich an.
Trotzdem, ich konnte nicht gehen, irgendetwas war noch
nicht geklärt.

Lange sann ich darüber nach, dass mich meine Vergangenheit als armselige, hoffnungslose und schäbige
Dirne in der Begegnung mit Raimon wieder einholte.
Reste unserer unbewussten Verkettungen waren immer
noch in unserem Zellbewusstsein gespeichert und drangen mit aller Macht nach außen und wir reagierten in
unseren neuen Rollen. Ich wollte anscheinend geschlagen
werden, auch wenn ich das vor mir nicht zugab, sonst hätte
ich Raimon nicht so provoziert und genötigt. Ich kam zu
der Hypothese, dass diese Erinnerungen an Ge-walt, Hass,
Ekel, Scham, Minderwertigkeiten und Schmerzen unserer
jetzigen Beziehung die Magie und das Geheimnis
verliehen. Beide hatten wir diese extremen und
schmerzhaften Gefühle in diesem Leben noch nie erfahren und schon gar nicht in dieser grundlegenden Intensität. Umso mehr ich mich mit den Außergewöhnlich-
keiten unserer Beziehung befasste, desto klarer wurde mir,
dass sich meine Vermutung, unser Verhalten könnte etwas
mit unserer früheren Begegnung zu tun haben, bestätigte.
Einige Punkte passten einfach zu gut zu meinen Bildern:

Raimons dominantes Verhalten, das sich zu offenem
Triumph aufblähte, wenn ich endlich in der Rolle der
leidenschaftlichen, um Liebe flehenden Geliebten endete.
Offensichtlich rächte er sich in diesem Leben, an der ihm
früher von mir angetanen Schmach, ihn, den Verwachs-

enen, nur geduldet, aber nicht geliebt zu haben. Früher hatte ich getreten, jetzt durfte er ...
Und natürlich unser leidenschaftliches und explosives Liebesleben mit der immerwährenden Ambivalenz.
Im Bett wählten wir am liebsten eine Stellung, bei der wir uns nicht ansehen konnten bzw. mussten. War auch das vielleicht noch eine Erinnerung, die die kranke, beschämte Dirne und den Verwachsenen verband?

Irgendwann kam ich endlich auf die Idee, mich von meinen Erinnerungen, all den alten Energien und Aufmerksamkeitspartikelchen, die noch in dieser Zeitschleife gebunden waren, zu verabschieden.

Ich beschloss, die Reise in unsere Vergangenheit, die wir in unsere Gegenwart getragen hatten, zu beenden. Ich erlöste die Bilder der trostlosen Tragödie, indem ich sie liebend umarmte, bis sich Bilder und Gefühle wie Blütenstaub in alle Winde verstreuten; nicht ohne zuvor mei-nen Schmerzen und meiner Traurigkeit noch allen Raum gegeben zu haben. Ich versöhnte mich mit den traurigen Rollen, die wir damals gespielt hatten, mit dem Theaterstück und unserer grandiosen Inszenierung dieser so gemeinen und kleinen Tragödie. Ich übernahm die Verantwortung. Warum hatte ich nur vergessen, mich von diesen, in meinen Zellen gespeicherten Erinnerungsteilchen zu trennen und zu lösen? Vielleicht hätten wir uns monatelange Grausamkeiten erspart.

Nachdem ich mich gereinigt hatte und Ballast abgelegt hatte, fand ich wieder zu mir. Die Zeit der blutigen und schmerzenden Kämpfe legte sich. Raimon war nicht mehr so barbarisch, aber umso weniger ich mich provozieren ließ, desto unausgeglichener wurde er. Er wollte meine Selbständigkeit und Unabhängigkeit nicht hinnehmen. Wir waren inzwischen schon über ein halbes Jahr aufs

Engste verbunden, und mir hatte unsere Beziehung nicht gut getan. Immer öfter fühlte ich mich unwohl und ungeliebt, dazu kam immer noch eine ständige, rational unbegründete Angst, von ihm verlassen zu werden. Mit dieser Angst wusste ich nichts anzufangen, da mein Kopf mir riet, ihn doch endlich aufzugeben. Aber irgendetwas in mir klammerte sich an diese Beziehung mit solch flehentlicher und bittender Vehemenz, dass ich den Schritt der Trennung nicht zu Stande brachte.

Abend für Abend lag ich schluchzend in meinem Bett und ließ die Bilder an mir vorüberziehen. Ich versuchte alle Techniken anzuwenden, die ich bisher gelernt hatte: Ich versuchte es mit bewusstem Umbewerten der Situationen. Ich begann seine Hiebe und Verletzungen zu genießen, mir sogar zu wünschen, er möge mich demütigen und schlecht behandeln, mich im Stich lassen und neben mir im Bett liegen und mir den Rücken zuwenden. Meine innere Haltung half mir, mein Leiden zu verringern und die Situationen besser anzunehmen. Aber immer noch war es mir unmöglich, den Schritt in die Unabhängigkeit zu tun. Oft legte ich mich in meinem Zimmer auf meinen Quilt und versuchte den Schlüssel dieser vertrackten Geschichte zu entdecken.

Ich hatte es so satt, meine wundervollen Tage in dieser herrlichen, brodelnden Metropole mit all den unnützen, sehnsüchtigen Gedanken an diesen Nichtsnutz zu verschwenden. Aber so sehr ich mich auch bemühte, ich bekam keine Informationen. Der Fluss der Bilder wollte sich nicht einstellen, mein Fühlen war wie auf Eis gelegt und ich war umgeben von Grautönen in den verschiedensten Schattierungen. In dieser Zeit fing ich zum ersten Mal in meinem Leben an zu beten. Es war mir unangenehm, gemessen an den Problemen der Welt, ein so kleines und lächerliches Problemchen zu haben und dieses Mäuschen

zu so einem Elefanten zu machen, dass ich vor mir
Schwierigkeiten hatte, es auch nur als solches anzuer-
kennen.

Aber ich danke dem Gott in mir dafür, dass ich wie ein
Forscher die Fähigkeit habe, meine Beziehungen immer so
lange auszuleben, bis ich alle Facetten gelebt, angenommen und gefühlt habe. Wenn ich den Ursprung meiner
Gefühle, z.B. durch detaillierte Einblicke in frühere Leben
auf der Erde, erkannte, konnte ich auch im Jetzt etwas
verändern und hatte die Lektion gelernt. Diese Fähigkeit
bewahrte mich davor, immer und immer wieder die
gleichen Fehler, die gleichen Beziehungen und Erleb-nisse
in diesem Leben zu durchleben. War eine Liebe
verarbeitet, ging ich ohne Reue, Sehnsucht oder Verlangen
daraus hervor. Meist sogar ohne einen Hauch von Trauer.

Damals hütete ich mich unbewusst davor, Raimon aufzugeben, solange mein Fühlen ihn noch wie zäh-klebrige
Masse umschlang. Ich fühlte mich immer noch an ihn gebunden mit unsichtbaren, modrigen Spinnweben. Umso
wilder ich um mich schlug, desto sicherer ging ich ihm,
der dicken schwarzen Spinne, ins Netz.

Inzwischen hatte Raimon angefangen, weißen, chemisch-
en Schnee aus einem silbernen Döschen mit einem antiken silbernen Puppenlöffelchen zu schnupfen. Seine
größte Lust war es, erst eine Flasche teuren Weins zu
trinken und dann provokant im Kreise seiner Freunde,
öffentlich und unübersehbar, das Dessert zu genießen,
nicht ohne darauf hinzuweisen, dass er diese Sitte von mir
gelernt hätte. Die europäische Kultur sei sein Vorbild, und
jeder wüsste wohl, dass die Künstlerkreise in Paris,
London, Amsterdam und Madrid gerade in den Zeiten der
Kriegswirren eine Würdigung jenseits des Atlantiks
erfahren müssten.

Raimon versicherte, die mutige Auseinandersetzung mit dieser Droge würde dem engen amerikanischen Geist gut tun und in der neuen Welt Maßstäbe setzen. Seine Vorträge über die Schaffenskraft der Expressionisten und Surrealisten waren so überzeugend, dass er schließlich eine koksende Fangemeinde um sich geschart hatte. Seine scharfsinnigen und teilweise faszinierenden Elogen an die europäischen Künstler des beginnenden 20-sten Jahrhunderts faszinierten seine Zuhörer. Er beschrieb, wie bei einem Oskar Kokoschka und einem Max Beckmann das Hier und Jetzt verändert wird, das Œuvre sich nicht einer jenseitigen, paradiesischen Welt öffnete, sondern einem veränderten Jetzt.

Mir waren diese Abende zuwider. Die Worte wurden zu leeren Hülsen, die wie Seifenblasen durcheinander tanzten und im künstlichen Licht des Selbstdarstellers schillerten. Sie zerplatzten, nicht ohne diese Spur von Nässe und billigem Seifengeschmack auf der Haut und am ganzen Körper zu hinterlassen. Die Spritzer fühlten sich kühl an. Die Münder der Anwesenden öffneten und schlossen sich wie Fischmäuler, aus denen durchsichtige Blasen perlten, deren Augen kalt und übertrieben aufgerissen in Wassern aus Buchstaben und Worten badeten und dann kühl und teilnahmslos zu irgendeinem Abfluss trieben, der sie im Wirbel auf Nimmerwiedersehen verschlang.
Nach diesen Abenden lagen wir entweder wie zwei Fremde nebeneinander, ohne uns auch nur mit Worten, geschweige denn mit den Körpern zu berühren. Eisige Schneemassive trennten uns, und ich, die des Fühlens noch fähig war, schluchzte mich hoffnungslos, traurig und selbstmitleidig in einen bleiernen Schlaf. Oder Raimon stürzte sich auf mich wie auf eine Beute, eine Ware, die er käuflich erworben hatte, die ihm gehörte und die er sich wortlos kühl und keuchend einverleibte. Auch diese

Variante verletzte und beleidigte mich bis ins tiefste Innere, und diese Demütigungen hinterließen blutige Kratzer in meiner Seele.

Und trotzdem:

Mein Widerstand, ihn loszulassen, büßte nichts an Energie ein. Ich fühlte sein Leiden, das er mit all diesen Hässlichkeiten und Drogen übertünchte. Irgendein Geheimnis hatte ich noch nicht entdeckt, irgendein unsichtbares Band, das uns zusammenhielt, noch nicht durchtrennt. Wochen um Wochen vergingen. Unsere Beziehung wurde immer mehr zur Qual. Raimons Geschäfte liefen immer schlechter, sein Drogenkonsum nahm stetig zu, seine Wahrnehmung der Wirklichkeit veränderte sich so sehr, dass er verrückte Dinge zu unternehmen begann. Er war im wahrsten Sinne des Wortes ver-rückt und ich fing an, Angst um ihn zu haben und mich für ihn verantwortlich zu fühlen. Jetzt saß ich richtig in der Falle.

Zu allem Überfluss wurde ich auch noch schwanger. Auf keinen Fall wollte ich mit knapp 22 Jahren ein Kind von einem drogenabhängigen Irren, von dem ich mich ohnehin schon seit Monaten zu trennen suchte. Ich war wie gelähmt. Mein Fühlen war das eines hypnotisierten Kaninchens, das verzweifelt nach einem Ausgang im Labyrinth der dunklen Höhlengänge sucht und mit weit aufgerissenen ängstlichen roten Karnickelaugen außer Dunkelheit und Geröll nichts wahrnimmt.

Jetzt war ich auf Hilfe von außen angewiesen. Abtreibung war im Staate N.Y. strengstens verboten, und außer-dem fehlten mir die nötigen Dollars für einen illegalen Eingriff. Natürlich erzählte ich Raimon sofort vom Aus-bleiben meiner Periode und meinem Besuch beim Frauenarzt, der mir herzlich zu meiner Schwangerschaft gratuliert hatte. Der Doktor hatte mir auch Glückwünsche und Grüße an meinen sicherlich stolzen und glücklichen Mann aufgetragen. Nach dieser Eröffnung fühlte ich mich so elend und einsam, dass ich am liebsten von ir-gendeinem Wolkenkratzer in die Leere gesprungen wäre.

Raimon reagierte, völlig unerwarteterweise, nüchtern, besorgt und fast liebevoll. Er setzte alle Hebel in Bewegung, den geeigneten Arzt für einen Abbruch zu finden, und versprach auch, die 500 Dollar zu bezahlen.

Den folgenden Monat verbrachte ich in einem nebulösen Trancezustand, auf Raimons Bett liegend. Ich wollte nicht alleine sein und konnte nicht mit Menschen zusammen sein, denen ich meinen Zustand verheimlichen musste. Allein bei Raimon fühlte ich mich zum Atmen und Nachdenken fähig. Mir wäre es am liebsten gewesen, schon am nächsten Tag den Abbruch durchführen zu lassen, aber ich musste einen ganzen langen Monat warten.

Die Last meines schlechten Gewissens erdrückte mich. Ich hatte mir immer geschworen, nie einen Schwanger-schaftsabbruch vornehmen zu lassen. Eine Seele hatte entschieden, meinen Körper und mich zu wählen und ich hatte die Chuzpe, ihr die Türe zu weisen und sie wieder hinauszuwerfen. War ich eine Mörderin? Wann würden die befruchteten Eier beseelt? Hatte ich das Recht, mich als Mutter zu verweigern? War Gott außerhalb von mir und schenkte mir gnädig ein Kind? Oder war ich selbst göttlich, ein Teil Gottes, mit freiem Willen, und durfte auch diese Frage selbst entscheiden? Hatte ich die Ver-antwortung für das Kind oder der Kosmos? Hatte das Kind, die Seele, auch nach meinem Abbruch noch die Chance, eine neue Welterfahrung zu machen und zu in-karnieren? Oder betrog ich die Seele, und sie musste wieder warten, warten, warten? Würde ich für den Abbruch von einem urteilenden Gott bestraft werden und müsste ich in diesem oder einem anderen Leben dafür büßen? Würde die neue Seele Raimons und meine Beziehung heilen? Hatte ich mich bereits in einem anderen Leben diesem Kinde verweigert und musste es jetzt nachholen bzw. hatten wir beide uns irgendwann einmal der Elternschaft verweigert? Was wäre, wenn der Arzt einen Fehler beim Eingriff machte und ich nie wieder Kinder bekommen könnte? Wollte ich das riskieren? Wollte ich überhaupt jemals ein Kind? All diese Fragen jagten sich in meinem Kopf und stachen mich wie lästige Moskitos.

Kaum ging ich auf die Straße, sah ich nur noch Schwangere und glückliche Pärchen, Mütter mit Kindern und Spielplätze. Vorher hatte ich nicht einmal gewusst, dass in N.Y. auch Kinder lebten. Ich konnte mich nicht erinnern, jemals Kinder gesehen zu haben. Ich dachte im Kreis, ich dachte in Kurven, ich dachte in Wirbeln und in Spiralen. Ich hörte auf zu denken, ich stellte mich taub, dumm und blind, ich betäubte mich mit Whiskey, ich nahm Schlaftabletten, ich unternahm ausgedehnte Spaziergänge, und ich ging in irgendwelche Kirchen und betete. Es stellte sich keine Klarheit ein, ich bekam keine Antworten auf meine Fragen.

Raimon hatte seine Entscheidung getroffen, er wollte kein Kind. Und er hatte auch keine Lust, sich mit meinen Gedanken dazu auseinanderzusetzen. Also rang ich alleine mit den Kobolden und Monstern, Überzeugungen und philosophischen Systemen, Glaubenssätzen und angeblichen Naturgesetzen, christlichen und patriarchalischen Schreckgespenstern, die von einer maskulinen Allmächtigkeit jahrtausendelang genährt worden waren. Irgendwann schloss ich Frieden und entschied: Ich treibe ab.

Der Abbruch war dramatisch, und ich wünsche niemand diesen erniedrigenden und schmerzhaften Eingriff auf den dreckigen und blutigen Leintüchern eines Hintertreppenarztes. Ich sehe noch wie heute, ein anderes, armes, weibliches Geschöpf, sie war wohl knapp siebzehn Jahre, den sogenannten Privat-OP mit Tränen überströmtem, Schmerz verzerrtem Gesicht, verlassen. Ich erinnere mich, dass mir dieser Anblick nicht gerade Mut machte. Aber er entzündete meine Wut auf Gesetze, die von Männern erlassen werden und mit dem Leben der Frauen um-gehen wie mit ihrem Eigentum. Ich erinnere noch, dass ich Gott sei Dank keine Angst vor dem Eingriff hatte und voller Vertrauen an mein Glück im Unglück glaubte. Ich wusste, was alles passieren konnte, aber auch mit der provisorische OP in dem schmuddeligen Wohnzimmer und der einäugige, schmierige Wiener-Emigranten-Arzt in N.Y., Lower East konnten meine Entscheidung nicht mehr rückgängig machen.

Draußen hatte ich auch den halbkriminellen Kindsvater meiner Vorgängerin gesehen. Das vielleicht 18-jährige Bürschchen trat, nervös an seiner Zigarette ziehend, an der Straßenecke von einem Bein aufs andere. Raimon hatte sich inzwischen an der gegenüberliegenden Seite postiert. Immerhin hatte er es sich nicht nehmen lassen, mich zu begleiten und mir die 500 Dollar in die Hand zu drücken.

Alles ging gut, aber es war kein Zuckerschlecken. Nach dem Eingriff, bei dem ich viel Blut verlor, hatte ich noch tagelang Blutungen und ziehende Schmerzen. Ich war schwach, aber sichtlich erlöst. Meinen Entschluss bereute ich nicht eine Sekunde.
Die Abtreibung hatte Raimons Verhältnis zu mir völlig verändert. Er war wieder so bemüht und fürsorglich wie in den Anfangszeiten unserer Beziehung. Er versuchte mich

zu erheitern, aufmerksam zu sein, nahm keine Drogen mehr und zeigte sich erstaunlicherweise zuvorkommend und verlässlich. Sein Interesse an mir hatte eine völlig neue Qualität bekommen, ich würde sie heute mit Vertrauen beschreiben. Aber auch ich hatte mich verändert. Meine Angst, ihn zu verlieren, war wie weggeblasen und ich wusste, es würde mich nur noch kurze Zeit in seiner Nähe halten. Ich wollte mich körperlich noch etwas erholen und im heißen New Yorker Sommer einige harmonische Tage mit ihm am Meer in den Hamptons verbringen. Warum sollte ich ihn jetzt Hals über Kopf verlassen und nicht noch seine neu erkeimte Fürsorglichkeit genießen, bevor ich ihn verließ.

Es war ein heißer Julitag. Wir fuhren in Raimons herrlichem Buick Cabriolet die Küstenstraße entlang. Der Himmel war knallblau und eine leichte Brise wehte. Herrliche weiße Schaumkrönchen belebten die tiefe Bläue des Meeres und die weißen Möwen stießen spitze Schreie wie Pfeile durch die salzige Luft.

Ich lenkte das Gespräch auf uns und wollte von Raimon wissen, warum er sich seit der Abtreibung plötzlich so verändert hatte. Ich war neugierig, was in ihm vorging, denn eigentlich hatten er und ich keine befriedigende Erklärung für seine Verwandlung. Raimon wurde nervös. Dieses Gespräch, das ich schon mehrere Male angezettelt hatte, war ihm sichtlich unangenehm. Immer wieder versuchte er seine Unsicherheit bei diesem Thema zu verbergen und es möglichst schnell zu beenden. Ungeduldig äußerte er, dass er es bereits mehrere Male gesagt hätte: Er fühle sich eben befreit und wäre einfach erleichtert, dass auch ich keinen Kinderwunsch hätte.
Eine einleuchtend männliche Antwort, mit der ich jedoch wenig anfangen konnte, da ich von Anbeginn unserer Beziehung keinen Zweifel daran gelassen hatte, dass ich auf

gar keinen Fall Kinder wollte. Auch er hatte in diesem Leben noch keine Erfahrung mit einer Frau gemacht, die ihr Verhalten irgendwie rechtfertigte. Raimon war seinen Aussagen nach nie von einer Frau mit Kinderwünschen bombardiert worden und hatte zuvor auch noch keines gezeugt. Mir war daher sein traumatisiert wirkendes Verhalten unerklärlich. Ich insistierte, ich wollte eine Erklärung.

Diesmal hatte ich Pech.

Plötzlich trat Raimon auf die Bremse und herrschte mich in seinem eisigsten Ton an, sofort auszusteigen. Ich war von den Socken. Gerade konnte ich noch die gelbe Badetasche mit meinem Portemonnaie vom Rücksitz reißen, da fuhr er auch schon, wie ein wild gewordener Stier, wutschnaubend los und ließ mich verdutzt und ungläubig staunend in der Einsamkeit zurück. Die Mandelplätzchen, die ich noch in der rechten Hand hielt, fingen an zu krümeln.

Unwirsch und etwas ungehalten, warf ich sie zu Boden. Sollten sich doch die Tierchen dran freuen – falls es an diesem gottverlassenen Ort so etwas gab. Die holprige Straße mit den altmodischen Randsteinen machte das Gehen angenehm, beinahe war es eine Lust, diese Unebenheiten unter dünnen Sohlen zu spüren. So trabte ich dahin, nicht wissend ob Raimon jemals wieder auftauchen würde oder ob ich auf eine menschliche Behausung stoßen würde. Am Wegrand blühte der Ginster, und zarte Heckenrosen bewegten sich leicht im Wind. Das hatte ich nicht für möglich gehalten, dass er mich hier, in dieser gottverlassenen Ecke, aus dem Wagen werfen würde. Welche Macht musste er demonstrieren. Warum hatte ich nicht schon lange vorher am Klang seiner Stimme, an seinen Bewegungen, den Grad seiner Erregung und Wut, seiner hilflosen Unbeherrschtheit und Unsicherheit wahrgenommen?

Ich nahm mir vor, all meine Aufmerksamkeit wieder auf die Gegenwart zu richten und mich nicht mehr um etwaige Erklärungen zu bemühen. In der Ferne erkannte ich ein Haus. Es schien ein altes Gehöft zu sein, und da sah ich auch schon Pferde im Schatten der alten Bäume stehen. Ha, wieder Glück im Unglück, ich atmete tief durch und schüttelte mich.

Nachdem ich nochmals fast eine halbe Meile gegangen war, kam ich in die Nähe einer Koppel. Ich schlüpfte unter den gewaltigen Planken des Zaunes hindurch und setzte mich unter eine riesige, uralte Ulme, lehnte mich an den knorrigen Bruder, und begrüßte ihn, indem ich sanft über seine borkige Rinde streichelte. Sofort fühlte ich einen starken Energiestrom mein Rückgrat hinauffließen. Die Unsicherheit und aller Ärger fielen von mir ab, und ein Gefühl der Stärke und Zuversicht umarmte mein Herz. Ich schloss die Augen und ließ mich von diesem uralten, erdhaften Strom tragen. Ich spürte, wie sich meine Seele allmählich mit der weisen, starken Seele meines Bruders verband und sich die Ruhe und Sicherheit des wettertrotzenden Baumes auf mich übertrug. Ich streichelte seine lebendig aufgewühlte Rinde abermals, um mich für seine kräftigen Signale zu bedanken. Und wie so oft in diesen innigen Momenten des Fließens öffnete sich ein Fenster in eine andere Realität.

Ich sah die angespannte Hand Raimons am Lenkrad des Wagens, die sehnigen Finger umspannten die Rundung, plötzlich veränderte sich das starre Rund des Lenkrades in die ledernen Schlaufen eines Zügels. Am kleinen, et-was abgespreizten Finger konnte ich Raimons Siegelring erkennen. Zweifellos, diese Hände, die dunkle, lederne

Zügel hielten, schienen Raimon zu gehören. Mein Auge öffnete die Blende, wie das Auge einer Kamera und jetzt konnte ich die ganze Gestalt erkennen. Unbeherrscht aber dennoch nervös, feinfühlig brachte ein Mann, der für mich eindeutig Raimon in einem anderen Film bzw. Leben war, ein Pferd zum Stehen. Mein Blick streifte seine Hand entlang und verfing sich in einer spitzenbesetzten Manschette, über der der grobe grünliche Stoff eines Jackenärmels mit herrlichen Messingknöpfen lag. Weiter schraubte sich mein Blick den Arm entlang nach oben, und ich nahm schlammige Dreckspritzer auf den Jackenärmeln wahr. Sie waren bereits eingetrocknet und stimmten in ihren beige und ocker Tönen ausgezeichnet mit den samtenen Grünschattierungen überein. Unter der Joppe schien ein goldfarbenes Wams zu sitzen. Mein Blick streifte die üppigen Falten. bevor er bei dem milchigen Hemd aus groben Leinen ankam, bei dem handgeklöppelte Spitzen an Kragen und Manschetten an-gesetzt waren.

Ein Schauer durchlief mich, als meine Blicke zum Ausschnitt des offenen Hemdes glitten: Ein dickes Büschel schwarzer Haare quoll aus dem offenen Kragen heraus. Ich wurde unruhig: Wie oft hatten uns Raimon und ich darüber unterhalten, wie wunderlich es war, dass er bei seinem dichten Haarwuchs fast keine Körperbehaarung hatte, ich hatte diese immer etwas vermisst. Nie hatte ich verstanden warum ich sie ausgerechnet bei ihm vermisste, ich war eigentlich gar nicht scharf auf bewaldete Männerbrüste. An Rücken und Nacken fand ich Haare eher unappetitlich.

Ich schlüpfte wieder in meine Erinnerungen: Mein Blick wanderte langsam am Hals entlang zum Kopf. Ich war aufgeregt. War es wirklich Raimon oder ganz jemand anderes – nein, der Film war wieder einmal realistisch. Das Gesicht war herb und zugleich fein geschnitten. Die dunklen Augen hart und feurig. Unverkennbar Raimon, sagte mir mein Gefühl, auch wenn dieses Gesicht nur sehr entfernte Ähnlichkeit mit dem Mann in meinem New Yorker Leben hatte.

Ein anderer Raimon, aber unverkennbar mein Raimon! Als herrschaftlicher Reitersmann war er mir also in ei-nem früheren Leben schon einmal begegnet. Wie waren wir damals wohl verbunden gewesen? Neugierig gewor-den, versuchte ich den Schleier zur Seite zu schieben, und andere Szenen zu erkennen.

Ich sah ein großes, ziemlich ungepflegtes Gehöft. War es in Holland oder Frankreich? Ich konnte es nicht genau festmachen. Es erinnerte mich an die Gemälde eines Anthonis van Dyck, nur Licht und Schatten waren von einer helleren Qualität und Lebendigkeit.

Beim Anblick des Gehöftes machte sich eine unerklär-liche Unruhe, ein unangenehmes Gefühl, gemischt mit Angst, in mir breit. Ich sah den Reiter in den Hof preschen und roh, von oben herab, einige Worte mit einem Knecht wechseln. Dieser deutete auf das linke Scheunentor, aus dem aufgeregt einige Gänse watschelten. Der Reiter überließ dem Knecht das Pferd und machte sich in seinen hohen Stiefeln auf zur Scheune.

Drinnen war eine runde Magd damit beschäftigt Stroh und Heuballen in graue Tücher zu bündeln. Ein Schauer des Erkennens durchfuhr mich. Das bin ich, die Magd war ich. Die Magd drehte sich zum Reiter um und Wonne und Schmerz durchflossen ihren Körper und damit auch meinen Körper, der noch immer im schützenden Arm des uralten Baumes weilte.

Jetzt erst sah ich den dicken Bauch unter dem groben, hellblauen Leinenrock und der dreckigen Schürze, und fühlte innert Sekunden all die Lust und das Leid, das jener Mann in das dürftige Leben der Magd gebracht hatte.

Tränen des Schmerzes und der ohnmächtigen Wut, des Mitleids und der tiefen Verzweiflung rannen mir über die Wangen. Ich sah, wie der Reiter die Hochschwangere rücksichtslos nahm, ich sah ihre demütige Hingabe, ihre Liebe zu diesem Herrn und ihre Hilflosigkeit. Es war wohl die letzte lustvolle Begegnung zwischen den bei-den.

Als Zuschauerin dieser Szene wusste ich, dass sich der Reiter nun auf Nimmerwiedersehen aus dem Staube machen und die Magd und ihr Ungeborenes einem unfreiwilligen und doch selbst gewählten Schicksal überlassen würde. Ein Wiedersehen würde es nicht geben – zumindest nicht in diesem Leben. Nach dem eindeutigen Abschied sah ich die Magd in der Scheune zusammenbrechen und sich wütend auf den Bauch trommeln. In ihren Augen war das Kind an allem schuld. Vielleicht wäre der Reitersmann seiner Geliebten ohne Schwangerschaft noch ein wenig länger treu geblieben.

Langsam kehrte ich unter dem knorrigen Baum wieder in dieses Leben zurück. Jetzt wurde mir einiges klar.

Raimon und ich waren auch in diesem Leben noch ein-mal vor diese Aufgabe gestellt worden. Wir hatten uns in diesem Leben bewusst mit der Kinderfrage auseinandergesetzt. Hatten wir unsere Lektion gelernt? Waren wir jetzt frei? Wir konnten frei entscheiden. Damit war dieses Thema wohl erledigt. Jetzt erst konnte Raimon mir ohne schlechtes Gewissen begegnen, jetzt erst konnte ich ihn ohne Furcht verlassen, ich hatte keine Ängste mehr ihn zu verlieren. Jetzt erst wusste ich, warum Raimon sich so verändert hatte und warum ihn meine Fragerei so genervt hatte: weil er selbst nicht begriff, warum er sich auf einmal so befreit fühlte. Er konnte es nicht erklären, und das machte ihm, dem starken Mann, der alles unter Kontrolle haben wollte, sehr zu schaffen, er verstand seine eigenen Reaktionen nicht.

Ich habe es geschafft, dachte ich damals wohl in meinem Innersten und musste herzhaft lachen. Plötzlich fiel alles in seinen Platz: Meine unbegründete Wut wurde mir klar, die ich so manches Mal mit mir herumtrug, ohne zu wissen, woher dieses Gefühl gegenüber Raimon eigentlich kam. Immer noch waren in meinen Zellen Vorstellungen gespeichert, die mir signalisierten, dass Raimon ein Nichtsnutz und für mich gefährlicher Mann sei, der mich im Augenblick meiner größten Not alleine lassen würde.

Ich verabschiedete mich in großer Dankbarkeit von meinem alten Leben, verabschiedete mich von dem wundervollen Geburtshelfer, dem starken Baum, klopfte den Schmutz von meinen Hosen und machte mich bester Laune auf den Weg zum Farmhaus, um zu telefonieren.

Es war noch ziemlich anstrengend, von diesem abgelegenen Ort wieder zuück nach Manhattan zu gelangen. Ich erinnere mich nicht mehr genau, aber ich glaube nach dieser Episode war ich nicht mehr besonders gut auf Raimon zu sprechen. Der Vorfall war mir eine große Hilfe, den Kontakt zu ihm ganz abzubrechen und ich sah ihn, glaube ich, nie mehr wieder."

Amanuee schlug die helle, hauchdünne Kaschmirdecke, die sie über ihre Knie gelegt hatte, zurück. Ihr Blick schweifte aus dem Fenster in die Ferne und sie lächelte. Der Frieden, der von ihr ausging, die sanfte Zufrieden-heit, die sie wie Mozarts perlende Melodien umspielten, berührten Flo wie ein zarter Windhauch.

Florian setzte sich auf.

Wieder fühlte er sich merkwürdig leicht und beruhigt. Diese Gefühle waren ihm eigentlich fremd, und er hatte noch nicht entschieden, ob er sie angenehm oder unangenehm finden sollte. Er sah auf die Uhr – es war bereits halb zwölf, Zeit für seine Nachfolgeverabredung. Sein Blick blieb bewundernd auf Manu hängen. Diese Frau hatte fürwahr gelebt. Er bewunderte ihre Offenheit ihm gegenüber, ihren Mut, Dinge auszusprechen, mit denen sogar manche seiner Freundinnen Schwierigkeiten gehabt hätten, von seinen Freunden ganz zu schweigen. Er konnte nicht viel mit ihren Erzählungen aus vergangenen Leben anfangen, das schien ihm abgehoben. Heimlich lächelte er über die Krücken, die sie sich für ihr jetziges Leben gebaut hatte.

Aber es hatte für sie auf alle Fälle funktioniert, das ließ er gelten. Dieser Rückführungsquatsch nervte ihn etwas, aber Manu schaffte es, ihn in ihren Bildern gefangen zu halten. So ertrug er dieses „Reinkarnations-Gelaber" und regte sich nicht weiter darüber auf.

Plötzlich sah Flo wieder Amanuees strahlende Aura. Manu saß wie in türkisenes Licht gebadet da und schien mit einer anderen Wirklichkeit verbunden zu sein.
Flo erschrak.

Warum sah er jetzt, wie beim letzten Mal, wieder Manus Aura? Hatte das was mit diesem Zimmer zu tun? Oder mit seiner entspannten Haltung, oder war Manu der Katalysator, die diese Fähigkeiten bei ihm aktivierte?
Flo wandte den Kopf langsam in die Richtung, in die Amanuees Blicke gewandert waren. Neben der Tür erstreckte sich eine gewaltige Reihe von Kunstbüchern über die Wand bis hin zum nächsten Fenster. Irgendetwas schien sich vor dem Bücherregal zu bewegen. Flo fiel mit einem Ruck aus seiner träumerischen reflektierenden

Haltung, riss die Augen weit auf und schaltete auf Aufnahme. Hier und Jetzt. Seine Nerven waren angespannt, der scharfe Blick eines Jägers bemächtigte sich seiner Gesichtszüge. Nichts. Bücher.

Er blickte zu Amanuee. Sie saß immer noch schweigend da und blickte lächelnd in Richtung der Bücher. Leider konnte Flo, so sehr er es auch versuchte, ihre Aura nicht mehr wahrnehmen. Er war jetzt ganz sicher, da war noch etwas oder jemand im Zimmer. Flo bewegte sich nicht, er ließ nur seine Blicke wandern, doch er konnte nichts mehr entdecken. Es war zum Mäuse melken. Warum verließen ihn seine außergewöhnlichen Gaben immer in den wirklich spannenden Momenten, warum hatte er keine Kontrolle über sie? Gerade jetzt, wo sie vielleicht endlich einmal brauchbar gewesen wären. Flo wurde wütend. Er fühlte den Ärger in sich emporkriechen und die Ungeduld, die er so gut kannte, bemächtigte sich seiner.

Übelgelaunt sah er Amanuee an, die immer noch in tiefer Verzückung mit dem Bücherbord zu kommunizieren schien. Flo atmete tief in den Bauch hinein, um seinen Ärger loszuwerden.

Das Ausatmen schwemmte ein Bild von Benita nach oben. Benita. Mischlings-Tochter aus der Karibik mit in-discher Mutter. Seine Angebetete war die umschwärm-teste, begehrteste und heißeste Frau der Hamburger Szene. Das Bild das er jetzt sah, verblüffte ihn: Benita mit weißer Hautfarbe, in einem großbürgerlichen, hohen Raum, an einem hübsch gedeckten Esstisch mit acht Kindern um sie herum. Er selbst, Florian, stand als starrer Patriarch um die 50 mit grauem, wilhelminischen Backenbart daneben. Dieses Standphoto zerplatzte wie eine Seifenblase. So sehr er sich auch bemühte, es wieder aus den Tiefen hervorzuholen, es gelang ihm nicht. Hatte ihn Amanuee

mit ihren Phantastereien bereits angesteckt? Flo lief ein
Schauer über den Rücken.

„Florian, möchtest du nicht gehen, es ist bereits Mitternacht?“
Manus klare und weiche Stimme riss ihn aus seinem aufgewühlten Sein.
„Bist du nicht auch morgen wieder mit Nick verabredet?“

Flo schreckte hoch.
„Nick werde ich erst am Wochenende wieder sehen. Aber
du hast Recht. Ich bin längst verabredet. Es war spannend,
deinen Geschichten zu lauschen. Ich freue mich schon auf
nächsten Donnerstag. Mach's gut Großmama und danke.“

Flo packte seine Sachen, verabschiedete sich formvoll-
endet mit angedeutetem Handkuss und verschwand.

Draußen zündete er sich hastig eine Gauloises an und
nahm einige tiefe Züge. Er setzte sich in seinen Wagen und
schob ein Techno-Tape in den Rekorder. Aaah, das kam
gut. Endlich raus aus der verrückten Butze. Manch-mal
wusste man ja nicht mehr, ob dies alles ansteckend war. Er
hatte keine Lust, zum pickligen Teebeutelwerfer und
esoterischen Jutetaschenträger zu werden. Auf abge-
hobenes Tischerücken und spirituelles Gewabere konnte
er gerne verzichten. Wenn Manu nicht bald mit härteren
Geschossen anrücken würde, müsste er ihr wohl doch noch
eine Absage erteilen. Sein Ärger und seine Wut wurden
immer größer, er steigerte sich in Zorn und Aggressionen
gegen feingeistiges und feinstoffliches Energiegesülze.

Das war ja nicht mehr normal! Dass Amanuee seit mehr
als 10 Jahren angeblich fast nichts aß und wenig trank –
daran hatten sich inzwischen alle gewöhnt. Langsam fing
man sogar an ihr zu glauben und keine Lila Pausen und

Pülverchen mehr in den Nachttischschubladen zu suchen. Aber irgendwo sollte schon mal eine Grenze sein. Und jetzt auch noch Geister. Das ist ja albern, befand Flo und beschloss, dass dies der letzte Abend bei der entrückten alten Dame gewesen war. Schließlich hauten ihn ihre erotischen Enthüllungen auch nicht vom Hocker und sie wären für jede Boulevardzeitung nur eine Lachnummer. Dieses harmlose Gequatsche würde er nirgends unterbekommen.

Zufrieden und beruhigt über seine Entscheidung fuhr er ins Xzar und genehmigte sich einige Whiskeys. So um halb drei tauchte Benita mit dem betrunkenen Ulf im Schlepptau auf. Die Gelegenheit war günstig. Diesmal brauchte er sie nicht lange zu überreden, mit ihm mitzukommen. Es hatte also bereits gewirkt, dass er sich rar gemacht hatte. Willst du gelten, mach dich selten! Dieser Spruch barg die wahre Magie. Benita hatte ihn längst vermisst. Vorsichtshalber erwähnte Flo den Abend mit Nick mit keinem Sterbenswörtchen. Diese Peinlichkeit wollte er sich ersparen. Sollte Benita doch lieber denken, er hätte sich bei einer anderen Braut herumgetrieben. Lieber erzählte er ihr vom Abend mit seiner Tante, der gähnenden Langweile, die diese abgedrehte Geistergläubige absonderte und nebenbei auch von dem Gruppenbild mit acht Kindern, das er mit Benita in der Hauptrolle gesehen hatte.

Benita sah ihn entgeistert an und sagte lange nichts. Nach einiger Zeit bat sie ihn, das Bild, das er gesehen hätte, noch einmal in allen Einzelheiten zu beschreiben. Flo war genervt, er hatte keine Lust, sich noch länger mit diesem Schwachsinn zu beschäftigen. Er wollte endlich mit Benita ins Bett, ihren wundervollen, lüsternen Körper besiegen und den Spaß genießen, den sie dabei hatten. Die anderen Männer interessierten ihn heute Abend einen feuchten

Kehricht. Heute Nacht war sie seine Beute, und er plante, sie morgen früh nicht gehen zu lassen, sondern den ganzen Tag mit ihr im Bett zu verbringen.

Widerwillig schilderte er Benita noch einmal das Bild mit der Essensszene und den acht Kindern und machte sich über das eigene patriarchalische Aussehen lustig. Er war erstaunt, wie detailgetreu er Benita von der Farbe ihres Kleides und der Vorhänge berichten konnte. Sogar das Alter der Kinder schien ziemlich klar zu sein. Wie die Orgelpfeifen, nicht mehr als ein bis zwei Jahre auseinander, der Jüngste, ein Bub, war etwa drei Jahre alt.

Benita schwieg.

Wortlos stieg sie aus seinem Auto und kam mit ihm nach oben. Als sie sich zu ihm ins Bett legte, bat sie ihn, heute keine Musik an zu machen und sie in Ruhe zu lassen. Sie hätte keine Lust auf Sex und wollte nur schlafen.

Flo war enttäuscht, wütend und sauer. Er war so erregt, dass er sich noch einige Drinks einschüttete und sich auf die Couch vor das Fernsehen legte. So ein Mist! Diese Schlampe machte mit ihm immer und immer wieder, was sie wollte.

Irgendwann gegen fünf Uhr schlief er endlich, unruhig und frustriert, vor dem Fernseher ein.

Wurzeln

Langsam ging es ihr wieder etwas besser. Die flippige Atmosphäre tat ihr gut. Sie schloss genussvoll die Augen. Das lang gezogene Jaulen des Dudelsacks, der schnelle Beat der verschiedensten Schlaginstrumente, Bongos, Drums und Hölzer, die sich in ein rasendes Tempo steigerten, die Leichtigkeit der einsetzenden Flöten und Gesänge nahmen Benita mit in eine andere Welt. Diese Musik war in ihrer Intensität, ihrer Lebendigkeit und mit ihrer magischen Komponente genau nach Benitas Ge-schmack. Die Musik mauserte sich, versetzt mit Synthesizer Klängen vom rhythmischen Afro Zauber hin zum Trance-Techno-Ethic-Mix. Mit geschlossenen Augen ritt Benita im wilden Galopp auf einem Mongolenpferdchen über weite Steppen. Das Gefühl unbegrenzter Freiheit und unendlichen Raumes durchwärmte ihren Körper und versetzte sie in eine angenehme Stimmung. Spannung und Stress fielen von ihr ab wie buntes Herbstlaub im Wind. Plötzlich wurde sie zum Blatt, bewunderte ihre herrlichen Farben und Formen und schwebte vom Wind getragen über den Boden. Jäh riss sie eine etwas auf-gesetzte, zu laute Stimme aus ihrem verträumten Zustand.

„Benita Schätzchen, nehmen wir heute für die Strähnchen den gleichen Ton wie letztes Mal? Ich habe so eine megageile neue Farbe: Cayenne. Würde sicherlich tolle Highlights setzen. Willst du sie probieren?"
Charles im schicken Gaultier-Hemd grinste sie im Spiegel an. Sein gepflegter Body steckte in knallengen Versace-Jeans, das durchsichtige Hemd sollte, zumindest auf das männliche Geschlecht, sexy wirken. Benita sah ihn sehnsüchtig an:
„Charles, du Trampeltier, wie kannst du mich nur so unsanft aus meinen schönsten Träumen reißen."

„Schätzchen, ich dachte eine halbe Stunde warten ist genug.“
Er grinste schadenfroh.
„Wir können die Wartezeiten in Zukunft aber gerne verlängern.“

Er drehte sich neckisch auf dem Absatz herum, wackelte etwas mit seinem Po und verschwand im Hinterzimmer.
Benita schüttelte ihre lange, schwarze Mähne, stand auf und ging hinterher.
„Charles bitte mach keinen Quatsch. Ich habe in drei Stunden eine wichtige Verabredung. Außerdem brauche ich dringend deinen Rat. Jetzt sei nicht so zickig und lass uns sofort anfangen.“
Charles sah sie mit seinen grünen Augen diabolisch grinsend an.
„O.K. Schätzchen. Aber nur, weil Du es bist.“
Er pfiff seine Mitarbeiter im harschen Befehlston zu sich und gab seine Anweisungen. Hier war er der Herr der Ringe und alle kuschten. Er galt als Szene-Star-Friseur. Jeder hier im Laden bewunderte oder fürchtete Charles, den begabten Coiffeur und engagierten Magier und Zauberkünstler. Er scheute auch vor schwarz-magischen Praktiken nicht zurück. Daher war es besser, man zählte zu seinen Freunden.
Charles diszipliniertes Interesse und Wissen in allem Okkulten hatte Benita seit jeher fasziniert. Sie liebte es, sich mit ihm über außersinnliche Phänomene, magische Rituale und die Steuerung sexueller Energien auszutauschen. Heute hatte sie ein Problem auf dem Herzen, zu dem sie unbedingt seine Meinung hören wollte. Er war ein kluger Zuhörer und bissiger Kommentator. Charles hingegen bewunderte Benitas Schönheit, ihren Lebenswandel und ihre männerverschlingende Lust. In gewisser Weise ähnelten sie sich. Aus Charles Sicht war der einzige Unterschied zwischen ihnen, dass Benita alles in den

hübschen Schoß gefallen war. Er selbst hingegen hatte, so sah es von seiner Warte aus, sich seine Freiheiten hart erkämpfen müssen.

Charles wurde bald eines Besseren belehrt. Seine Meinung über Benitas Weichei-Vita zerplatzte an jenem Tag, wie eine zu große, schillernde Seifenblase.

„Charles, ich habe vor einigen Tagen mit Florian etwas erlebt, das ich nicht wirklich einordnen kann. Du weißt ja, wer Flo ist."

Sie kniff ihr linkes Auge zusammen, zwinkerte dem hinter ihr stehenden, Strähnchen wickelnden Charles kokett zu und lachte ihn mit ihrem hinreißend, offenen Lachen an.

„Ah, ich verstehe! Natürlich weiß ich, wen du meinst. Wenn du keine Lust mehr auf ihn hast, empfehle mich weiter, ich finde ihn sehr hübsch. Ich werde diese Hete schon umkrempeln ..."

Charles kicherte wissend.

„Jetzt hör mir doch mal zu! Ich habe eine Frage: Flo ist etwas hellsichtig veranlagt, und gestern hat er Bilder von uns beiden gesehen, aus dem letzten Leben, vermute ich. Exakt den Film, den ich vor einiger Zeit mit uns beiden in den Hauptrollen geträumt habe. Charles, ich glaube ich habe dir damals davon erzählt: Flo als biederer, starrer alter Ehemann und ich, geopferte, frustrierte Mama mit acht Kindern. Freudlos, lustlos und verbittert. Atmosphärisch war die Luft vergiftet, es roch, nein stank, nach Lügen, Geheimnissen und gesellschaftlicher Etikette. Ich bin in meinem eigenen Film und all der Unfreiheit allein schon beim Träumen fast erfroren. Kannst du dir das vorstellen? Es war schauderhaft."

Sie sah Charles erwartungsvoll im Spiegel an.

„Klar, Schätzchen. Klasse Kreation. Hast du *So Be It!* hinter dir."

Charles war Ramtha-Fan und streute die Bestimmungsformel „So Be It" wann immer es ging in seine Gespräche ein.

„Stimmt, das habe ich hinter mir! *So be it!*"

Benita wiederholte mit Nachdruck diesen Ausdruck für vollendete Manifestationen.

„Charles, ich weiß gar nicht, wo ich anfangen soll: Seit mir Flo seine Bilder erzählt hat – er glaubt übrigens nicht, dass sie etwas mit uns zu tun haben –, bin ich in eine Art Depression verfallen. Dämonen verfolgen mich nachts im Schlaf. Ich habe Ängste, die ich nur aus meiner grauenhaften Kindheit kenne. Ich fühle mich minderwertig, hässlich, schwach, erfolglos und allein gelassen. Ich bin so angeschlagen und verletzlich, dass ich permanent heulen könnte."

Charles war einigermassen sprachlos. Diese Beauty, dieses Lucky Chick Benita, der die Reichsten und Schönsten des ganzen Landes hinterherliefen und ihr anboten, sie auf Händen zu tragen, quälte sich mit Minderwertigkeitskomplexen! Er wusste natürlich um die Empfindlichkeiten und Verletzlichkeiten der Schönen. Das gehörte schließlich zu seinem Tagesgeschäft. Damit war er tagtäglich konfrontiert und glitt auch selbst schnell einmal aus seinem Gleichgewicht, z.B. wenn er nur ein Kilo zu viel hatte. Aber Benita hatte er bislang noch nie von dieser Seite kennen gelernt. Er hatte immer ihre kompromisslose Klarheit geschätzt, die sie in allem, was sie unternahm, pflegte. Er hatte ihre, an gesellschaftlichen Maßstäben gemessene, Amoralität bewundert, ihre Art, sich egoistisch und rücksichtslos alle Freiheiten herauszunehmen. So langsam dämmerte ihm, dass diese Inszenierung ihrer Identität auf zerbrechlichen Füßen stand. Doch was hatte das mit Flos Bildern und ihrem Traum vom biederen gesellschaftlichen Familienleben mit acht Kindern zu tun?

„Benita-Schätzchen, du Ärmste, das tut mir leid. Hast du irgendeine Ahnung aus welcher Ecke dieser Überfall exklusiver Schreckgespenster kommt? Ich habe im Moment noch keinen Plan.“
Charles hatte eine Hand in die Hüften gestemmt und dachte nach. Mit der anderen Hand wirbelte er lässig den Kamm durch seine schlanken Finger.

Zögerlich begann Benita:

„Achtung Premiere! Ich habe noch niemand, außer dir jetzt, jemals etwas über meine beschissene Kindheit erzählt. Du weißt vielleicht, dass ich mit 14 bereits zu Hause ausgezogen bin. Übrigens, kein Schwein hat mich je vermisst, weder meine Mama, mein Stiefvater sowieso nicht und meine kleineren Halbgeschwister waren heilfroh, dass ich endlich weg war. Mein Stiefvater hat mich sexuell missbraucht. Umso älter ich wurde, desto mehr Angst hatte er, dass ich alles auffliegen lasse. Meine Mutter hätte zwar alle Augen zugedrückt, aber es gab ja noch andere Leute. Kohle war nie da. Dieser Dreckskerl arbeitete nur gelegentlich. Meine Mutter musste anschaffen gehen. Und meine zwei kleineren Brüder waren Monster. Nach außen spielten meine Eltern heile Welt. Dank eines Jungen, der total auf mich stand, konnte ich endlich dieser ekelhaften Welt entfliehen. Und nur dank meines Aussehens und weil ich etwas in der Birne habe, bin ich zu der Benita geworden, die jetzt vor dir sitzt. So, jetzt ist es raus. Es tut gut, das einmal auszuspucken. Ich hoffe, nein, ich bitte dich, das nicht gleich brühwarm der ganzen Stadt weiterzuerzählen.“
Benita seufzte. Natürlich wusste sie, dass Charles genau das machen würde. Aber im Moment war ihr alles egal. Seine Hilfe war ihr wichtiger.
Charles, der einiges gewohnt war, zischte nur durch die Zähne:

„Scheiß Kreation!" und war kurzfristig ruhig. Bei ihm eine Seltenheit.

„Benita-Schätzchen, wie wär's jetzt mit einem Kaffee?"

Sie nickte zustimmend und zündete sich eine Zigarette an.

„Schätzchen, ich habe den Verdacht, da wir ja wissen, dass es keine Zufälle gibt, dass durch diesen Traum und Flos Bild Erinnerungen Kanäle angezapft wurden, die du gut zugebuddelt hattest. Weder mit deinem letzten Leben, noch mit deiner Kindheit scheinst du auch nur im Geringsten in Frieden zu leben. Du hast den ganzen Dreck einfach nur weggedrückt. Das kann auf die Dauer nicht gut gehen. Dazu würde ich sagen: Sahne über Scheiße schmieren. Vornehmer ausgedrückt: Das Potential an fixierter Aufmerksamkeit, die noch in deiner Kindheit und in deinem Spießerleben mit Flo gebunden ist, ist im wahrsten Sinne des Wortes explosiv. Opfer hier – Opfer da. Dir fehlt jetzt die Kraft, diese Erinnerungen, die sich so unverschämt an die Oberfläche vorgedrängt haben, wieder nach unten ins Vergessen wegzudrücken. Daher scheint mir deine Kraftlosigkeit und Schwäche zu kommen. Der Widerstand, den du leistest, ist so heftig, dass der dir natürlich auch all deine Kraft abzieht. Könnte das, was ich sage, für dich stimmen?"

„Ja, Charles, ich war mit meinem Nachdenken in einer ähnlichen Richtung unterwegs. Du liegst vermutlich richtig. Nur ist mir ein Rätsel, wie ich diesmal damit umgehen soll. Meine ganzen Wertigkeiten gehen den Bach runter. Ich fühle mich wie ein Nichts, eine Null, eine leere Hülle. Oder wie eine von innen verfaulende Frucht. Das Außen ist noch in Ordnung aber innen gärt und modert es. All die uralten Verletzungen vermehren sich und fressen mich bei lebendigem Leibe von innen auf. Irgendwie bekomme ich auch keine Luft mehr."

Charles war erschüttert. Er fühlte Benitas Verzweiflung.
„Heftig", murmelte er. „Heftig. Aber kein Grund aufzugeben. Was du jetzt brauchst ist ein warmes, ruhiges Plätzchen, jemand, der dich lieb hat und sich richtig Zeit für dich nimmt. Du musst jetzt einmal deiner Kindheit und diesem Trauma-Leben wahrhaftig ins Auge sehen. Diese dicken Eier musst du nochmal anschauen und dann aus deinem Universum entlassen. Mir fallen da so einige Rituale ein. Außerdem werde ich dich gleich mal mit Rescue-Tropfen und Aura Soma behandeln."
„Eine andere Droge wär mir eigentlich lieber."
Benita konnte wieder lächeln. Wenn auch nur etwas nachdenklich. Sie wusste, jetzt musste sie ans Eingemachte.

Benita ließ ihre Verabredung platzen und wartete bis Ladenschluss auf Charles. Sie begab sich vertrauensvoll in seine Hände. Sie fühlte, wie es ihr gut getan hatte, endlich einmal ihre Geheimnisse los zu werden. Sie fühlte sich von zentnerschwerer Last befreit.

Schwindel

Nick gefiel es ausgezeichnet in dieser schicken, verträumten Hotelvilla am Jenisch Park. Seine Business-Suite war so gemütlich, dass sie ihn zum Schreiben förmlich einlud. Er hatte entschieden, seinen Abflug nach Amerika zu verschieben, da er die Chance bekommen hatte, noch einen der führenden deutschen Forscher und Kritiker der orthodoxen AIDS-Theorien zu treffen. Er sah auf die Uhr. Halb drei Uhr nachmittags, jetzt konnte er gut in N.Y. anrufen. Sein Anruf wurde prompt durchgestellt.

„Hi Jason, wie ist die Konferenz gelaufen, was habt ihr besprochen?" Nick ließ sich auf den gemütlichen Sessel am Fenster nieder.

„Wir wollen die druckfertigen Fahnen in drei Wochen am Tisch haben. Wir schaffen das. Alle sind nervös, trotzdem haben sie zugestimmt. Entweder wird es ein Knaller, oder wir sind alle ruiniert. Wann kommst du?"

„Nächsten Freitag!"

Jason Hundt war geschockt. Er versuchte Nick davon zu überzeugen, die nächste Maschine zu nehmen. Die Zeit drängte. Außerdem hatte er kein gutes Gefühl, seinen zukünftigen Bestseller-Autor noch länger in der Stadt zu wissen, in der bereits deutliche Warnschüsse von der Gegenseite abgefeuert worden waren, wenn bislang auch nur auf Nicks kleinen Freund. Aber Nick mit seinem Dickschädel setzte sich durch. Seiner Argumentation, die sich auf die zu erwartende Komplettierung des wissenschaftlichen Materials bezog, hatte Hundt nicht vielmehr entgegenzusetzen außer seinem mulmigen Gefühl. Und auf dieses gab sein Autor wenig.

„Jason, jetzt male keine Gespenster an die Wand. Du weißt, ich schätze deinen Weitblick und deine Intuition,

aber auch deinen Wagemut. Und von dem habe ich auch noch ein klein wenig übrig. Jetzt erst recht. Ich will kei-

nen vorwurfsvollen Blick von Brezel aus seinem Hundehimmel und auch kein Wimmern. Wenn es ihn schon erwischt hat, dann bitte auch für eine vollständig zu Ende
recherchierte Geschichte. Meine Wut im Bauch nimmt
von Stunde zu Stunde zu. Und du weißt, wozu ich fähig
bin, wenn ich brenne. Also, lass mich nur machen und
vertraue mir altem Kämpfer."
Immerhin sicherte er Hundt schließlich zu, eine Maschine
am Dienstag zu nehmen, aus Zeitgründen.
„O.K. dann komme ich also am Dienstag bzw. Mittwoch.
Und danke für deinen Einsatz Jason. Sei versichert, es
lohnt sich! Die Zeit ist reif. Du kannst es am Gegenwind
spüren."
„Bye Nick, pass auf dich auf und halt die Ohren steif."
Nick legte den Hörer auf die Gabel des elfenbeinfarbenen,
antiquierten Hoteltelefons.

Irgendwo auf diesem Planeten wurde im gleichen Augenblick ein Aufnahmegerät abgeschaltet.

Ehrlichkeit - ABEND II

„Wundervoll Flo, deine Erzählungen von deinem Abend mit Nick Filoff. Er ist ein sehr sympathischer und mutiger Herr. Ich freue mich, dass ihr euch auf Anhieb so prächtig verstanden habt. Paul nannte ihn immer den keltischen Donnerkeil, weil er, wie er aus hoch aufgetürmten, dunklen Wolkenbergen, als grollender Donner langsam heranzog, sich schließlich mit gewaltiger Vehemenz entlud und die Atmosphäre gründlich reinigte."

Amanuee lächelte und schloss für einen kurzen Moment die Augen. Florian konnte nicht erkennen, ob sie an Paul dachte oder die Geschehnisse um Nick herum wahrnahm. Sie schwieg einige Minuten. In Florians Kopf überschlugen sich die Eindrücke der letzten Woche. Er fühlte sich rastlos, gestresst und verwirrt. Chaos, wohin er blickte. Alle seine Referenzpunkte schienen sich aufzulösen.

„Es liegt etwas in der Luft. Ich werde Nick nochmals zum Tee einladen. Vielleicht hast du wieder Zeit und Lust zu kommen? Das wäre sehr schön. Ich bin natürlich gespannt, wie die New Yorker Seite auf den Unfall von Brezel reagiert hat. Werden sie einen Rückzieher machen? Das Buchgeschäft ist ein harter Markt. Die mittleren Verlage haben gegen die ganz großen fast keine Chance mehr. Von den kleinen ganz zu schweigen."

Manu hielt wieder unverhofft inne und schien in sich hineinzuhören. Eine liebevolle Ruhe ging von ihr aus. Das wirkte ansteckend. Flo schreckte hoch, als sie unverhofft, und in einem fast geschäftlichen Ton, zu ihm sagte:

„Schalte deinen Apparat ein. Heute will ich dir von meinen Reisen durch eine Seelenlandschaft mit zerklüfteten

Gebirgen, Labyrinthen und tiefen Abgründen erzählen.
Vielleicht auf der Suche nach einer anderen Manu."
Amanuee schwebte, wie immer barfuß, zu ihrem gemüt-
lichen Stuhl am Fenster und hüllte sich in ihren hauch-
dünnen Schal. Sie hörte das Klicken des Recorders und
Flos O.K.

„Meine Schule in N.Y. hatte ich erfolgreich abgeschlossen, und ich entschied mich, das Land zu erkunden. Es war
eine Zeit in der ich vagabundierend in den USA herumzog.
Wechselnde Beziehungen und Jobs machten mich mit
einem anderen Leben bekannt: Kellnerin, Verkäuferin,
Vertreterin für neue Produkte, Bardame – es gab im
Service-Bereich so manchen Job, wie die Amerikaner
damals schon zu sagen pflegten, den ich genauestens
kennen lernte. Eine völlig neue Welt offenbarte sich mir.
Die Welt der Underdogs: Manche waren herzlich, offen
und fröhlich, manche waren gewalttätige, primitive
Proletarier.

Kurz und gut: Ich fühlte mich hingezogen zu der Schat-
tenseite des Lebens. Augenscheinlich hatten mir meine
Abenteuer mit Raimon nur den ersten Kick gegeben. Ich
setzte mich mit Gewalt und Drogen auseinander, tauchte
in die abscheulichsten und finstersten Wirklichkeiten hinab. Nie hatte ich Geld, und da ich ständig umherzog, auch
keine wirklichen Freunde. Männer begleiteten mich wie
Straßenhunde, ließen mich aber für die richtigen Drogen
immer kurzerhand stehen. Frauen kreuzten meinen Weg
nur selten. Sie hatten zu tun mit sich selbst, Kindern oder
Drogen. Ein faszinierendes und oft trauriges Milieu.
Armut, Abhängigkeit und Alkohol fraßen sich in die Lei-
ber und Seelen dieser liebenswerten Menschen und zer-
störten sie.

Ich war auf der Suche. Ich wusste nicht, wonach ich suchte. Die Abgründe des Lebens faszinierten mich. Manchmal schien mir diese Welt ehrlicher und lebendiger als die der sogenannten Erfolgreichen, der gesellschaftlichen Heuchler, der feigen Normalbürger und intellektuellen Nachplapperer. Oft schien mir dieser Abschaum in seiner lässigen Nonchalance, seinem tiefen Schmerz und dem bitteren Kampf ums nackte Überleben freier und authentischer als die maskenhaften Schönen und Reichen, mit denen ich mich in N.Y. abgegeben hatte. Europa war weit weg. Meinen Eltern hatte ich seit Monaten nicht mehr geschrieben.

Irgendwann traf ich Benjamin. Er malte in einer riesigen Scheune in Maine. Die Mischung aus Phantasie, Klugheit, Bildung und gewalttätigem Machismo, die dieser feinfühlige, hoch gewachsene Fremdling ausstrahlte, zog mich an. Bald zog ich zu ihm und hielt uns mit Gelegenheitsjobs über Wasser. Ich liebte Bens Musikalität. Er war zur Hälfte sephardischer Jude rumänischer Abstammung und geboren in Amerika. Seine Mutter war Piani-stin und stammte aus einer der angesehendsten und reichsten Familien Bostons. Sie lernte seinen Vater, einen Mafioso, nach einem Konzert kennen, das sie in Chicago gegeben hatte. Sie hatte keine Chance. Schon am ersten Abend verfiel sie ihm. Er erschuf für seine Angebetete eine Märchenwelt, ein Leben im goldenen Käfig. Sie liebte seinen umwerfenden Charme über alle Maßen. Vor seinen dunklen Machenschaften, die sie in ihrer Naivität vielleicht erst allmählich wahrnahm, verschloss sie die Augen. Angeblich sollen sich die beiden, trotz aller Geheimnisse, bis zuletzt abgöttisch verehrt und geliebt haben. Ihr einziger Sohn Benjamin wurde in den besten Schulen erzogen. Er sollte Anwalt werden. Doch daraus wurde nichts. Bens Vater wurde knapp 50 Jahre alt, in einer Schießerei zum Krüppel geschossen und ging langsam und kläglich in einem Gefängnishospital zugrunde. Bens Mutter starb kurz darauf mit 39 Jahren an Krebs. Der siebzehn jährige, verwöhnte Sohn wurde von den Freunden seines Vaters elegant um sein Erbe betrogen. Von der wohlhabenden Seite seiner Mutter war nichts zu erwarten. Die Familie hatte die schandhaft Abtrünnige längst enterbt.

So tingelte Ben einige Jahre als Saxophonist durch die Jazz-Bars. Irgendwann beging er im Drogenrausch einen blödsinnigen Einbruch und landete fünf Jahre hinter Gittern. Als er aus dem Knast kam, wollte er nicht mehr spielen. Er fing an zu malen und zog in diese Scheune nach Maine, die einige Jahre mein frostiges und ärmliches Zuhause sein sollte.

Ben besaß außer einem alten, verstimmten Klavier, seinem Saxophon und einer Klarinette auch ein altes Zimbal. Von rumänischen Freunden seines Vaters hatte er die Kunst es zu spielen mit 8 Jahren erlernt. Ich fand, er spielte das Zimbal wie ein Gott. Ich glaube heute noch, dass ich es nur so lange bei Ben ausgehalten habe, weil er so himmlisch spielte.

Mein Leben mit Ben war aufregend und neu. Ich fühlte mich wie aus der Zeit heraus katapultiert. Seine Kreativität kannte keine Grenzen und forderte mich. Stundenlang, wochenlang lagen wir im Bett und Ben erzählte mir vom Leben der Zigeuner, von ihren Riten, ihrer Sprache, ihrem Ehrenkodex. Er erklärte mir die geschichtlichen Zusammenhänge, vermischte sie mit den Farben seiner unergründlichen Phantasie und nahm mich mit auf Bilderreisen zu unwirklichen Stätten alter Kulturen, die er in seinem nicht zu bremsenden Erzählfeuer magisch vor meinen Augen erstehen ließ. Auf den Rausch des Erzählens und der Hingabe folgte so manches Mal die

Kargheit und Tonlosigkeit der besessenen Malerei. Diese Zeiten, in denen er einsam und wortlos mit sich alleine kämpfte, um den klangvollen Ausdruck der Farbigkeit rang, wütend und ungeduldig alles um sich herum verfluchte, konnten für mich unerträglich sein. So manches Mal saß er Stunde um Stunde, Tag um Tag, Woche um Woche stumpfsinnig vor seinen Leinwänden, hörte in sie hinein, wartete auf erlösende Antworten, die nicht kamen.

Dann, der plötzliche Umschwung. Ein liebevoller, verletzlicher Junge suchte Schutz bei mir, klammerte sich an mich, las mir jeden Wunsch von den Augen ab. Erfand Spiele für mich, lachte und tobte wie ein Kind, um mich zu erheitern. Wir alberten und kicherten, tanzten in dieser Scheune, die er in tagelanger, phantasievoller Arbeit in einen Elfenpalast verwandelt hatte. Ich erinnere mich noch gut, wie wir einen Tag Verstecken spielten und er bitterlich weinte, als er mich, wie die Abenddämmerung ihre Schatten bereits über das Gehöft gelegt hatte, immer noch nicht gefunden hatte. Erst nach einigen Flaschen Wein konnte er mir endlich verzeihen.

Wir lebten nie im eingefahrenen Gleis, nichts war vorherzusagen. Wir erschufen jeden Tag unser neues Unbekanntes mit ungewissem Ausgang. Nur das Vorherzusagende kann vorhergesagt werden, nur das eingefahrene Gleis ist bekannt, das Unbekannte muss immer neu erschaffen werden. Keiner von uns wusste, ob er nächste Woche noch da wäre, was er tun würde, welche Art von Beziehung er leben würde. Unser Leben sah nicht wie ein Filmstreifen aus, den man auseinanderzieht und Anfang und Ende auf den Einzelaufnahmen bereits zu erkennen sind. Jeder Tag barg alles an Möglichkeiten.

Unnötig zu sagen, dass wir in dieser Zeit eine Menge Schmerz, eine Menge Drama und auch eine Menge der ausgelassendsten und freiheitlichsten Freuden, eine Menge liebevollen Lichts und angsterfüllter Dunkelheit erschufen. Wochenlang hungerten und froren wir, um dann wieder die üppigsten und heitersten Feste mit wilden Freunden, gespickt mit deftigen Schlägereien, zu feiern. Dann kam ich wieder wochenlang nicht nach Hause, weil ich irgendwelche obskuren Jobs angenommen hatte, um etwas Geld für unseren ärmlichen Haushalt zu verdienen.

Die Wiedersehensfreude mit Ben nach diesen gelegentlichen Ferien von ihm gehört zu den aufregendsten Momenten meines Lebens. Er verstand es, wie es auch von seinem Vater erzählt wurde, der Geliebten ein Universum zu zaubern, die mit dieser Welt nichts mehr zu tun hatte. Dazu benötigte Ben keine Millionen. Insgeheim glaube ich, dass ihm Kobolde, Feen und andere Zauberwesen der Erde halfen, mit ihm zusammen funkelnde Tropfsteinhöhlen, gebadet in überirdisches Licht, durchtränkt von außerirdischen Düften, erschufen, mit weichen, warmen Lagern, die unsere Körper mit solch einer göttlichen Liebe erfüllten, dass unsere Vereinigungen himmlischer waren als das brillanteste Naturschauspiel eines in alle Farben getauchten Abendhimmels. Die Intensität und Farbigkeit, die Liebeskraft und Wärme die in solchen Momenten von Ben, dem Vulkan, ausgingen waren orgiastischer als alles, was ich bis dahin erlebt hatte.

Ben war über 1,90 m groß und sehr schlank. Er hatte die langen Gliedmaßen von seiner großen Mutter geerbt. Seine Nase, seine Hautfarbe und seine langen, lockigen Haare jedoch verrieten seine südländische Abstammung. Sicher floss auch jede Menge Roma-Blut in seinen Adern. Seine musische Feinheit war gemischt mit einer zähen Ausdauer und Härte, ohne die er wohl nicht überlebensfähig gewesen wäre. Ich liebte oder hasste ihn.

Gleichgültigkeit oder ausgeglichene Harmonie kamen in unserer Beziehung nicht vor. Immer waren wir feurig.

Die früheren Leben, die ich im Zusammenhang mit Ben sah, erstaunten mich keineswegs. Einst waren wir räuberische Weggefährten gewesen, männliche Kameraden, die mit allen Wassern gewaschen waren. Auch hatte ich eine Rückschau, bei der ich uns als Mutter und Tochter sah. Er war meine Tochter gewesen und versuchte sich vergeblich aus meinen mütterlichen Fängen zu befreien. Ich hatte ihn mit meiner einnehmenden Mutterliebe fast erdrückt. Auch als Liebende waren wir uns begegnet, in vertauschten Rollen, dabei hatte ich, der Mann, ihn, die Frau, nicht gerade nett behandelt, ihn kontrolliert und als mein Eigentum betrachtet. Diese Inkarnation konnte ich räumlich und zeitlich verhältnismäßig genau zuordnen. Es schien sich um eine griechische Insel zu handeln, und es könnte, meinen Schätzungen nach, vor Christus gewesen sein. Die Verhältnisse waren ärmlich und wir waren, ohne Frage, so etwas wie Weinbauern.

Die Bilder aus der Vergangenheit halfen mir immer wieder mit meiner jetzigen Lage umzugehen und sie als frei gewählt und selbst erschaffen einzuschätzen. Ich hatte immer klar vor Augen, dass ich jede Minute gehen und Ben seinem Schicksal überlassen konnte. Aber immer wieder entschied ich mich für ihn, entschied so lange zu bleiben, bis nichts Unbekanntes, nichts Neues mehr von uns geschaffen werden würde. Sollte unser Zusammenleben stagnieren, sollte keine Veränderung mehr stattfinden, würde ich gehen. Ich sah unser Leben als Spiel, in dem wir Erfahrungen machten und die verschiedensten Rollen spielten.
Langsam wurde mir klar, dass wir alle miteinander verbunden sind, dass nichts dem sogenannten Zufall überlassen ist und wir jede Sekunde durch unsere Gedanken

unsere Realitäten erschaffen. Weiß und Schwarz wollte von uns gelebt werden, die Ganzheit, beide Seiten der Medaille, Yin und Yang. Wir wollten das ganze Bild erfassen. Denn anscheinend werteten wir auf einer anderen Ebene unsere Erlebnisse nicht als negativ oder positiv.
Konnte es sein, dass wir über Mord und Todschlag, über Ehebruch und Krankheit aus einer anderen Perspektive lachten? Konnte es sein, dass wir selbst entschieden, zum Beispiel behindert in diese Welt zu kommen, um eine ganz bestimmte Erfahrung zu machen? Konnte es sein, dass ich mir diesen manchmal so grauenvollen Egoisten und Säufer Ben ausgesucht hatte, um mit ihm durch eine phantasievolle, arme und kalte, aber auch faszinierende und lustvolle Welt zu gehen? Konnte es sein, dass ich mir all meine Kritik, meine Unzulänglichkeiten, Zweifel und manchmal sehr boshaften Gedanken selbst erschuf?

Meine Gedanken beschäftigten mich. Ben antwortete mir nur manchmal auf diesbezügliche Fragen. Wenn er schon tagelang getrunken hatte, kam es plötzlich zu einem dieser tiefen philosophischen Gespräche, bei denen er meine Fragen beantwortete. Seine Klarheit und Einsicht erstaunten mich. Oft bestätigte er meine Theorien. Er gab dann zu, dass der Grund für sein Trinken wäre, einen Punkt der Helle zu erreichen, ein Fenster zu öffnen, um sich wieder weiter hinauslehnen zu können. Wieder und wieder einen Punkt einer neuen Realität zu erschaffen, wieder einem Unbekannten, einer Leere, einem Nichts, einer undefinierbaren Weite ins Auge zu sehen. Immer wieder versuchte er das Göttliche zu provozieren, um es zu einer Reaktion zu verleiten. Doch diesen Gefallen taten ihm weder sein Unbekanntes noch sein unbekannter Gott.

Inzwischen bin ich mir sicher, dass das Göttliche nicht urteilt, beurteilt, verurteilt oder wertet. Es geht alleine darum, den Gott in sich selbst, in allem zu entdecken. Es geht immer wieder nur darum zu erkennen, dass jeder selbst Autor, Regisseur und Schauspieler seiner Lebensdramen ist. Mit dieser Erkenntnis fiel es mir so manches Mal um vieles leichter, meine Theaterstücke zu verändern, auszusteigen oder abzuschließen.

Allmählich fing ich an, mich mehr und mehr für Mystik und Spiritualität zu interessieren.

Mich interessierten plötzlich die Mystiker des Christentums, des Buddhismus und des Islam. Ich beschäftigte mich mit der Kabbala. Ich studierte die Bücher, die damals in den frühen 50-er Jahren kursierten. Die Theosophen und Anthroposophen, Blavatsky, Steiner, Alice Bailey, Aldous Huxley und Timothy Leary. Der Begriff New Age machte bereits die Runde. Ich befasste mich erstmalig mit den Schriften eines Ouspensky und setzte mich mit den Phänomenen der außersinnlichen Wahrnehmung auseinander. Diese Bücher waren damals in den USA nur schwer zu bekommen. Aber irgendwie fanden sie zu mir. In allem hörte ich dieselbe Botschaft: „Bedingungslose Liebe." Gott liebt ohne Wenn und Aber, wir sind keine Sünder, Schuld ist also, so mutmaßte ich, eine kirchliche Erfindung. Gott ist in unserem Inneren, und niemand kann uns unserer Göttlichkeit berauben.

Ben schaute nicht einmal in meine Bücher hinein. Seine Art zu sehen, zu fühlen und zu erkennen musste aus ihm heraus geboren werden. Er nahm kein vorgekautes Secondhand Wissen an. Ben erfühlte, ertastete und erarbeitete sich seine Wahrheiten und schüttete dann ordentlich Alkohol nach.

Er wusste, dass wir nicht das und nicht das sind, das wir nicht sind, wie wir riechen oder wie wir uns benehmen.

Langsam erkannte auch ich, dass wir alles sein könnten, wenn wir absichtsvoller wären.

Darüber konnte ich mit Ben reden, wenn er in diesem ganz bestimmten Zwischenstadium war. Auch ihm war bewusst, dass wir durch den Anderen die Möglichkeit hatten, immer neue Rollen und Identitäten auszuprobieren und zu spielen. Wir hatten die Möglichkeit, unsere alten Rollen im Feuer der Leidenschaft oder des Schmerzes zu verbrennen und diese uralten Kostüme nicht mehr anzurühren. Mir fiel auf, dass Ben den Geistern in seinen Flaschen zu viel von seiner Macht abgab. Zuletzt gewannen sie immer die Oberhand. Die Geister des Alkohols wurden zu satten, selbstständigen Entitäten. Er nährte sie so gut, dass sie, als es dem Ende zuging, seine Lebenskraft aus ihm heraussaugten. Aber das war, als wir uns bereits lange getrennt hatten.

Ich ließ in Stangrove, Maine, so manche lieb gewordene Identität in weißem Rauch aufgehen. Die Feige, die Unehrliche, die Sicherheitsbewusste, die Europäerin, die Schöne, die Gepflegte, die Gut-Erzogene, die Altruistische, die Kleine, die Schwache ... Das waren nur einige Rollen, von denen ich mich verabschiedete und sie gnadenlos aus meinem Sein hinweg brannte. Ich weiß noch, wie schwer es mir fiel, mich von meiner guten Erziehung zu trennen.

Allmählich wurde mir die Verlogenheit klar, die mit guter Erziehung einherging. Aus sogenannter Rücksicht hielt ich mit meiner Wahrheit hinterm Berg, äußerte nicht ehrlich, was ich wirklich wollte, umgab mich mit Menschen, die ich eigentlich nicht ausstehen konnte, tat Dinge aus purer Höflichkeit – mit einem Wort belog mich selbst und meine Umwelt nach Strich und Faden.

Mit einem grandiosen Feuerritual verbrannten Ben und ich eine 1,60 m große Puppe, die meine gute Erziehung darstellte und Henrietta hieß. Sie ging knisternd in Rauch auf und hinterließ bei mir ein ungeheures Freiheitsgefühl. Ich hatte danach weder den Drang nach perversen Sexspielen noch pinkelte ich in irgendwelche Ecken oder beleidigte unflätig meine Freunde. Nein, Henriettas Verbrennung war Auslöser für ein völlig neues Zeitgefühl. Das Korsett eines von Stunden strukturierten Tages war plötzlich wie vom Winde verweht. Zum ersten Mal in meinem Leben erlaubte ich mir, im JETZT zu leben und das JETZT zu fühlen. Ich schlief lange und genüsslich mitten am Tage ohne eine Spur schlechten Gewissens. Ich streifte durch die herrliche Landschaft Maines. Tage-lang dachte ich nicht einmal an Ben und seine Sorgen. Ganz verbunden mit Mutter Erde, dem Wind, dem Wasser und dem Feuer kommunizierte ich mit Natur-geistern und verschmolz mit ihnen ohne Bewusstsein für Zeit und Raum. Ich begegnete Gestalten, die vorher in meiner Welt nicht existiert hatten und die ich heute als Geistwesen bezeichnen würde. Ob sich das alles in einer Phantasiewelt abspielte oder nicht, für mich war es Realität. Ich sah Wesen, sprach mit ihnen, fühlte sie mit meinem ganzen Sein. Sie lehrten mich, dass es im Leben da-rum geht, Wissen zu erlangen. Wissen als Heiler von Dunkelheit und Missverständnis. Sie lehrten mich, dass die Seele nicht Gott sei. Die Seele sei vielmehr das Buch, in dem alle unsere Gedanken, Bewertungen, all unsere Erfahrungen aufgezeichnet seien.

Das leuchtete mir ein: Aus dem Buch der Seele las ich also Geschichten vor, wenn ich hinabtauchte in Bilder längst vergangener Inkarnationen, im JETZT gespeichert und zugänglich im Bilderbuch meiner Seele, heute würde ich es eher als Videothek bezeichnen. Mir wurde immer klarer, dass Gott reiner GEIST ist, der in allem ist, ungefiltert durch meine begrenzten Gedanken. Für kurze

Augenblicke fühlte ich diese göttliche Essenz in allem, die wir sind, Geist – Superintelligenz, reine Liebesenergie. Dieser Geist, der scheinbar tote Materie lebendig macht. Denn wurde nicht alles lebendig, wann immer ich meinen Fokus, meine Aufmerksamkeit darauf richtete?

Diese Erkenntnisse suchte ich zu verinnerlichen, zu le-ben, zu erleben. Es gelang, ab und zu. Es war für kurze Zeit eine Erfahrung, die mit nichts, was ich vorher erlebt hatte, zu vergleichen war.

Mein Geist verband sich mit der Natur, und ich ging auf Wegen, auf denen ich nie vorher gewandert war, entdeckte Beeren und Kräuter, wo ich sie niemals gesucht hätte, begegnete Vögeln, Eichhörnchen, scheuen Eidechsen, Tieren des Waldes, die mir vertrauensvoll Gesellschaft leisteten. Ich Stadtmieze fühlte mich als Entdeckerin, als fremdes Wesen, auf einer unbekannten Reise, in einem von mir vorher nie bewusst wahrgenommenen Terrain.

Ich erinnere mich gut an meine Rast unter einer riesigen Rotbuche. Dieses Baumwesen umfasste mich, wie der schützende Arm der Ur-Mutter. Ich fühlte den Lebenssaft dieser Wesenheit unter mir in großartigen Wurzeln pulsieren, den gewaltigen Stamm hinaufsteigen, durch kräftige Riesenarme strömen, um schließlich die zartesten Blättchen mit köstlichem Lebenssaft zu versorgen.
Ich sah, wie die Blätter des Baumes das Licht der Sonne einfingen, sich ihm verführerisch zuwandten, mit ihm spielten und es dann schließlich in sich einsogen wie süßesten Nektar. Ich fing an mit der Rotbuche zu reden, sie zu preisen, zu bewundern, ihr zu danken. Ich richtete all meine Liebesenergie auf ihr Herz, das ich in der oberen Hälfte des knorrigen Stammes fühlte. Mein größter Wunsch war in jenem Moment, mit ihr zu reden. Ich setzte

mich, an ihren Stamm gelehnt, unter die riesige Krone und beschloss, den Platz nicht mehr zu verlassen, bevor ich nicht ihre Sprache gelernt hätte. Ich verband mein und ihr Herz mit einem schimmernden Regen-bogenband und bat darum, nicht enttäuscht zu werden. Bald schon schlief ich ein. Im Traum erschien mir eine grünlich-schimmernde, sehr große und schlanke Gestalt. Sie hatte weder männliche noch weibliche Energie. Strahlende Schönheit umflutete sie, und sie glich einem Menschen. Im Traum begann ich Fragen zu stellen: *Bist du die Wesenheit Rotbuche? Ein Engel? Ein Naturgeist? Ein aufgestiegener Meister? Ein Außerirdischer?* Das grünlich strahlende, wunderschöne Lichtwesen lächelte und verneinte. Ich war so voller Ehrfurcht und geblendet, dass mein Speicher mit keinen weiteren Begrifflichkeiten aufwarten konnte. Die Lichtwesenheit bedeutete mir, weiter zu fragen.

Ich strengte mich an: *Woher kommst du? Wo wohnst du? Bist du schon gestorben und also ein Geist? Bist du eine Seele aus einem anderen Universum?* Wir kommunizierten augenscheinlich durch Gedankenübertragung, da keinerlei Worte fielen. Die Antworten ließen nicht auf sich warten. Mit liebevollen, friedlichen Blicken sah mich diese göttliche Schönheit an und eröffnete mir:
Ich bin eine Wesenheit aus dem Inneren der Erde. Du weißt wohl, dass die Erde hohl ist und viele Völker dort leben. Wir sind eure Vorfahren und leben mit allen in Frieden.
Damit verflüchtigte sich die hohe Gestalt und schien in einem Lichtball zu verschwinden, der wie ein UFO aussah.

Irgendwann erwachte ich, es war bereits dunkle Nacht, und ich fröstelte. Die Blätter der königlichen Rotbuche flüsterten über mir im Wind. Hatte der Baum diese Gestalt auch gesehen? War ich die einzige, der diese Wesenheit begegnet war? Ich war hellwach und eine sonderbare Ruhe umfing mich. Ich stand auf und klopfte mir Erde, Blätter und Gräser von der Hose. Dabei nahm ich ein Aufblitzen war, das unter meiner rechten Hand hervor-zukommen schien. Ich sah an mir herunter. Träumte ich denn immer noch? Ein seltsames Leuchten und Strahlen ging von mir aus. Als wäre ich in irgendeine fluoreszierende Flüssigkeit gefallen oder hätte irgendwelche Lichtpillen eingenommen, die mich von innen heraus sanft erleuchteten. Ich erschrak fast zu Tode. In dem Moment konnte ich sehen, wie der Glanz regelrecht von mir abfiel, weniger und weniger wurde, bis alles wieder beim Alten war.

War das nun ein Traum gewesen? Hatte ich halluzinogene Pilze oder Beeren gegessen? Ich war am Ende meines Lateins. Mein Gefühl sagte mir, dass ich wirklich eine Erscheinung gehabt hatte und im Kontakt mit einem Unterirdischen gewesen war. Dieses wunderbare Gefühl der Erleuchtung und friedlichen-sanften Ruhe blieb fünf Tage und Nächte mit mir, bis es sich unaufhaltsam verflüchtigte. In diesen Tagen und Nächten in der Natur, bei denen ich jede Nacht aufs Neue um eine Begegnung bettelte, Versprechen abgab, handelte, schrie, betete, meditierte, kontemplierte, magische Rituale abhielt, da verliebte ich mich: in mein Selbst. Ich nahm es als einen in allen Farben sprühenden Kristall wahr, dessen prismatische Flächen das Licht brachen und die grandiosesten Farbskalen reflektierten. Weder der Baum redete zu mir noch erschien jemals wieder dieses strahlende Wesen aus dem Inneren der Erde. Dafür hatte ich zum ersten Mal in meinem Leben Zugang zu meinem eigenen Wesenskern gefunden und fühlte mich als der glücklichste Mensch der Erde.

Manchmal wusste ich nicht, ob ich schon in einem Jenseits weilte oder noch hier auf diesem Planeten. So neu und unwirklich erschien mir alles. Ich ernährte mich von Wurzeln und Beeren, trank Wasser aus sprudelnden Quellen. Es war überraschend, wie wenig ich brauchte. Hier legte ich, so glaube ich heute, den Grundstein für meine Akzeptanz und meinen Glauben an die Möglichkeit, sich von Licht ernähren zu können.

Als ich, weil es langsam Herbst wurde, mich nach Wochen wieder Stangrove näherte und in Bens Scheune auftauchte, war ich dürr wie ein Besenstiel. Meine Augen müssen geleuchtet haben wie blaue Saphire und ich war so im lichten Gleichgewicht, dass mich die Neuigkeiten, die meiner harrten, nicht im Geringsten erschütterten.

Eine neue Frau war an Bens Seite, Jil. Sie war genau das Gegenteil von mir: rundlich, mütterlich, immer guter Laune, etwas naiv und eine fabelhafte Köchin. Von nun ab gab es immer die besten Mahlzeiten, sie verwöhnte uns mit ihren Kochkünsten und wir verwöhnten sie, nach einiger Zeit, mit unseren Liebeskünsten. Einige Tage dauerte es, bis ich wieder Lust auf fleischliche Genüsse verspürte und Bens Werben nachgab. Das gute Essen von Jil hatte daran sicherlich einen nicht zu unterschätzenden Anteil. Die Menage á trois, die ich zu meinen größten Leistungen in punkto Veränderung zähle, lehrte mich, dass ich nichts besitze, dass mir kein Mensch gehört. Ich stellte mich dieser provokanten Herausforderung. Ich er-kannte wieder einmal, dass mir jederzeit alles genommen werden könnte, alles außer meinem Geist, meinem Gott in mir, der das alles erschaffen hatte und auch wieder erschaffen konnte. Der Gott, die Göttin in meinem Inneren, den oder die konnte (und kann) mir keiner nehmen. Er/Sie IST.

Langsam erspürte ich eine Freiheit, die mit unserer Dreierromanze verbunden war. Besitzansprüche, Machtspiele, Verletzungen, Eifersucht, Neid und Rachegedanken waren nicht am Platze. Sie hätten unser Zusammenleben unerträglich gemacht. Für diese Entwicklung hatte sich Ben wieder einmal ein grandioses Ritual einfallen lassen.

Es dauerte drei lange Tage und Nächte. Einen Tag und eine Nacht spielte jeder von uns Regisseur des selbst gewählten Dramas. Jeder inszenierte eine Liebesgeschichte, in welcher er den Hauptprotagonisten sich selbst darstellen ließ. Das hieß, ich inszenierte Jils Spiel, die eigentlich mich darstellte und all das tun durfte, was ich gerne getan hätte. Anfänglich empfand ich es als ziemlich grausam und unnötig, meinem geliebten Ben die Regieanweisung zu geben, das Zimbal für Jil zu spielen. Ich bestimmte das Ambiente, die Atmosphäre, die Handlung, die Dialoge. Ich gab Jil z.B. die Anweisung, Modell zu sitzen, Ben zu lieben, ihn zu beschimpfen, mit ihm metaphysische Gespräche zu führen.
Diese Überhöhung der Realität war vor allem komisch. Wir bekamen manchmal minutenlange Lachanfälle, weil es so absurd und erhellend war, einen anderen die eigene Rolle spielen zu sehen. Unser Bewusstsein für die Situation, in der wir uns befanden, wurde geschärft, und wir übernahmen dafür die Verantwortung. Uns wurde bewusst, dass keiner auch nur irgendeinen Anspruch auf den anderen hatte und wie einfach es war, Verletzungen zu vermeiden. Jeder von uns lernte, rücksichtsvoller und feinfühliger zu sein.

Da wir alle drei das gleiche Schicksal frei gewählt hatten, fiel es uns später leicht, von etwaigen Ausschluss-Spielchen Abstand zu nehmen. Jeder von uns hatte, unter eigener Regie, Gefühle der Rache, des Hasses, des Neids, der Eifersucht, der Demütigung durchlebt und verspürte keinerlei Bedürfnis, sich diesen wieder hinzugeben.

Ich war im Nachhinein erstaunt über den Erfolg unseres Rituals. Diese pikante Situation dauerte auch nicht lange: Bereits nach sieben Wochen verließ Jil uns wieder. Sie heiratete einen reichen Bankier aus Connecticut, der sich zufällig in unsere Gegend verirrt hatte.

Meine Lebensweise hatte sich nach meinen Erfahrungen auf meiner sommerlichen Expedition und auch durch das Erlebnis mit Jil sehr verändert. Das Mysterium des Lebens, Erlebens und Erschaffens wurde immer transparenter. Die Freiheit, ein Schauspieler zu sein, der jeden Augenblick die Möglichkeit hat, jede beliebige Rolle zu erforschen, wurde immer greifbarer und damit für mich auch spielbarer. Durch unser Dreier-Verhältnis hatte ich mich bewusst an eine Rolle gewagt, der ich mich lange widersetzt hatte und die ich immer vermeiden wollte. Durch das Erforschen dieser Identität hatte ich mich wiederum von vielen Begrenzungen befreit. Ich wurde immer durchlässiger, verspielter, offener und mehr mein Selbst. Die Zeit nach Jil war für Ben und mich die harmonischste. Wir liebten uns von Herzen und genossen es sehr, wieder für uns zu sein.

Bald übernahm ich die Rolle, Bens Kunst-Agentin zu spielen und verbrachte viel Zeit in New York. Nach all der Zeit der Einsamkeit, des Wahnsinns und der spannungsgeladenen Situationen kehrte ich zurück in das bekannte Lager gesellschaftlicher Identitäten, die ich mit viel Freude, Frechheit und Charme zum Besten gab. Am meisten machte es mir Spaß, im schicken Kostümchen geizigen Galeristen den Kopf zu verdrehen, sie zu locken und zu umgarnen, mit meinem europäischen Kunstverstand zu brillieren und sie mit horrenden Preisen gegeneinander auszuspielen. Endlich konnte ich solche Spiele spielen, ich hatte gelernt zu pokern und mir verschiedene Wirklichkeiten spielerisch einzuverleiben.

Mit großem Erfolg. Fast über Nacht wurde Ben berühmt, und wir waren plötzlich reich.

Wir entschieden uns Maine zu verlassen.

Ade, Stangrove, geliebtes Zuhause, geliebte Landschaft. Drei Tage verschwand ich in den Wäldern, um mich von meinen geliebten Wesenheiten, den Vögeln und all den anderen Tieren, den Bäumen, den Blumen und Kräutern, den unsichtbaren Kobolden, Zwergen und Feen zu verabschieden.

Insgeheim hoffte ich, nochmals dieser Wesenheit aus dem Inneren der Erde zu begegnen. Aber leider zeigte sie sich mir nicht.

Ich schlief traumlos. Heute glaube ich, dass ich ganz einfach aus dem Training war. Durch meine Erlebnisse in New York hatte ich mich zu lange in der schweren Dichte aufgehalten und fand das Tor in die feinstoffliche Welt dieser Wesen nicht mehr. Auch das Anwählen an-derer Programme will geübt werden, manchmal reicht allein das Wissen nicht aus.

Ich wusste genau, dass ich diesen Erdteil so schnell nicht wieder sehen würde. Der Abschiedsschmerz war überwältigend. Ich, die nichts mehr liebte als Veränderung, war erschrocken über meine Wehmut, diesen Ort zu verlassen. Ben war gar nicht zu beruhigen. Sein Dauer-trinken nahm so erschreckende Ausmaße an, dass ich erwog, ohne ihn zu gehen. Am meisten brach er mir mit meinem geliebten Zimbal das Herz. Nachdem er nächtelang wie ein Gott darauf gespielt hatte, zündete er es in einem Anfall tiefster Trauer an. Ich war wie versteinert. So also fühlte sich TOD an. Alles erstarb, die Zeit blieb stehen, der Raum verengte sich zu einem dunklen, kalten Rattenloch. Nie vergesse ich Bens animalische Schreie, die er unserem geliebten Instrument hinterherschickte. Sie hallten durch die Wälder, wie das tötende Bellen wildernder Hunde.

Diese Tat besiegelte und beendete auch unsere Beziehung. Irgendeine Herzkammer hatte sich geschlossen, und wir beide konnten den Schlüssel nicht mehr finden. Eine lebenswichtige Schwingung, die uns verbunden hatte, ein Ton, der unsere Herzen in Einklang gebracht hatte, hatte sich aufgelöst und wir waren wie voneinander abgeschnitten. Der EINE Klang fehlte, dieser Ton, der uns verschmelzen gelassen und alles Trennende geeint hatte. Jetzt waren unsere unterschiedlichen Wege nicht mehr zu verleugnen, wir waren an der Gabelung angelangt.

Nach seiner großen Ausstellung in New York verließen wir zusammen Amerika. Wir gingen nach Positano in Italien.

Europa tat mir gut. Der Krieg war vorüber, und im Süden Europas genoss man das Leben, so gut es ging. Allein gutes Essen, Wein, Weib und Gesang zählten, jeder wollte sich bestmöglichst amüsieren und unterhalten. In dem reizenden romantischen Fischerdorf am Meer lebte eine kleine Kolonie von Amerikanern, Franzosen, Engländern, Deutschen, Spaniern und Südamerikanern. Dieser Ort war der Geheimtipp der 50er- und 60er-Jahre. Das Meer war himmlisch, Amore heiß, und die leichte italienische Lebensart war Balsam für unsere Seelen. Jeder kannte bald jeden, und der köstliche Wein setzte der Kreativität keine Grenzen: Dolce Vita.

Ben und ich versuchten in den heißen Sommernächten unsere Liebe wieder zum Leben zu erwecken, aber es gelang uns nicht. Ben trank nur noch, und so sah ich mich nach anderen Männern um, schließlich war ich immer noch auf der Suche nach meiner großen Jahrtausend-liebe, wie ich sie nannte. Die Männer, die am Strand ihre gepflegten Körper in der Sonne brieten, waren mir zu glatt, zu braun, zu unbehaart, zu weiß, zu schwabbelig, zu muskulös, zu fett – kurzum, keiner passte mir oder übte auch nur den geringsten Reiz auf mich aus. Die gesellschaftlichen Verpflichtungen und Anlässe, das ständige Unter-Beobachtung-Sein, die Enge der Bucht und die Schönen und Sonnengebräunten langweilten mich bald.

Ben, reich und berühmt, liebte es, am Nachmittag Hof zu halten und sich mit seinem Œuvre in der Bewunderung junger Mädchen zu sonnen. Eine blonde Deutsche mit knappen 18 Jahren warf sich ihm mutig an die Brust. Ich konnte mir ein Lächeln nicht verkneifen. Ich wusste, wie sehr Ben vorgetäuschte Gefühle hasste, und dieses junge Ding war leider eines von der heuchlerischen Sorte. Eine, die eindeutig vor allem hinter seinem Ruhm und Geld her war. Aber in seiner männlichen Eitelkeit konnte er ihr nicht widerstehen. Fast tat er mir leid, ich kannte den Zwiespalt, in dem er sich befand. Auf der einen Seite wusste er genau, dass sie vor allem hinter seinem Geld her war – auf der anderen Seite schmeichelte ihm das knackige Blondchen und ihre rührende Jugend ungemein.

Erleichtert ließ ich ihn mit ihr allein. Ich hatte beschlossen, meine Eltern in Basel zu besuchen. Schließlich hatte ich sie 13 lange Jahre nicht mehr gesehen.

Beim Abschied gab mir Ben seine alte heißgeliebte Malerhose, verfleckt, bunt und in meinen Augen ein wahres Kunstwerk. Er hatte, trotz der blonden Claudia an seiner Seite, Tränen in den Augen. Aber was sollte ich mit seiner Hose? Sollte ich sie mir unters Kopfkissen legen oder unter Glas über die Sitzecke? Diese Sentimentalitäten waren uns doch völlig fremd. Ich wunderte mich. Zum Abschied wollte ich ihm aber nichts abschlagen, und so steckte ich sie in meine Reisetasche. Er murmelte mir einige zauberhafte Worte ins Ohr, in seiner Sprache, dem Kauderwelsch, das ich immer so geliebt hatte, und schwor mir, in diesem Leben noch einmal das Zimbal für mich zu spielen.

Jetzt schluckte auch ich, Tränen liefen mir über die Wangen.

Die Zeit mit ihm war lang und intensiv gewesen, ich hatte viel gelernt und viel mit ihm erlebt - fast sieben Jahre lang. Wir waren nicht stehengeblieben und hatten uns nie belogen. Wir hatten uns die Wahrheiten ins Gesicht geschleudert, uns geliebt und gehasst, wir waren immer ehrlich zueinander gewesen: Nur deswegen hatten wir diese Freundschaft überhaupt einigermaßen leben können. Ich bereute keine Sekunde, aber jetzt war es an der Zeit zu gehen. Ich wollte nicht alt und verlogen wer-den, jetzt, da es so einfach gewesen wäre, sich auf Bens Ruhm und Reichtum auszuruhen. Ich wollte noch egoistischer werden, noch ehrlicher, nur nicht in irgendeiner verlogenen Beziehungskiste hängen bleiben. Die Beispiele um mich herum hatten bei mir in den letzten Wochen bereits Brechreiz ausgelöst. Ich konnte nicht begreifen, warum Männer und Frauen sich oft ein Leben lang in Beziehungen quälten, die modrig rochen wie verfaulende Kadaver, erstorben und dürr waren wie abgefallene Äste, unehrlich und verlogen wie Kirchen, Banken, Versicherungen und sonstige heilige Institutionen.

Unsere Abschiedsumarmung war getragen von Liebe, Trauer und Entschlossenheit. Frei hatten wir beide diese

Entscheidung getroffen, und frei konnten wir in das Neue, Unbekannte eintreten. Sicherlich schwang bei uns beiden auch ein wenig Vorfreude mit.

Da griff Ben plötzlich in seine Hosentasche, zog einen Revolver hervor und schoss --------- dreimal in die Luft. Alle erschraken sich beinahe zu Tode. Das war wieder einmal typisch Ben. Für diese Einfälle hatte ich ihn geliebt. So fand unser Abschied doch noch einen amüsanten und zugleich würdevollen Abschluss. Tränen des Lachens und der Trauer standen am Ende unserer Begegnung.

Im Zug verstaute ich seine alte, fleckige Malerhose in meinem Koffer, dabei fiel mir auf, dass sich noch irgendetwas in der Hosentasche befand. Ich fasste hinein und zog ein Bündel mit 20 Eintausend-Dollar-Noten, ein Vermögen, hervor und eine hinreißende Skizze mit einer frechen Liebeserklärung! So war Ben.

Ich habe ihn nie wiedergesehen. Er ging nach New York und malte dort mit großem Erfolg. Mit 52 Jahren starb er, man konnte es in allen Zeitungen lesen, an Leberzirrhose. Kurz vor seinem Tode träumte ich oft von ihm und wir scherzten, lachten und stritten uns im Traum übers Leben. Heute bin ich ganz sicher, dass unsere Seelen in dieser für ihn sicherlich sehr intensiven Zeit Kontakt miteinander aufgenommen hatten. Ich bin mir auch sicher, dass wir uns wieder begegnen werden. Es gibt einen Punkt, den wir noch nicht gemeinsam abgehakt haben und den wir beide noch gemeinsam erleben wollen, so meine ich."

Amanuee lächelte Flo an, der mit großen, müden Augen im Ledersessel saß.

Flo war am Ende. Er drückte auf den Knopf seines Recorders, um die Aufnahme zu stoppen. Flo hatte tiefe

Ringe unter den Augen. Er hatte seit letzten Donnerstag so gut wie nicht geschlafen. Aufgewühlt machte er sich auf den Heimweg.

Die Nacht mit Nick war nicht vergessen. Sein Weltbild war seither durcheinander geraten. Fragen über Fragen jagten sich gegenseitig. Aber auch an der Benita-Front hatten sich die Ereignisse überschlagen. Er ließ die Nacht von Donnerstag auf Freitag nochmals Revue passieren. Um sechs Uhr früh, kurz nachdem er frustriert eingeschlafen war, hatte Benita ihn geweckt. Sie war immer noch sehr ernst, küsste ihn leidenschaftlich, schlief mit ihm und eröffnete ihm dann, dass sie heute zu ihm ziehen würde, gemeinsam mit ihrer Katze Fay. Flo wusste gar nicht wie ihm geschah, dem coolen Yuppie verschlug es die Sprache. Er wusste nicht, wie er reagieren sollte. Erstaunt und überrumpelt sagte er JA. Sein kühnster Traum war plötzlich in Erfüllung gegangen, aber er wusste nicht, warum, er konnte sich keinen Reim darauf machen. Sein Kopf war noch im Whiskey-Dusel und es gelang ihm nur schwer, zwei und zwei zusammenzuzählen. Er war sich nicht einmal sicher, ob er Benita wirklich verstanden hatte. Wie in Trance fuhr er sie um 9:00 Uhr morgens in die Blütenstraße, und sie räumten ihr Zimmer in der geräumigen WG aus.

Von Stunde zu Stunde wurde er nüchterner, aber eine euphorische Stimmung wollte sich nicht einstellen. Benita ging vor ihm die Treppe hinauf, sie hatte den Katzenkäfig mit der Tigerkatze Fay in der Hand und mehrere Mäntel über den Arm gelegt. Flo schleppte eine Bücherkiste. Da glaubte er plötzlich, Benitas Aura zu erkennen, und ließ vor Staunen fast die Kiste fallen. Sie war blutrot, so etwas hatte er noch nie gesehen.
Gleichmäßig leuchtend rot, zur Mitte hin dunkler werdend. Er kniff die Augen zusammen, um sicher zu gehen,

dass er nicht einer Whiskey-Halluzination erlegen war, aber nein, auch bei den nächsten Stufen konnte er das Rot noch wahrnehmen, das Benita umgab. Unglaublich, er hatte keine Ahnung, was dieses gleichmäßig verteilte Rot zu bedeuten hatte. Aber irgendwie berührte es ihn unangenehm, machte ihm fast Angst. Rot: Aggression, Wut, Angst, Vitalität, Rache, Sex, schoss es ihm durch den Kopf. Kaum fing er zu analysieren an, löste sich das Farbenspiel in nichts auf und er konnte die vermeintliche Aura nicht mehr erkennen.

Es war bereits sieben Uhr abends, als die Schlepperei ein Ende hatte. Noch hatte Flo keine Ahnung, warum Benita beschlossen hatte, zu ihm zu ziehen. Aber die Angebetete hatte es fertig gebracht, über ihr Handy bereits Flos Telefonnummer an alle übrigen Liebhaber auszugeben und so stand sein Telefon nicht mehr still. Neid und Unverständnis schwangen durch den Telefonhörer, als Benita, wie selbstverständlich, ihren Entschluss bekannt gab, ab nun mit Flo zusammen zu wohnen.

Wie ein dummer, übertölpelter Junge stand Flo in seiner eigenen Wohnung in der Ecke und wusste nicht, in welchem Film er war. So hatte er sich sein Zusammensein mit Benita nicht vorgestellt. Aber er konnte auch nicht artikulieren, wie es idealerweise hätte sein sollen. Er wusste nur, das Gefühl stimmte nicht. Er fühlte weder den männlichen Triumph des Jägers, der seine Beute erlegt hat, noch eine vertrauensvolle, liebende Erleichterung, endlich mit der Geliebten die Zeit in trauter Zweisamkeit verbringen zu dürfen, noch die Euphorie des Beschenkten, dessen Träume sich endlich erfüllen. Flo war in völliger Verwirrung, fühlte sich klein, überfahren, unmännlich und gedemütigt. Außerdem kam noch etwas hinzu. Benita wuchs in seiner Wohnung mit ihren Koffern und Kisten zu einem Überweib heran, er konnte sie buchstäblich wachsen sehen. Sie nahm immer mehr Raum ein, wie eine wuchernde, fleischfressende Pflanze. Sie verdrängte ihn, drängte ihn in die Ecken, er musste tief Luft holen – es schien ihm, als ob sogar die Atemluft knapper geworden wäre.

Flo schüttelte sich, um diese Halluzinationen los zu werden und ging in die Küche. Er machte sich einen starken Espresso. Er versuchte sich daran zu erinnern, was genau in dieser Nacht passiert war, in der sie sich entschieden hatte, bei ihm einzuziehen.

Nur noch nebelhaft erinnerte er sich: Zuerst hatten sie im Auto lange miteinander geredet, er hatte ihr von Manu und seinen Erlebnissen erzählt. Später hatte er mit ihr schlafen wollen, sie hatte sich ihm verweigert, daraufhin hatte er lange aufgewühlt wach gelegen. Er konnte sich die Situation und seine Reaktion darauf nicht erklären. Er kam zu keiner Erklärung. Vorsichtig bat er Benita, sie möge ihm doch ihren Sinneswandel erklären und warum sie auf einmal mit ihm zusammenziehen wollte. Das würde doch wohl auch beinhalten, dass sie die anderen nun satt hätte? Benita hüllte sich in geheimnisvolles Schweigen, sie deutete nur an, dass es etwas mit seinen Erlebnissen bei Manu zu tun hätte. Flo versuchte sich an das, was er ihr über Amanuee erzählt hatte, zu erinnern. Er war unfähig zu arbeiten, er grübelte, betrank sich. Er fühlte sich von Minute zu Minute unfreier und eingesperrter. Benita hingegen schien aufzuleben, ihr schien es bei ihm zu gefallen. Sie genoss seine luxuriöse Loft, hielt Hof und benahm sich ganz selbstverständlich wie die Hausherrin. Es machte ihr nichts aus, dass Flo keine Lust mehr hatte, mit ihr ins Bett zu gehen. Sie benutzte seine Wohnung als Homebase und ließ es sich gut gehen. Keine Nacht kam sie vor 4:00 Uhr nach Hause, sie zog mit ihren Fans um die Häuser und ließ sich verwöhnen.

Flo hatte keine Ahnung, wer und wie viele sie verwöhnten, und er wollte es auch nicht wissen. Er saß ziemlich in der Klemme. Wieder und wieder zog er sich zurück und ließ den Abend bei Manu an sich vorüberziehen. Was davon hatte er Benita nur erzählt? Das einzige, was ihm einfiel war, dass er sich über Manus Geistersehen und Esogequatsche lustig gemacht hatte. Kein Wort hatte er von seinen eigenen seherischen Fähigkeiten oder dem Geist am Bücherbord gesagt, auch nichts von Raimon und der Abtreibung erwähnt. Welchen Schalter könnte er bei ihr betätigt haben? Endlich fiel es ihm ein. Das Standfoto, stimmt, sie hatte nachgefragt, er hatte es ihr genau beschrieben. Das konnte der Schlüssel sein. Immer, wenn er eine Art Gänsehaut bekam, wusste er, dass er auf der richtigen Spur war. Das ging ihm mit Menschen wie auch im Geschäftlichen so. Das Aufstellen seiner Körperhärchen war das verlässlichste Barometer.

Trotzdem, er konnte sich die ganze Sache nicht zusammenmen reimen, er sah keine Zusammenhänge zwischen dem Gruppenbild mit Dame, Herrn und Kindern und Benitas Einzug bei ihm. Es war ihm ein Rätsel. War das wirklich die richtige Spur? Was hatte dieses verdammte Gedankenfoto bei ihr ausgelöst? Er wusste, dass Benita Hexenkräfte hatte und sich mit Magie beschäftigte. Schwarz oder weiß, das interessierte ihn eigentlich nicht. Eines wusste er, sie bekam immer alles, was sie wollte. Wie sie das anstellte, hatte ihn bisher noch nicht interessiert.

Nun begann es ihn zu interessieren. Er hatte plötzlich viele Fragen ...

1. Warum war sie plötzlich bei ihm eingezogen?
2. Weswegen fühlte er sich so grauenvoll erdrückt und wollte nichts mehr von ihr wissen?

3. Was bedeutete ihr das Gruppenbild, angeblich aus einer alten gemeinsamen Inkarnation?
4. Welche magischen Rituale führte sie aus?
5. Was bedeutete ihre rote Aura?
6. Was wollte sie von ihm?
7. Liebte sie ihn?

Auf alle diese Fragen hätte er gerne eine Antwort gewusst. Die einzige, die ihm zu diesen Fragen einfiel, die vielleicht weiterhelfen konnte, war Amanuee. Zu ihr wollte er auf gar keine Fälle gehen, um sie um Rat zu bitten. Er hatte außerdem entschieden, den Termin für die nächste Sitzung nicht mehr wahrzunehmen.

Amanuee kam also nicht in Frage.

Draußen kickte Flo mit solcher Wut gegen eine Aschentonne, dass er sich den zweiten Zehen des linken Fußes brach, die nächsten Tage nicht gehen konnte und furchtbare Schmerzen hatte. Zu allem Überfluss durfte er sich jetzt Benitas Treiben in seiner Wohnung an Bett und Stuhl gefesselt mit ansehen. Aber das hatte den Vorteil, dass er sich mit seiner Situation auseinandersetzen musste und im wahrsten Sinne des Wortes nicht davonlaufen konnte. Auf einen Aspekt des Problems stieß er verhältnismäßig schnell: Es war unerträglich für ihn, dass er Benita nicht kontrollieren konnte.

Ihrer spontanen Entscheidungsfreudigkeit war der schnelle Einzug zu verdanken gewesen. Diese Unabhängigkeit und Klarheit im Treffen von Entscheidungen war Flo ein Gräuel. Er hatte erkannt, dass er sie nicht in der Hand hatte. Bei ihr versagten seine Manipulationsfähigkeiten, und seine Machtspiele bewegten sich durch sie hindurch wie durch eine durchlässige Membran. Sie stießen weder auf Widerstand noch auf Anziehung. Benita tat einfach das, worauf sie gerade Lust hatte, was sie gerade als wichtig oder richtig empfand. Sie brauchte seine Meinung nicht, war nicht von seiner Zustimmung oder Ablehnung abhängig, sie entschied frei, klar und spontan. Und diese, ihre Freiheit, machte ihn rasend.

Florian, der inzwischen auf seiner gemütlichen Corbusier-Liege lag, schloss die Augen. Das Brandenburgische Konzert beruhigte seine aufgewühlten Emotionen und war Labsal für seine angespannten Nerven. Außerdem hüllten ihn Bachs strukturierte und klare Melodien in das vermeintlich sichere Netz einer heilen Welt, die ihm das aufgehobene und beschützte Gefühl seiner Kinderjahre wiedergaben. Bach war für ihn Kraft, Ruhe und Ordnung, eine Atmosphäre, die er in Benitas Chaos wie Luft zum Atmen brauchte. Florian versuchte sich zu entspannen. An ihm zogen Bilder aus seiner Kindheit vorüber. Es fühlte sich für ihn an, als ob er einen Hebel umgelegt hätte, der ein Programm zum Laufen brachte, das Erinnerungsräume hieß.

Er sah sich als kleiner Junge in Szenen auf dem Spiel-platz mit seinen zwei Schwestern, zu Hause am Esstisch, in den Ferien am Strand, mit Freunden und Mitschülern im Pausenhof. Immer hatte er das Kommando, immer tanzten alle nach seiner Pfeife. Viele Freunde hatte er aus diesem Grund bereits verloren. Er fühlte sich sehr traurig als er wieder erlebte, wie er seinen besten Freund Sven mit einem Machtkampf für immer vergrault hatte. Als Sven seine erste große Liebe erobert hatte, zwang Flo ihn, ihm jeden Schritt mitzuteilen, den er mit seiner dreizehnjährigen Flamme tat, unter Androhung von Raus-wurf aus der Gang, sollte er sich nicht daran halten. So hatte Flo Sven verloren, und das schmerzte ihn. Diesen Schmerz fühlte er aber gerade zum ersten Mal. Er hatte damals nur Wut und Aggression gegen Sven verspürt. Er konnte in seinem Film miterleben, wie immer wieder sein Drang, alles unter Kontrolle haben zu müssen, Freundschaften beendete. Auch die Einsamkeit und der immense Stress in seinem Arbeitsleben schienen sich aus dieser Identität herzuleiten. Teamwork war für Flo ein Fremdwort.

Flo fühlte sich traurig, einsam, ungeliebt und als grässlicher Versager. Es war kaum zu glauben, aber plötzlich flossen Tränen über seine unrasierten Wangen. Er badete in Selbstmitleid, gewürzt mit einer Prise Erkenntnis und Traurigkeit über seine Handlungsweise. Einer Eingebung gleich blitzten ein Bild und ein Wort in ihm auf, das sein Kontrollthema hell erleuchtete: ANGST. Angst, zu verlieren, Angst, verlassen zu werden, Angst, im Stich gelassen zu werden, Angst, zu versagen, Angst, nicht gut genug zu sein.

Flo riss seine Augen auf und griff hastig nach den Zigaretten.

„Ich und Angst, lächerlich."
Woher sollten diese Ängste denn bitteschön kommen? Sein Leben war bisher reibungslos und glücklich verlaufen, heile Kindheit und alles Weitere mit allem Drum und Dran. Keine größeren Einbrüche, Psychosen und Traumata. Was sollte der Blödsinn. Er hatte eigentlich immer alles bekommen, was er wollte. Nie war die Enttäuschung so groß gewesen, wie jetzt mit Benita, wo er wieder bekommen hatte, was er wollte – der Konflikt war kein Zielkonflikt.

Aber: Warum spielten seine Gefühle verrückt, warum fing er an, Benita, die kaffeebraune Schönheit, ans Ende der Welt zu wünschen? Warum verspürte er in ihrer penetranten Gegenwart Gefühle von Unfreiheit,

Eingeschlossensein, Erdrücktwerden und wütende Aggressionen? Er sah ihr zu, wie sie sich beim Telefonieren lasziv auf der Couch räkelte, mit einer Freundin am Telefon lachte und scherzte, sich eine Zigarette nach der anderen anzündete und seinen inneren Aufruhr elegant überging. Er platzte fast vor Wut. Aber warum? Er konnte es sich nicht erklären.

Er wünschte diese Hexe zum Teufel, dieses Mistweib. Warum hatte sie ihn nur plötzlich beim Wort genommen und war bei ihm eingezogen – verdammt. Er hatte sich in seinem ganzen Leben noch nie so unfrei gefühlt, so hilf- und machtlos, wie mit dieser harmlosen Schlampe in seinen Privatgemächern.

Er musste lachen. Nur, dieses Lachen war etwas verkrampft, spitz und künstlich. Es klang hysterisch und eingefroren. Er konnte sie doch einfach wieder hinaus komplimentieren, oder besser gesagt hinauswerfen, warum ging sie nicht zu Ulf, Matthias oder Daniele? Alle waren doch scharf auf sie. Warum nur hatte sie ausgerechnet ihn gewählt und seine heilige Ruhe gestört? Flo nahm das Feuerzeug und warf es wütend durch das offene Fenster. Sein Zeh schmerzte grässlich. Ständig schwirrte in seinem Kopf das Wort Angst umher, Angst, Angst, wovor nur hatte er bei Benita Angst? Konnte es da einen Zusammenhang geben? Klar, Angst, davor sie nicht unter Kontrolle zu haben, aber das alleine konnte es nicht sein. Das war zu offensichtlich, zu intellektuell, es kam nicht aus den Tiefen seines Seins. Er sah diese dunkle, schimmernde Perle an, wie sie da saß, in ihrem knappen blauen Body, immer ein Lachen auf den Lippen. Gott, war sie hübsch, diese Wildkatze. Konnte es wirklich sein, dass er sie wieder loshaben wollte, lieber jetzt als morgen? Flo schüttelte seinen Kopf, er verstand nichts mehr, er gab auf. Er war sicher, die Lösung des Rätsels würde ihm schon noch einfallen. Solange wollte er stillhalten und keine Entscheidungen treffen.

Das hatte er schon von Manu gelernt: nichts beenden, bevor die Lektion nicht gelernt ist, sonst kommt die Situation immer wieder im Leben. Oder im nächsten. Amanuee mit ihren mystischen Geschichten hatte ihn so verwirrt, dass er jetzt hinter allem und jedem schon an-fing ein Geheimnis zu wittern. Er hatte die Schnauze voll, und obwohl es erst früh am Freitagnachmittag war, schüttete er sich einen ordentlichen Whiskey ein. Dieser Schluck richtete ihn wieder auf und versöhnte ihn kurzfristig mit dem Dasein.

Qualvoll verstrich eine lange Woche. Benita blühte auf, in seinem Loft war ständig Besuch, bis früh in den Tag hinein wurden die Nächte gefeiert, tagsüber schlief Benita und so gegen 15:00 Uhr verließ sie das Bett, in dem er sich die Nacht über unruhig gewälzt hatte. Er wurde von Tag zu Tag griesgrämiger und verschlossener. Benita und die Besucher machten sich über seine schlechte Laune lustig. Mit ihr geschlafen hatte er in der ganzen Woche genau einmal. Und auch das war nicht sehr erhebend gewesen. Eher ein wütender Kampf gegen sich selbst – und es hatte Benita sicherlich nicht sehr viel Spaß bereitet. Gott sei Dank hatte sie nichts gesagt und es geschehen lassen, aber es war nicht wie früher. Dieses lustvolle Miteinander, dieses unkontrollierte Spielen und Genießen. Benita schien sich innerlich darüber zu amüsieren, sich über seine Unlust nicht einmal zu wundern. Er hatte das ungute Gefühl, dass sie mehr wusste als er. Das mochte er nicht.

Er dachte über die Abende bei seiner Großmutter nach. Was war Manus Botschaft heute gewesen? Identitäten und Rollen zu erforschen? Er fühlte sich in einer Opferidentität. Sollte er Benita ehrlich und eindeutig vor die Tür setzen? Oder sollte er über seine Kontrollmechanismen nachdenken? Hatte er wirklich selbst diesen Film in Szene gesetzt? Es kam ihm eher vor, als ob ihn niemand gefragt und man ihm kurzer Hand eine Rolle zugeteilt hätte. Was sollte das ganze Theater? Er verstand gar nichts mehr, und alles wuchs ihm über den Kopf.

Ahnungen

Die Stunden in der Redaktion waren die Hölle. Nichts klappte. Alle und alles schien sich gegen Florian verschworen zu haben. Obwohl er sich im Laufe des Vormittags drei Aspirin genehmigt hatte, wurde er seinen pochenden Kopfschmerz nicht los. Das Schreiben erinnerte ihn in seiner bleiernen Mühseligkeit an die trostlosen Mathematik-Arbeiten seiner Schulzeit. Er gab auf. Wortlos räumte er am frühen Nachmittag seinen Schreibtisch und machte sich aus dem Staub. Ein kurzer Blick in einen gnadenlosen Spiegel im Aufzug bestätigte seine Gefühle. Ein griesgrämiges, altes, unansehnliches Gesicht blickte ihm entgegen. Seine Haare standen kreuz und quer in alle Richtungen. Der Dreitagesbart sah ungepflegt und keineswegs sexy aus. Die Ringe unter den Augen hatten sich zu qualligen Säcken entwickelt, und die kleine Erhöhung auf der Nase ließ erkennen, dass sich ein dicker grausamer Pickel den Weg nach außen bahnte. Flo war zum Heulen zumute.

In der Tiefgarage ließ er sich in seinen Wagen fallen und schloss die Augen. Was nun? Wohin? Am liebsten wäre er zu seiner Mutter gefahren und hätte sich dort im Gästezimmer verkrochen. Das kam nicht in Frage, überall hätte er unnötige Fragen zu beantworten, denen er sich nicht stellen wollte. Auf keinen Fall wollte er zu sich nach Hause. Der Anblick der schwatzenden Benita würde ihn umbringen. Bitte ein Bett, Dunkelheit, Wärme und Ruhe! Sein Stoßgebet wurde nicht erhört, sein Handy klingelte. Die Nummer auf dem Display kannte er nicht, er schaltete es aus, ohne abzunehmen. Vielleicht war es Nick gewesen, schoss es ihm durch den Kopf. Aber auch von ihm konnte und wollte er jetzt nichts hören. Langsam und schwerfällig lenkte er seinen Wagen hinaus in den gleißenden Sonnenschein. Friedhof, fiel ihm spontan ein, Ohlsdorf.

An diesem Ort könnte er sich in Ruhe unter einen schattigen Baum setzen und würde zumindest keinem Menschen, den er kannte, begegnen. Straßen, Bäume, Häuser und Autos zogen an ihm vorüber, unwirkliche Kulissen einer Filmstadt. Die Farben schienen alle ins Bläuliche zu kippen, sie zogen Farbschlieren hinter sich her, wie in einem billig gedrehten Video. Jetzt wurde ihm auch noch übel, bis nach Ohlsdorf würde er es nicht schaffen. Irgendwie war er auf einer der Außen-Alster-Wiesen gelandet. Die schnüffelnde Nässe einer Hundeschnauze weckte ihn aus seiner dumpfen Schwere. Er musste mehr als eine Stunde in einem komaartigen Schlaf unter einem Baum gelegen haben.

„Pfui, Cara, komm sofort hierher."

Ein schriller Pfiff, und der Köter trabte zu seinem Frauchen zurück. Florian rollte sich auf die Seite. Eine angenehme Nachmittagssonne wärmte seine Füße. Nach und nach fand er sich in seinem Alptraum wieder.

Warum, wieso, was soll ich tun, was ist der Grund, was ist los? Stimmen Nicks AIDS-Thesen, wurde Brezel umgebracht? Warum erfährt man darüber nichts? Wird der Journalismus von mächtigen Lobbyisten gelenkt? Wie soll ich damit umgehen? Warum hat mir Manu von Ben erzählt, von unserer göttlichen Macht, dem freien Willen und unserer Eigenverantwortlichkeit? Sind wir denn für alles selbst verantwortlich? Warum sitzt dann Benita jetzt gerade bei mir rum, wenn ich sie gar nicht will.

Tief und schwer hingen die prall mit Gedanken gefüllten, dunklen Wolken in seinem Kopf. Immerhin, seine Kopfschmerzen hatten sich durch die Siesta gebessert. Er begann sich über diesen depressiven Zustand zu ärgern. Er war sonst immer derjenige gewesen, der sich über derartige Psycho-Zipperleins lustig machte. Im Moment konnte er sich an keine Situation in seinem Leben erinnern, in der er sich ähnlich hilflos, verwirrt und ausgeliefert gefühlt hatte. Das waren doch alles Lappalien – keine Tragödien. Warum nur fühlte er sich so hundeelend. Er konnte sich keinen Reim darauf machen. Er setzte sich auf und riskierte einen Blick hinüber zur Hundewiese. Weder Hunde noch Halter schienen von ihm Notiz zu nehmen. Das fröhliche unbeschwerte Spiel der Hunde stimmte ihn noch düsterer. *„Es gibt immer eine Lösung, relax, don't worry be happy...“*, flüsterte er. Diese leeren Worthülsen, seine Lieblingsfloskeln, verfehlten ihre Wirkung. Sie zogen an ihm vorbei, ohne ihn in ihrer Flüchtigkeit auch nur leise zu berühren.

Wenn Nicks und Pauls Forschungsergebnisse der Wahrheit entsprächen, müsste er seinen Beruf nochmals gründlich überdenken. Die Gespräche mit Nick hatten in ihm eine Seite angeschlagen, die er seit dem Gymnasium sorgsam verdrängt hatte. Damals war sein Spitzname *Luzzi* gewesen, abgeleitet von Revoluzzer. Immer war es nämlich Flo gewesen, der für gründliche Recherchen gesorgt hatte, die die Macht und Machenschaften der Herrschenden gründlich hinterfragte.
Niemals hatte er sich nur mit Teilbereichen einer Wahrheit zufrieden gegeben. Die meisten Menschen waren ja schon zufrieden, wenn sie einen kleinen Brocken Wahrheit hingeworfen bekämen und wollten gar nicht alles wissen. Florian gehörte noch vor kurzer Zeit nicht zu den Angepassten, die sich alles gefallen ließen. Bei seinen Mitschülern zählte er zu den beliebtesten Schulsprechern und wurde mehrere Male wiedergewählt. Er setzte sich für Außenseiter, Schulopfer, neue Strukturen und innovative Lehrer ein und deckte einige Ungereimtheiten bei den Schulbehörden auf.

Die Bilder seiner Schulzeit lösten bei ihm angenehme Erinnerungen aus. Die *Luzzi*-Rolle hatte er sehr gerne gespielt, und seine Erfolge hatten ihm Recht gegeben. Bei jenen Reminiszenzen breitete sich ein Gefühl der Wärme und Stärke langsam in seiner Körpermitte aus. Irgendwie hatte er durch die Abende bei Manu ungewollt die Gewohnheit angenommen, seine Gefühle bewusster wahrzunehmen. Er fühlte deutlich, dass er sich mit den AIDS-Hypothesen Nicks und Pauls gründlich auseinandersetzen sollte. Seine Intuition sagte ihm, dass etwas Wahres daran sein musste. Er nahm sich vor, den Behauptungen auf den Grund zu gehen und sich ausführlicher damit zu beschäftigen. Schließlich vertraten zwei von ihm sehr geschätzte, integre Männer, Nick und Paul, nichts von dem, was die herrschenden Lehrmeinungen, die Medien und natürlich die Industrie vertraten. Außerdem war die Sache mit Brezels Tod doch äußerst merkwürdig. All dies beschäftigte Flo und zerrte unaufhörlich an seinem bereits etwas ausgefransten Nervenkostüm.

Plötzlich fielen ihm wieder die Worte von Nick ein, mit denen dieser den Virus-Papst von Berkley, Prof. Duesberg, zitiert hatte. Soweit sich Flo erinnerte, war der Ausspruch, der auf die AIDS Forschung gemünzt war, ungefähr so:

„Dadurch, dass man zuviel Geld vergibt, wird es nicht mehr möglich, Fehler zu machen und vor allem Fehler einzugestehen."

Da haben wir sie wieder, die Titanic. Wenn man ein zu großes Schiff fährt, kann man keine Kurven mehr manövrieren, keine Korrekturen mehr anbringen, selbst wenn man sie ausführt. Das Ding hat so viel Masse, dass es trotzdem auf den Eisberg donnert.

Florian war für finanzielle Argumente leicht zugänglich. Dass das Milliardengeschäft AIDS für viele unterschiedliche Interessengruppen ein lohnendes war und die finanzielle Grundlage nicht nur für Tausende von Forschern und Ärzten, sondern auch für ganze Industriezweige weltweit darstellte, leuchtete ihm ein. Von der medizinisch wissenschaftlichen Seite hatte Flo bislang noch viel zu wenig Ahnung, um sich ein Bild machen zu können. Es würde ihn noch eine Menge Zeit und Arbeit kosten, sich in diese Thematik einzuarbeiten. Für ihn stand inzwischen auf alle Fälle fest, dass die Thesen der – noch – nicht von der Industrie gekauften international anerkannten Wissenschaftler besagten, dass die Virus-AIDS-Hypothese tatsächlich unhaltbar sei. Duesberg behauptete sogar, dass AIDS überhaupt nicht ansteckend wäre. Erschütternd war auch die Info, dass in Hinblick auf die Volksgesundheit die gängige HIV-AIDS-These keinerlei Früchte getragen hatte. Das gab wohl jedem zu denken. Auch hatte Florian keine Ahnung gehabt, dass gegen den Entdecker des HIV Virus Gallo in den USA bereits ein gerichtliches Verfahren eingeleitet worden war. Außerdem hätten sich inzwischen die Franzosen gemeldet und wollten ihr Patentgeld zurück haben. All diese Interna, von denen Flo vorher nie gehört hatte, spukten in seinem Kopf herum und gaben ihm ziemlich zu denken.

Flo dachte an seinen Freund und Kollegen Martin Sternberg, der die Willkür und Macht der Oberen bei einer kleinen, politischen Reportage grausam zu spüren bekommen hatte. Da er sich nicht kooperativ gezeigt hatte, war es für ihn jetzt bundesweit unmöglich, einen Job als Journalist zu bekommen. Dieser Schock saß tief. Florian hatte auch die wundersame Wandlung einiger Kollegen beobachtet, deren Meinungen sich grundlegend geändert hatten, nachdem sie in die Geschäftsleitung zitiert worden waren. Auch der materielle Aspekt dieser Veränderungen war ihm nicht verborgen geblieben.

Flo kam zu dem Schluss, dass ihm jetzt gar nichts mehr anderes übrig bliebe, als sich mit der AIDS-Thematik und allen dazugehörigen gesellschaftlichen Phänomenen auseinander zu setzen. Eigentlich gab es für ihn als Feuilletonist keinerlei Veranlassung, sich um diese Themen zu bemühen.

Aber alleine schon der Entschluss erleichterte ihn. Augenblicklich war sein Kopf von dem noch übrig gewesenen schmerzhaften Druck im Nackenbereich befreit. Er atmete einige Male tief durch und stand auf. Es würde ihm gut tun, ein paar Schritte zu gehen. Wo hatte er eigentlich sein Auto geparkt. Ah ja, Musikhochschule, er erinnerte sich flüchtig. Das Presseschild hatte er vorsichtshalber noch in die Windschutzscheibe gelegt – ob es etwas nutzen würde? Sein Magen meldete sich. Vielleicht sollte er besser in einem der Restaurants an der Milchstraße etwas Essen gehen, das würde ihm wahrscheinlich gut tun. Er hatte heute den ganzen Tag noch nichts zu sich genommen außer einer Tasse Kaffee, der aber gegen den Kopfschmerz nichts ausgerichtet hatte.

In der Brasserie ergatterte er noch einen Einzeltisch am Rande der kleinen Terrasse und bestellte sich Roastbeef, Bratkartoffeln und eine Flasche stilles Wasser. Der Gedanke an erneute Kopfschmerzen hielt ihn davon ab, ein kühles Bier zu bestellen. Er setzte sich mit dem Rücken zur Straße. Auf gar keinen Fall wollte er gestört werden und einer von Benitas Freundinnen begegnen, die in dieser Gegend häufiger anzutreffen waren.

Benita in seiner Wohnung! Eine Welle der ärgerlichen Nervosität stieg in ihm hoch. Was sollte das alles. Warum nervte ihn seine einstmals Angebetete so ungeheuerlich? Sie benahm sich nicht anders, wie sie sich immer benommen hatte. Nichts war zu Tage gekommen, von dem er nicht seit Langem wusste. Die einzige Veränderung war, dass sie jetzt bei ihm wohnte und sich zu ihm be-kannte.

Also genau das, was er immer gewollt hatte. Florian
schüttelte den Kopf. Er raffte es nicht!

Manus Geschichten von Ben schwirrten durch seinen
Kopf. Neidvoll und bewundernd hatte er gestern Abend
den Erzählungen von ihrer Beziehung mit Ben gelauscht.
Einer Beziehung, deren Grundlage gemeinsamer For-
scherdrang war, die getragen war vom Enthusiasmus, andere Wirklichkeiten zu erschaffen, bestehende Realitäten
zu erweitern, rücksichtslose Ehrlichkeit zu leben und gemeinsam viel Spaß zu haben.
Benita deckte, ohne Frage, einige dieser ihm imponie-
renden Möglichkeiten ab. Ihr Freiheitsdrang und ihr ehrlicher Umgang damit waren nie zur Disposition gestanden. Für Flo war dieser auch immer reizvoll gewesen.
Jetzt erst, da sie seine Wohnung regelrecht zu ihrer persönlichen Einsatzzentrale umfunktioniert hatte, fiel ihm
auf, dass ein Miteinander nicht zustande kam und seiner
Einschätzung nach, auch nicht zustande kommen würde.
Benita spielte ihre Spiele, suchte sich ihre Spielfiguren
aus, spielte nach ihren eigenen Regeln. Flo durfte zusehen
und manchmal sogar kurz mitspielen.

Flo legte Messer und Gabel zur Seite und lehnte sich zurück. Ja, genauso empfand er die Situation. Er fühlte sich
ausgeschlossen, nicht beachtet, gedemütigt. Er fühlte sich,
wie er sich als kleiner Junge gefühlt hatte, wenn ihm
fremde Kinder sein Zimmer auseinandergenommen hatten und er von den Erwachsenen gezwungen worden war,
gute Miene zu bösem Spiel zu machen. Beraubt, unver-
standen, ungerecht behandelt, hilf- und machtlos.
Warum verhielt sich Benita so? Hatte sie etwa Angst, sich
auf nur einen Mann einzulassen? War der simple Grund
etwa, dass Flo und sie nicht zueinander passten? Hatte
Benita noch ein Kindheitstrauma im Gepäck, das sie mit
Coolness ständig überspielen musste? Florian fühlte, dass

er sich auf dem richtigen Weg befand. Eine angenehme Leichtigkeit machte sich in seiner Schulterregion breit. Als ob ein Gewicht, das auf seinen Schultern gelastet hatte, von ihm genommen worden wäre. Jetzt konnte er seine Situation endlich von einem anderen Standpunkt aus betrachten. Er fühlte sich nicht mehr so benutzt und ausgenutzt.

Natürlich hatte er durch sein Verhalten dazu beigetragen diese Situation erst möglich zu machen. Nur durch ihren Einzug bei ihm konnte er erkennen, dass Benita gar nicht seine Traumpartnerin sein konnte. Sogar diese lustvolle Gier nach ihrem Körper schien sich allmählich zu verflüchtigen. Florian wischte sich über die Stirn. Beim Essen war er ins Schwitzen gekommen. Das war sonst gar nicht seine Art. Aber anscheinend hatte die letzte Woche auch sein vegetatives Nervensystem in Mitleidenschaft gezogen: zu wenig Schlaf, zu viel Alkohol und zu viele Zigaretten. Das angenehm warme Gefühl der Erleichterung hielt an.

Amanuees Erzählungen waren also doch zu etwas gut. Er würde sie zwar niemals auch nur im Traum veröffentlichen können, aber immerhin brachten sie ihn dazu, etwas unkonventioneller über seine eigene Beziehung nachzudenken und bei den eigenen Bedürfnissen etwas näher hinzusehen. Immerhin. Eigentlich war Flo im Moment ganz froh, dass er es gestern Abend noch geschafft hatte, sich zu Manu zu schleppen. Nach den aktuellen Erkenntnissen, würde er heute Nacht hoffentlich fähig sein, den Artikel zu schreiben, der morgen zur Abgabe terminisiert war. Vielleicht könnte er sogar noch heute mit Benita über eine baldige Trennung reden.

Realsatire

Alle Nasen, die sich im Zirkus der Eitelkeiten einen Platz erkämpft hatten, grinsten und lächelten von den apricotfarbenen Wänden der langen, lichten Gänge des Verlagsgebäudes. Zum x-ten Male schlenderte Florian, das Sakko lässig über die linke Schulter geworfen, an den teuer gerahmten Fotos gesellschaftlicher Anlässe vorbei, ohne sie weiter zu beachten. Er hatte seine Blicke auf einen Artikel seiner Kollegin Conni gerichtet und las die Überschrift und Zusammenfassung über den Tod von Grace Kelly – eine Rückblende zu ihrem Todestag.

Diese *Past Events*-Rubrik erfreute sich im Hochglanz Magazin *Mega Point* größter Beliebtheit und fiel auch in Florians Domäne. *Mega Point* widmete vergangenen gesellschaftlichen Highlights manchmal bis zu zwei ganzen Seiten, sichtlich bemüht, neue Hintergründe und Sichtweisen einfließen zu lassen.

Erstaunt setzte sich Florian auf seinen Bürostuhl und legte sein Jackett zur Seite. Mit zunehmender Verwirrung las er den Artikel über die Hintergründe des Todes der Fürstin Gracia Patricia zu Ende. Der tödliche Unfall der ehemaligen Hollywood-Schauspielerin Grace Kelly stellte sich folgendermaßen dar: Grace und ihre damals 17-jährige Tochter Stefanie waren in der haarnadelkurvenreichen Strecke an der Südküste Monacos unerklärlicherweise geradeaus gefahren und über eine Böschung in die Tiefe gestürzt. Dabei hatte die Monarchin tödliche Verletzungen erlitten.
In diesem Artikel schloss sich Conni der Vermutung an, dass Grace Kelly ihrer kurz vor der Führerscheinprüfung stehenden Tochter Stefanie das Lenkrad überlassen hatte. Die ungeübte Stefanie verwechselte die Pedale, und anstatt auf die Bremse zu drücken, gab sie Gas und fuhr

geradeaus die Böschung hinunter. Die auffällig nachlässigen Untersuchungen und obskuren Untersuchungsergebnisse der Kriminalpolizei, natürlich unter striktem Ausschluss der Weltöffentlichkeit, sollten wohl mit dieser Version der Geschichte im Nachhinein als einigermaßen nachvollziehbar gelten.

„Conni, was soll denn der Scheiß, wo hast du das denn abgeschrieben? Hast du denn nicht ein bisschen mehr Phantasie?"

Florian hob kopfschüttelnd den Kopf und sah grimassierend und mit rollenden Augen hinüber zu Conni, die völlig überfahren, gar nicht wissend, wie ihr geschah, am gegenüberliegenden Schreibtisch saß und im Internet surfte.

„Wat denn, wat denn, nun halt aber mal den Ball flach!", gab sie lautstark berlinernd zurück und starrte Florian entgeistert an.

„Mensch Conni, das mit Stefanie glaubste doch wohl selbst nicht, ich hab dir doch schon hundert Mal gesagt, dass es immer, immer, immer um drei Punkte geht: Sex, Geld und Macht. Also, Süße, was schließt du daraus?"

Die attraktive Conni mit der langen blonden Mähne, die ihr fast bis zum Po ging, schürzte ihre knallrot geschminkten, vollen Lippen und strich sich energisch und wütend die Haare aus dem Gesicht. Beleidigt und zornig zischte es aus ihr heraus:

„Das mit Stefanie, *Fürsten-Tochter fährt eigene Mutter tot*, reicht doch wohl aus, das Fürstentum und die Familie in gewaltige Schwierigkeiten zu bringen oder nicht? Grund genug für Vertuschung und Vernebelungsaktionen. Oder vielleicht nicht? Klar, dir reicht das natürlich nicht."

„Sei doch nicht so naiv Conni, was meinst du wohl, ist der wichtigste Geschäftszweig in Monaco?"

Florian lächelte Conni an.

„Was wohl, Hotellerie, Gastgewerbe ..."

„...Blumenpflücken, Tortenbacken usw ... Noch nie was
vom Spielcasino gehört?? Niemals gelesen, dass Spiel-
casinos Orte sind, wo ganz einfach ganz viel Geld gewaschen werden kann, weil Geldsummen in astrono-
mischer Höhe problemlos als Spielgewinne ausgezahlt
werden können? Noch nie davon gehört, dass die Mafia
bei diesen heiligen Institutionen meist ihre Hand im Spiel
hat? Noch nie davon gehört, dass Fürst Rainier kein
Kostverächter ist?"
Florian hatte seinen Kopf in seine Hände gestützt und sah
hinüber zu seiner verwirrten Kollegin.

„Was hat das alles, bitteschön, mit dem Tod von Grace
Kelly zu tun?"
Conni schleuderte Florian Blicke der Verachtung entgegen. Dieser widerliche Besserwisser regte sie in den
letzten Wochen ganz besonders auf. Dummerweise hielt
die Chefredakteurin, Isabelle Holz, viel von dem jungen
smarten Autor, und daher schien es nicht opportun, es sich
mit ihm zu verscherzen.

„Erinnerst du dich noch an den Film „Bei Anruf Mord" mit
Grace Kelly in der Hauptrolle? Ihre puritanische
amerikanische Familie hatte damals heftig opponiert. Mit
zunehmender Reife zeigten sich diese puritanischen Wurzeln auch unübersehbar bei Grace Kelly. Als die anfänglich vielleicht große Liebe zu dem Fürsten etwas abgekühlt
war, wuchs in Grace der Widerstand gegen die von ihrem
Gatten geduldete und tolerierte Geldwäscherei und seine
außerehelichen   Unternehmungen   in   diversen
Etablissements   des   Fürstentums.   Diese   offene
Kriegserklärung seitens der Puritanerin passte den
Freunden des Monarchen gar nicht. Es könnte sein, dass
sie den Fürsten ermahnten, seine Frau zur Raison zu rufen
und ihr die Schließung des Casinos, mit der sie ihm
gedroht hatte, auszureden. Für die Freunde Rainiers galt

der Monarch sowieso als leicht erpressbar, da Grace nichts
von seinem ganz und gar nicht puritanisch ausgerichteten
Lebensstil erfahren durfte. Rainiers Vorliebe für käufliche
Damen war schließlich allgemein bekannt. Wir wissen
doch am besten, dass die in unseren Blättern so rührend
dargestellten   großen   Lieben   in   diesen
Gesellschaftsschichten meist nur gespielt sind. Und da
kommst du mit ‚Fahren ohne Führerschein' daher, ich
glaub', ich spinne."

Florian stützte seinen Kopf wieder kopfschüttelnd in seine
rechte Hand.

„Ja meinst du denn, dass da irgendjemand am Auto rum-
gemacht hat, um Grace verschwinden zu lassen?"
Florian zuckte mit den Schultern und erwiderte:„Ich sehe,
schöne Frau, du fängst langsam an zu denken.",,Und ich
sehe, dass du, lieber Florian, ein Riesenarschloch bist."
Conni stand auf und verließ stinksauer das gemeinsame
Büro.

Dämonen - ABEND III

Florian erschien diesmal im eleganten Armani Anzug und nicht, wie sonst, in Jeans und T-Shirt. Er war direkt vom Flughafen nach Hause gefahren und hatte noch schnell den Recorder geholt. Die Woche klebte zäh und künstlich an ihm, wie dickflüssiger, zu süßer Sirup. Sein Kopf brummte, er fühlte sich schwer und unbeweglich. Er hoffte nur, dass Amanuee ihn nicht auf seinen Zustand ansprechen würde. Ihre außergewöhnlichen Fähigkeiten verunsicherten ihn heute ganz besonders. Er wollte auf keinen Fall, dass sie ihn nach seinem Befinden befragte, da er vermutete, dass sie seinen chaotischen Zustand in seiner Aura wahrnehmen konnte. Er ahnte, dass Manu ihm mit ihren humorvollen, wachen Augen direkt ins Herz sehen konnte und bildete sich ein, von ihr abgescannt zu werden, so dass nichts zu verbergen war.

In dieser Woche hatte er seinen Job zum ersten Mal verflucht. Nichts hatte geklappt, seine Artikel waren nicht abgenommen worden. Der Interview-Termin in Los Angeles war nicht zu seiner Zufriedenheit gelaufen, er hatte Stress mit Mütze, dem Chef vom Dienst mit dem elegantem Toupeé, bekommen und eine Abgabe verpennt. Natürlich war er auch nicht dazu gekommen, mit Benita zu reden. Nichts war so gelaufen wie sonst. Überall Widerhaken, Chaos und Stolpersteine. Im Flugzeug hatte er, völlig k.o., beschlossen, den heutigen Abend bei Manu doch besser abzusagen. Er wollte seine Ruhe, seinen Artikel schreiben und mindestens acht Stunden schlafen.

Da hatte er sich aber geschnitten. Kaum betrat er sein Zuhause, dass seit Benitas Einzug eher einer Privatbar glich, tauchte sein Sternchen, wie er sie manchmal nannte, auf – er hätte vielleicht lieber Planet sagen sollen –, und drei Sterne bzw. Freundinnen umkreisten sie kichernd. Das war für ihn zuviel. War es ein Schicksalswink? Er fluchte auf die Energie, die ihm diese vier unerträglichen Weiber an den Hals geschickt hatten, und gab notgedrungen nach. Diese albernen, lüsternen Bohnen konnte und wollte er jetzt nicht ertragen. Er flüchtete zu Amanuee. Dort hatte er wenigstens seine Ruhe.

Amanuees lichte, leuchtende Gestalt und ihre gute Laune machten Flo zunächst noch verschlossener und mürrischer. Duftender Tee und Gebäck standen bereit. Niemals in seinem Beisein hatte Manu etwas anderes zu sich genommen als ein Schlückchen Tee. Flo hatte sie niemals essen gesehen – da fiel ihm fiel, dass er sie bitten wollte, irgendwann einmal auch über das Thema Lichtnahrung mit ihm zu plaudern. Dieses Geheimnis, das eigentlich kein Geheimnis war, war oft und lange von seinen Eltern diskutiert worden. Er konnte und wollte damals nichts darüber hören. Aber jetzt hatte er die Möglichkeit, noch einmal etwas aus erster Hand über dieses Leben ohne klassische Nahrungsaufnahme zu erfahren. Diese Gelegenheit würde er an einem dieser Donnerstagabende auf alle Fälle wahrnehmen. Aber nicht heute. Heute, da er ungewollt wieder an dem Ort gelandet war, den er bis zuletzt eigentlich hatte meiden wollen.

Die ruhige und leichte Atmosphäre des Hauses streichelte sanft sein aufgerautes, strapaziertes Nervenkostüm. Er fühlte, wie er offener wurde, seine Gesichtszüge sich langsam entspannten und der Ärger und die Zerrissenheit von ihm abfielen. Das Abendlicht, das durch das Westzimmerfenster leuchtend rot und golden einfiel, tauchte den Raum und Amanuees Worte in die Anmut und den Charme einer friedlich-paradiesischen Welt:

„Meine Eltern, die so lange nichts bzw. sehr wenig von mir gehört hatten, freuten sich über mein Kommen wie

Schneekönige. Sie hatten sich sehr verändert. Die Strapazen und Sorgen der Kriegs- und die Nachkriegsjahre waren nicht spurlos an ihnen vorüber gegangen, und ich befürchte, meine spärlichen Briefe aus den diversen Schlupflöchern hatten sie nicht gerade beruhigt. Mein Vagabundenleben muss ihnen große Sorgen gemacht haben. Vor allem mein Vater war bei meiner Ankunft so verhärmt, dass ich ihn fast nicht wieder erkannte. Es brauchte eine lange Woche, bis er wieder lustig und sprudelnd sein konnte, so wie ich ihn erinnerte.

Ich erzählte meinen Eltern drei Wochen lang von meinem wilden Leben, von meinem Leben mit Ben, von unseren Erfolgen. Ihre Reaktionen schwankten zwischen Schock, Entsetzen, Stolz und Bewunderung. Damals glaubte ich, dass diese Zeit der klaren Abnabelung von meinen Eltern für unsere Familie die beste Lösung war. Wir hätten uns sonst alle gegenseitig mit unserer Liebe erdrückt, festgehalten, gegängelt, behindert und beengt. Nach dreieinhalb Wochen machte ich mich, gegen den Willen meiner Eltern, wieder aus dem Staub. Geld hatte ich ausnahmsweise genügend in der Tasche. Mein Ziel war München.

Wiederum ein mit meinen Eltern befreundeter Kunsthändler hatte mir angeboten, ich könnte ab sofort in seinem Laden arbeiten. Er würde eine repräsentative, kunstverständige Dame mit besten Englischkenntnissen benötigen. In seinem Geschäft an der Maximilian Straße besuchten ihn viele amerikanische und Englisch sprechende Kunden. Außerdem baute er gerade eine Zweigstelle in New York auf. Ein Angebot, das mich gerade reizte, mich aus den Klauen meiner Eltern befreite und mir Zeit gab, mich wieder an Europa zu gewöhnen. Ich wusste, dass ich meine Zelte jederzeit wieder abbrechen konnte. Nur behielt ich diese Absicht lieber für mich.

Ich wusste, glaube ich, damals schon ganz gut, dass ich meine Realität selbst mit meiner Absicht, meinem Willen und meiner Vorstellungskraft erzeugen kann. Diese Gedanken durfte ich aber nur in Gesellschaft sehr freigeistiger Menschen äußern. So kurz nach dem Krieg wurden diese Themen gemieden. Ich hatte die Grauen des Krieges heil umschifft, mein Schicksal hatte es gut mit mir gemeint. So hatte ich für mich die Möglichkeit gehabt, unbelastet von traumatischen Kriegserlebnissen vertrauensvoll in die Zukunft zu gehen. Ich glaubte an die eigene Macht, das Verändern eigener Realitäten, und war immer neu auf der Suche nach den einfachsten Möglichkeiten, mich von altem Ballast zu befreien, um meine Wirklichkeiten immer schneller und effizienter im Jetzt zu erschaffen, meine/n Gott/Göttin in mir zu entdecken. Meine Vorstellungen, mein Denken und mein Wollen waren damals auf drei Schwerpunkte ausgerichtet: Freiheit und Unabhängigkeit, einen leidenschaftlichen Seelenpartner, ständige Veränderung und Wachsen.

Freiheit hatte für mich immer damit zu tun gehabt, was in mir ist. Freiheit war für mich immer Lebenskraft und Licht gewesen, der Geist in der intelligenten Materie, die darauf programmiert ist, sich zu verändern, immer mehr Weite, Raum und Zeit zu erobern, immer mehr unnützen, behindernden Ballast abzuwerfen, immer mehr Rollen oder fixierte Identitäten abzulegen. Ich wollte nicht von einer grauen Gesellschaft hypnotisiert sein, bei der es lediglich darum ging, ein lebendig toter Rollenspieler zu sein. In den USA war es mir verhältnismäßig leicht gefallen, mich frei zu bewegen und frei zu leben. Dort hatte ich mir meine Zwänge selbst gesucht, emotionale und materielle.
Meinen idealen Partner hatte ich noch nicht gefunden. Da ich schon Anfang dreißig war und nun auch gerne Kinder

wollte, wurde es langsam Zeit. Mir wurde immer klarer, welche Eigenschaften dieser Traummann leben sollte, aber irgendetwas in mir sträubte sich, ihn mir in allen Einzelheiten vorzustellen. Rückblickend glaube ich, dass ich in diesem Punkt die Verantwortung für das Erschaffen eines gleichwertigen Partners und Liebhabers an das sogenannte Schicksal und göttliche Universum abgab. Dieser Punkt war mir zu heiß. Für den Mann, der dann auf meiner Schwelle stünde, wollte ich nicht die alleinige Verantwortung übernehmen. Da sollte dann bitte ein lieber Gott mit weißem Bart seine allmächtige, wissende Hand im Spiel haben und mir die endgültige Entscheidung und Verantwortung abnehmen.

Meine Programmierungen aus vorhergegangenen Leben, aus jahrtausendealten patriarchalischen Konditionierungen, so jedenfalls erkläre ich es mir heute, waren so resistent, dass ich mich in dem Moment, wo es um das Thema Weiblichkeit, Partnerschaft und Ehe ging, zum demütigen, mich einem größeren und besseren Willen unterordnenden Weibchen degradierte. Und diese Wirklichkeiten wurden mir natürlich, schließlich ist das Universum sehr humorvoll, auch mit vollen Händen zugeteilt. Mit Punkt drei, Veränderung, hatte ich immer dann Schwierigkeiten, wenn ich mich in ein emotionales Drama verstrickt hatte und nicht mehr über meinen Tellerrand blicken konnte.

Die ersten Monate in München waren schwierig. Die Übriggebliebenen einer künstlerischen Avantgarde waren mit Wiederaufbau beschäftigt. Der Konsumhunger war phänomenal. Es fiel mir nicht leicht, Gleichgesinnte aufzugabeln. Wie sich nach und nach herausstellte, hatten sich die für mich damals spannenden Leute in irgend-welche Löcher und Besitztümer auf dem Lande zurück-gezogen, die meisten waren emigriert. Die Münchner kamen mir viel provinzieller vor als die Basler, und der Krieg hatte ihrem Selbstwertgefühl nicht gut getan.

Keiner getraute sich mehr, unverschämt und frech gen Himmel zu blicken. Man gab sich bescheiden bis beschämt, war aber insgeheim nur wie eine Ameise damit beschäftigt, schnellstmöglich wieder Hab und Gut anzuhäufeln. Ich sehnte mich zurück nach Italien und Amerika. Nur, meine Arbeit machte mir riesigen Spaß, und ich konnte eine Menge bei der Münchner Familie Hanfstaengl lernen. Bald glänzte ich so in meinen Beratungsgesprächen und Verkaufskünsten, dass mir immer öfter die schwierigsten Kunden zugeteilt wurden. Eines Tages, es war ein herrlicher, sonniger, weiß-blauer Herbsttag, stand Albrecht vor mir.

Ein langer, hochgeschossener Mann, Anfang vierzig, mit einem spitzbübischen Grinsen und unverkennbar österreichischem Akzent. Er war lässig gekleidet, mit diesem saloppen, geschmackvollen Understatement eines Adeligen und einem Hauch Anarchismus, das sich äußerlich bei völlig unpassenden, vor Dreck strotzenden Cowboystiefeln fest machen ließ. „Oben hui, unten pfui." Ich konnte mir ein Lachen wieder einmal nicht verkneifen und auch nicht die dazugehörige freche Bemerkung. Er konterte subito mit einer Einladung zum Essen. Im Bauch meldeten sich die Schmetterlinge, ich bekam eine Gänsehaut und mein Adrenalinspiegel schoss nach oben.

Er war Anwalt, hatte einen exquisiten Kunstverstand, war gerade von seiner vierten Ehefrau geschieden und Liebhaber eines lockeren und angenehmen Lebens. Sein Humor war ebenso umwerfend wie seine Verachtung für alles, was nicht greifbar oder sichtbar war. Er war mit seinem Leben zufrieden, und sein Interesse, daran grundlegend etwas zu ändern, war gering. Es ging ihm ums Konservieren, ums Erhalten, und zwar, genauer ausgedrückt, um den Erhalt seines Lebensstandards und seines

Glücks, bzw. dessen, was er dafür hielt. Leider benötigte ich fast fünf Jahre, um das zu durchschauen.

Seine selbstverständliche, selbstzufriedene, ruhige Gelassenheit zog mich magisch an. Ich, die Unruhige, ewig Suchende, konnte in seiner Gegenwart einfach die Arme hängen lassen, genießen, einfach stehen bleiben. Er war leidenschaftlich, aber nicht länger als eine Stunde, dann verpuffte seine kreative Energie, und es zog ihn hin zu Salzburger Nockerln und Hirschragout mit Preiselbeeren, hin zu der Gesellschaft und Aufmerksamkeit seiner Freunde und Fans. Essen und seine Fangemeinde waren ihm, meiner Einschätzung nach, wichtiger als meine Liebe.

Wir heirateten, gegen alle meine sonstigen Überzeugungen.

Unsere zwei Töchter, deine Mutter Tizia und deine Tante Chiara, waren für mich eine göttliche Offenbarung, Gottesgeschenke, die ich bedingungslos lieben durfte.

Alles, was ich im Nachhinein sagen kann ist, dass die Verbindung mit deinem Großvater Albrecht etwas Altbekanntes war, das ich noch einmal erleben wollte, vielleicht zum letzten Mal. Es war anfänglich eine dieser heilen Ehen mit ein bisschen Sex, ein bisschen Liebe, ein bisschen Verständnis, ein bisschen Ehrlichkeit, viel, viel Lügen, viel Spaß, einer Menge Traurigkeit, Frust, Langeweile und unterdrückter Wut, Unverständnis und Hoffnung. Und mit vielen sogenannten Freunden, die von alldem keine Ahnung hatten. Albrecht glänzte mit seinem unschlagbaren Charme und Humor. Seine Kanzlei lief prächtig, und auch ich brauchte mir um Geld keine Sorgen zu machen. Unsere zwei Töchter waren fröhlich und gesund. Nur ich wurde von Tag zu Tag depressiver, unzufriedener, gereizter und ungeduldiger.

Ich fing wieder an spirituelle Bücher zu verschlingen, Science Fiction Literatur zu lesen, Theosophie und Anthroposophie zu studieren. Kurzum, ich versuchte wieder Kontakt aufzunehmen mit einer anderen Wirklichkeit, die ich kannte, von der ich wusste, die mir unmerklich verlorengegangen war. Meine Erlebnisse in Maine, allein in den Wäldern, waren eingebrannt in mein Herz, meine Seele und meinen Geist. Davon war ich jetzt soweit entfernt wie ein Pinguin im Zoo von arktischen Gefilden. Ich schleppte mich durch die Tage wie eine typische, verwöhnte Hausfrau und Mutter, immer mit einer Zigarette im Mundwinkel, vom Einkauf zum Lunch, vom Kinderbett zum Kinderspielzeugladen, vom Haus zum Steg. Bereits am frühen Nachmittag begann ich mit ei-nem kleinen Glas Weißwein. Albrecht trug mich, für sei-ne Begriffe, auf Händen. Blumen, Geschenke, Klamotten, Kindermädchen, Putzfrau – ich konnte es nicht ertragen, ich sank immer mehr in mich zusammen.

Irgendwann besann ich mich auf meine eigenen Bewusstseinstechniken, meine Bilder, meine Gedanken-Fotos und Reisen. Ich besann mich auf meine Selbstverantwortlichkeit und Schöpferkraft. Warum hatte ich mir das Problem Albrecht geschaffen, was wollte ich lernen?

Sag mir, liebes Problem, warum erschuf ich dich?? Warum bist du zum wiederholten Male zu mir zurückgekommen? Du fühlst dich nämlich sehr altbekannt an, habe ich dich doch noch nicht bis zur Neige ausgekostet? Was lehrst Du mich??? Warum bin ich blind gewesen? Warum habe ich mich auf diese konservative, konventionelle Ehe mit diesem unbewussten Mann eingelassen, der

*sich und die anderen belügt, dass sich die Balken biegen,
ohne es auch nur zu merken?*

Dieser Art waren meine Selbstgespräche. Ich verlor die
Lust daran, uns allen weiterhin etwas vorzumachen und
die Rolle der zufriedenen Ehefrau, Hausfrau und Mutter zu
spielen. Für Tizia, inzwischen fünf Jahre, und Chiara mit
ihren drei Jahren fand ich eine herzliche, mütterliche
Erzieherin, die sich tagsüber um die beiden kümmerte. Ich
mietete ein Atelier und fing an zu malen.

Ich spezialisierte mich auf Stoffdesign mit dem Hinterge-
danken, irgendwann einmal so viel Geld verdienen zu
können, dass ich mich und die zwei Mädchen alleine
durchbringen könnte. Albrecht war mit meiner Arbeit
einverstanden, er wollte einer fröhlichen, frechen und
ausgeglichenen Frau zu Hause begegnen und hoffte, so
würde ich wieder zu ihm zurückfinden und mich in die alte
Manu zurückverwandeln. Er glaubte zwar nicht an den
Erfolg meiner künstlerischen Unternehmungen, aber er
ließ mich trotzdem großzügig gewähren und unterstützte
mich finanziell bei allen Investitionen. Ich konnte also mit
meinem Los in dieser Hinsicht mehr als zufrieden sein und
war stolz auf mich, dass ich mir nicht auf der ganzen Linie
Probleme erschaffen hatte.

Jedes Mal wenn ich das Atelier betrat, ließ ich erst einmal
einen wilden Schrei los, riss mir das Kostüm vom Leib und
sprang in meinen schmuddeligen Malerklamotten zu
afrikanischen Rhythmen oder Samba wie ein wildes
Pferdchen durch den Raum. FREI. Endlich kam ich wieder ins Fühlen, Phantasieren und Visionieren. Die Bilder
lernten wieder laufen.

Und irgendwann, an einem dieser himmlisch freien Ateliertage fand ich auch den Schlüssel zu unserer Bezie-hung und warum ich sie eingegangen war. ANGST.

Ich war im Schock. Ich war gelähmt. Mein Selbstbild fiel völlig in sich zusammen. Ich hatte über meine Probleme mit Albrecht in den letzten Monaten keine Informationen aus irgendwelchen anderen Leben bekommen, keine Bilder gesehen, nichts dergleichen. Ich hatte bereits aufgegeben, daran zu glauben, dass meine Ehe mit Albrecht im Zusammenhang mit alten Erlebnissen stünde. Dagegen sprach, dass wir uns von Anfang an so nah und verwandt gefühlt und den anderen einfach gekannt hatten. Ich hatte auch immer gewusst, dass ich Albrecht nicht verändern würde, aber es hatte mich von Anfang an gereizt zu versuchen, ihn zu ändern. Es war höchste Zeit vor meiner eigenen Tür zu kehren und mich selbst zu ändern!

Das Atelier war die äußere Geste, mit der ich hoffte, auch in mein Inneres Bewegung zu bringen. Aber alles floss zäh, und manchmal hatte ich das Gefühl, nicht vom Fleck zu kommen. Glücklicherweise hatte ich mit meinen Entwürfen Erfolg und bald genügend Aufträge, um etwas Geld auf die Seite zu legen. Wieder einmal saß ich vor meinen Entwürfen und zeichnete gerade an einem herrlichen, altenglisch anmutenden Blumenmuster. Urplötzlich leuchtete das Wort ANGST in Großbuchstaben vor meinem inneren Auge auf, und ich fühlte, wie ich zu Eis erstarrte.

Mein Kopf fing sofort an zu kontrollieren, sich gegen dieses Wort zu wehren, zu beschönigen, abzuweisen. Er plapperte los wie ein Verurteilter, der sich um Kopf und Kragen redet.

*Was habe ich bitte mit Angst zu tun, ich mutige, weitge-
reiste, weltgewandte, freigeistige Vagabundin? Mein Mut
ist sprichwörtlich, meine sportlich-dreiste Art nie ängstlich, mein Wille der Gefahr ins Auge zu blicken, unge-
brochen...*

So oder ähnlich quatschte und plapperte es in meinem
Kopf durcheinander. Nur meine Zellen waren unlebendig
und unterkühlt, mein Blut schien sich nur noch langsam
und dickflüssig-mühsam durch die Bahnen hindurch zu
bewegen. Meine Alarmglocken schrillten alle zugleich:
Keine Frage, hier war ein Thema, das dringend betrachtet
werden wollte.

DIE ANGST.

Eine uralte, schrumpelige Hure mit riesigen, schlaffen
Brüsten, mit einem breiten zahnlosen Grinsen und einer
stinkenden Scham. Sie treibt es seit Jahrtausenden mit
jedem, mit Frauen und Männern, sogar mit Kindern. Sie
verwandelte sich innert Sekunden in einen Mann, einen
teuflischen Dämon, mit widerwärtiger, erigierter Männlichkeit überfällt sie ihre Opfer, treibt Schabernack mit
ihnen, verfolgte sie als Schreckgespenst, so lange, bis sie
in sich zusammenfallen, zermürbt, pulverisiert.

Dieses androgyne Wesen mit übertriebenen Merkmalen
beider Geschlechter zeigte sich mir wieder – in Frauengestalt. Obszön entblößte sie sich, streckte mir ihr Hinter-
teil, das ich nicht sehen wollte, entgegen und erregte
meinen Ekel. Ich wollte sie nicht sehen, ich wollte nicht
zugeben, dass auch ich mit ihr gelebt, geschlafen und geliebt hatte. Ich war blind gewesen, ich hatte sie nicht gesehen, weil ich sie nicht sehen wollte! Alle Türen hatte ich
zugehalten, alle Löcher zugestopft, um ihr nicht ins Antlitz
blicken zu müssen, dabei lag sie längst neben mir,

verklebte längst mein Blut, vernebelte meinen Geist und
strafte mich Lügen. Hatte ich einen Lügner geheiratet, um
so endlich auf meine eigenen Lügen zu stoßen? Tränen
liefen mir über die Wangen und den Hals, Tränen des
Schmerzes, Tränen der Erleichterung, Tränen der
Reinigung, Tränen der Wut, Tränen des Lachens.
Ist das Leben nicht der größte Lehrer? Ich war über-
wältigt.

Seit Jahren belog ich mich und alle anderen. Ich hatte die
Kinder gewollt, ja, aber ich hatte Albrecht nie so angenommen, wie er sein und leben wollte. Die Identitäten und
Rollen, die er im Leben spielte und spielen wollte, hatte
ich nie geliebt, immer hatte ich gehofft, er würde sie
ablegen und zu einer Authentizität vordringen, die nicht
seine, sondern meine war. Ich hatte ihn immer verändern
wollen, ihn *anders* gewollt.
Meine *bedingungslose* Liebe zu ihm war geheuchelt und
stand auf dicken Pfählen der Bedingungen.

*Wenn du, liebster Albrecht, mit mir in der Wildnis unter
freiem Himmel campen gehst, dann gehe ich mit dir zum
Golfturnier.*

Auf diesen verlogenen Kompromissen basierte unser
Leben. Ich hasste nichts so sehr wie gesellschaftliche
Klein- und Großereignisse, Albrecht hingegen liebte
Socializing und blühte dabei richtig auf. Warum nur, gro-
ßer Geist der Universen, hatte ich mich auf dieses läp-
pische und weit verbreitete Spiel eingelassen?

Wieder sah ich das breite, zahnlose Grinsen der Hure
Angst, des grässlichen Dämons, vor mir und sie hieb sich
auch noch vor Lachen auf die Schenkel. Ihr stinkender
Atem, ein alles vernichtender Mundgeruch, hatte Völker
und Generationen um Generationen mit Blindheit ge-

schlagen. Ich sah diese blinden Halbtoten in Bergen um sie herum liegen, Berge von Leibern, die nichts mehr wahrnehmen konnten, außer dieser stinkenden Gestalt, die sich ab und zu einen jungen, verführerischen Körper und wechselnde Masken zulegte, um ihre Opfer an sich zu fesseln und zu betrügen. Ekelerregend – auch ich war ihr auf den Leim gegangen. Ich ließ die Geschichte der letzten 2000 Jahre an mir vorüberziehen.

Die Tyrannen und Machthaber hatten uns eingeredet, wir Menschen wären schwache, machtlose Geschöpfe, so hatten wir uns zu unsicheren Wesenheiten entwickelt, Männer wie Frauen. Positionen waren das einzige, was uns ein bisschen Sicherheit gab, in der Familie oder im öffentlichen Leben. Nicht aber der Glaube religiöser Institutionen, der uns auch nur mitteilte, dass wir um Gnade zu wimmern hätten, um erlöst zu werden, und wie schön es doch wäre, Opfer zu sein, denn dann erwarte uns das Himmelreich.

Zugegebenermaßen hatte man uns jahrtausendelang an der Nase herumgeführt und die Botschaften eines Joshua Ben Joseph, auch Jesus genannt, verdreht, verändert und verstümmelt. Die Mächtigen und Machthaber, selbst unsichere, missbrauchte und angsterfüllte Wesen, wussten ihre Positionen mit perfiden Missinterpretationen wohl auszubauen. Und nur wenigen gelang es, sich durch den Dschungel der Fehlinformationen und Lügen hindurch zu graben. So wurden wir, völlig verunsichert, ein Spielball der Mächte, die uns kontrollieren. Nur um ihre eigenen Ängste und Unsicherheiten zu überspielen. Und wie wurden wir kontrolliert?

Mit ANGST.

Wieviel Angst haben wir in uns, bei uns, neben uns? Angst um unsere Sparkonten, ums nackte Überleben, unsere Gesundheit, unsere Kinder? Angst um unsere Gesellschaft, Angst um uns? Angst vor den riesigen Gespenstern der Arbeitslosigkeit, der Armut, des Alleinseins, des Alters, der Hässlichkeit, unsichtbaren Feinden, ANGST – warum fallen wir immer wieder auf sie herein? Sind wir denn unabwendbar auf Angst programmiert? Könnten wir nicht diesen uralten Dämon Angst endlich lieben? Angst erkennen als eine Energie, die wir selbst produzieren, der wir nur durch unser ständiges Hypnotisiert-Sein, durch unsere Aufmerksamkeit, die wir ihr mit größtem Widerwillen zollen, am Leben erhalten und sie so ständig nähren? Könnten wir nicht endlich durch ihr Feuer hindurchgehen, um zu erkennen, dass sie uns nichts tun kann, dass wir nicht abhängig sind von ihr, sondern sie von uns? Dass wir mehr sind als diese stinkende, abstoßende und alles vernichtende Energie? Dass wir sie gar nicht brauchen? Dass wir nicht kontrollierbar sind??? Wie könnten wir uns in dieses Leben hinein lieben, ohne Angst, mit dem Wissen um unser Potenzial, mit dem Wissen um die allumfassende Liebe, die dieses Universum trägt und uns umfangen hält? Wie könnten wir diese Sicherheit, dieses Licht, diese Liebe in jeder Sekunde nach außen tragen, mit dem Wissen, dass die Liebe und das Wissen jederzeit antwortet und der Dämon Angst auf verlorenem Posten steht?

Ich beschloss, diese fette, faltige, aufgeblasene Horrorgestalt ANGST, diesen Diener der höchsten Herren, nicht mehr mit meiner Aufmerksamkeit oder meinem Ekel zu beglücken, sie nicht mehr zu nähren und durch ihr Feuer hindurchzugehen.

ICH LASSE MICH NICHT VON ANGST KONTROLLIEREN.
ICH ENTSCHEIDE FREI. ICH BIN.

Ich erinnerte mich an die kraftvollen Rituale mit Ben in Maine. Meine Verabschiedung und Auseinandersetzung mit dieser Energie Angst wollte ich rituell gestalten, würdevoll und bewusst durchleben, bevor ich sie vom Hofe jagte. ANGST hatte es verdient, dass ich ihr bewusst Beachtung schenkte, schließlich hatte sie mir eine nun bald siebenjährige Ehe mit zwei wundervollen Kindern beschert. Ohne sie hätte ich Albrecht, der für mich SICHERHEIT bedeutet hatte, wohl nie geheiratet und die Kinder, vielleicht, mit jemand anders gezeugt und geboren. ANGST hatte also einigen Einfluss gehabt.

Die riesige Leinwand, die ich irgendwann einmal gekauft hatte, stand noch unbenutzt in einer Ecke, auch die dazu gehörigen Leisten für den Rahmen. Ich spannte das Tuch auf die 3x2 m Latten und legte los. Rot entsprach meiner Gemütslage und dem Phänomen Angst in meinen Augen gerade am innigsten. Es war ein ungeheures Vergnügen, satt in die Farben einzutauchen und sie mit meinen Gefühlen zu durchtränken. Ich malte eine riesige, rot-blaue, pralle Frauengestalt mit offenem Mund, angedeutetem Grinsen, aufgerissenen Augen, strubbe-ligen Haaren und vielen Brüsten. Große und kleine, schlaffe und pralle, stehende und hängende Brüste. An den Brüsten hingen meine verschiedenen Ängste, die ich so mütterlich nährte. Ich schrieb die Bezeichnungen mit einem dicken Pinsel und schwarzer Farbe darunter. Alle meine Ängste, die ich so lange Jahre verdrängt hatte, be-kamen ihr Plätzchen an ANGSTS vielen Brüsten!

Was waren meine Gründe gewesen, Albrecht Hals über Kopf zu heiraten und Kinder in die Welt zu setzen? Angst davor keine Kinder mehr zu bekommen, Angst vor dem Alleinsein, Angst, ungesichert und ungeheiratet zu altern? Angst, zum Außenseiter zu werden, Angst, den gesellschaftlichen Anschluss zu verpassen? Angst, als

Frau allein nichts wert zu sein? Angst zu versagen, Angst, nicht *Manns genug* zu sein, mein Leben alleine zu managen, Angst vor der Härte des Alltags? Angst, NEIN zu sagen? Angst, ein Risiko einzugehen, Angst, nicht normal zu sein, Angst, im Irrenhaus zu landen? Angst vor allem Unbekannten und scheinbar Unerreichbaren?

Mit Albrecht an der Seite war Glück kalkulierbar gewesen. Mit ihm war ziemlich vorhersehbar, wie mein weiterer Lebensweg verlaufen würde, und rückblickend war er auch genauso verlaufen, wie ich mir das damals ausgemalt hatte: in emotionaler Durchschnittlichkeit, finanzieller Absicherung und geistiger Trägheit. Ein demoralisierendes, verheerendes Resultat. Nur meine zwei entzückenden Mädchen rechtfertigten alles – im Nachhinein konnte ich mir schlecht ausmalen, was gewesen wäre wenn …

Während ich die Worte, in Form von Buchstaben und Monstern, an die Brüste pinselte, wurden meine Ängste lebendig, die ich seit sieben Jahren mit mir herumschleppte und von deren Existenz ich keinen Schimmer gehabt hatte, so gut hatte ich sie vor mir selbst versteckt. Am erschütternsten fand ich, dass sie so banal waren, so allgemeingültig! Wie oft hatte ich diese Ängste schon bei Freundinnen beobachtet und sie, unberechtigterweise, mit Geringschätzung für ihre ängstlichen Entscheidungen bedacht. Und nun durfte ich bei mir selbst die gleichen Wurzeln des Baumes entdecken, der die weißen Blüten einer durchschnittlichen Ehe hervorgebracht hatte, die so schnell welken und abfallen. Ich saß also mal wieder mit allen zusammen im selben Boot. Wie vergnüglich.

Mein Gemälde wurde immer imposanter und gewaltiger. In die linke obere Ecke malte ich mich noch selbst, in

einem gelben, engen Käfig – den goldenen, den ich mir geschaffen hatte. In eine andere Ecke meinen Kopf mit Scheuklappen, die nur noch Kinder, Paragraphen, Golf-schläger, Parmaschinken, Champagner und französische Badezimmer-Armaturen, buntgoldene Zigaretten und Banknoten vor Augen hatten – Einbahnstraßen!! Ich malte zwei Strichmännchen, Albrecht und mich, lustlos beischlafend im Ehebett, ich malte mich mit den zwei Mädchen an der Hand auf der großen Weltkugel stehend und schrieb darunter:
Ganz allein .

Während ich heulend und wütend, traurig und sorgenvoll die Farben auf die Leinwand bannte, spürte ich wie groß die Angst bei manchen Themen immer noch war. Wie fest ihre kalten Hände mich im Griff hatten. Ihre Schatten waren noch viel gewaltiger, als ich geahnt hatte, und mir wurde klar, dass ich mit ihr noch einige Tage kämpfen und reden, ihr begegnen musste, bevor ich sie annehmen könnte. Das riesige Gemälde war bestimmt kein Kunst-werk, aber es hatte eine Intensität, die mich berührte und bei mir Gänsehaut erzeugte.

Ich rief zu Hause an und teilte mit, dass ich ausnahms-weise nicht heimkommen könne und im Atelier übernachten würde. Christa, meine wundervolle Kinder-frau, blieb gerne über Nacht bei den Kindern. Albrecht würde mich sicherlich anrufen, sobald er aus der Kanzlei kam.

Diese Nacht wollte ich allein sein, allein mit meinen Ängsten, allein mit neuen Visionen. Ich wusste, diese Nacht würde die Wende bringen, ich würde Entschei-dungen treffen, und der neue Morgen würde neu und auf-regend sein. Das riesige Unbekannte lockte wieder ein-mal. Endlich. Ich fühlte den Sog, ich fühlte die Aufregung, die Neugierde, den Tatendrang, mir das Unbekannte zu erschaffen und endlich wieder weiterzugehen.

Ich hatte mich gründlich verschätzt: Meine Reinigungskur dauerte eine ganze Woche. Einen ganzen, langen Tag versank ich in tiefsten, schwärzesten Depressionen. Den zweiten Tag verfiel ich zusammen mit meinem sehr geschätzten Freund Hans, einem Maler, dem Alkohol. Endlich wieder einmal hatte ich das Gefühl lebendig zu sein, Gespräche zu führen, die mich inspirierten und anregten.
Die anderen vier Tage verbrachte ich in Einsamkeit. Albrecht hatte den Kindern gesagt, ich sei verreist, nachdem er meinen Zustand als depressiv und unzurechnungsfähig eingestuft hatte. Die Tage vergingen wie im Flug: Ich tauchte hinab in die Tiefen meines Unterbewusstseins und förderte aufregende Schätze zu Tage. Von Tag zu Tag wurde ich leichter, von Tag zu Tag wurde ich lichter, von Tag zu Tag wurde ich wieder mehr ich selbst. Meine ungeliebten Identitäten löste ich langsam auf. Meine Verbindung mit Albrecht wurde immer deutlicher.

Natürlich hatte ich mich jahrelang bemüht, wie früher, auf der Zeitspirale zurückzugehen, um gemeinsame Inkarnationen zu entdecken. Bei Albrecht war es mir rätselhafterweise nie gelungen. Sieben lange Jahre hatte ich es nicht fertiggebracht, eine unserer früheren Verbindungen zu finden. Nun wusste ich auch warum. ANGST! Ich hatte diese Filme nicht zugelassen, ich hatte blockiert, aus Angst, der Wahrheit ins Auge zu blicken. Endlich war ich reif. Leicht und mühelos drängten sich die Bildergeschichten an die Oberfläche und erinnerten mich an unsere früheren Begegnungen, fingen an, von anderen, gemeinsamen Leben zu erzählen.

An eine dieser Reisen durch andere Zeiten erinnere ich mich noch sehr gut. Sie öffnete mir wieder ein Stück weit die Augen. In meinem Atelier hatte ich mir inzwischen eine bequeme Liegestatt eingerichtet, mit warmen Schaffellen, einem Schlafsack und einer Art Altar mit Schutz bringenden, stärkenden Talismanen. Dieser Ort hatte wieder etwas mit dem zu tun, wie ich meinen Kern fühlte, wie ich mich am liebsten fühlte, klar, einfach, kraftvoll, fließend und frei, verbunden mit mehr als dem Sichtbaren. Fern von allem Chichi, Schnickschnack, Schnörkel und sonstigen Schschs... Ich fing wieder an zu beten, zu bitten, zu betteln, zu befehlen, und ich fing wieder an zuzuhören.

In diesen Tagen kamen sie zu mir zurück, die Bilder, die Erlebnisse, Verbindungen und Verknüpfungen, die ich unterwegs verloren hatte. Albrecht und ich waren schon einmal ein Paar gewesen.
Die Bilder, die an die Oberfläche meines Bewusstseins schwammen, waren erregend. Ich fühlte eine nicht einzuordnende Aufregung und sah an meinen Beinen hinunter, die komischerweise sehr behaart waren. Mir gegenüber stand ein etwas kleinerer Mann um die Dreißig mit einem wunder-schönen, jungenhaften Gesicht. Ich fühlte die aufrichtige Liebe und Zuneigung, das brennende Begehren nach diesem Menschen. Ich war verblüfft als ich ein erregtes Glied in meiner Hand fühlte und spürte, dass es mein eigenes war. Anscheinend war ich homosexuell. Wie in Zeitlupe glitt mein Blick langsam an einem dunkel behaarten Brustkorb hinunter, um dorthin zu gelangen, wo sich mir in Nahaufnahme klassische Männlichkeit präsentierte. Ich wurde bei diesem Film gleich-zeitig zum Zuschauer und Mitspieler. Solche Momentaufnahmen hatte ich so, in dieser Deutlichkeit, noch nie gesehen. Ich weiß noch, wie ich auf der Zuschauerebene ein Lächeln

nicht verkneifen konnte und ziemlich er-staunt war über diese Inkarnation.

Deine Phantasie, liebe Manu, hätte nicht ausgereicht, dir diese schwule Liebesgeschichte mit Albrecht auszudenken, dachte ich.

Ich prüfte, ob mein Gegenüber wirklich Albrecht gewesen war, eindeutig – keinerlei Zweifel. Er hatte dieses blond gelockte Jungengesicht, das ich immer vor mir gesehen hatte, als ich meine Lieblingserzählung von Stefan Zweig gelesen hatte. Er hatte das gleiche spitzbübische Grinsen, das Albrecht so charmant machte.

Außerdem schien Albrecht aus jenem Leben seine Vorliebe für Halstücher mitgebracht zu haben. Der junge attraktive Mann, hatte trotz seiner Nacktheit einen naturweißen, feinen Seidenschal einige Male um den Hals gewickelt. Hatte er eine Wunde darunter? Ich konnte es nicht erkennen. Ohne Zweifel war jener hübsche Mann Albrecht gewesen. Die Art, wie er mich an sich zog, sei-ne Wange in einer unnachahmlichen Zartheit und Ruhe an die meine schmiegte, das hatte bisher nur in jenem homoerotischem Verhältnis stattgefunden. Und in diesem Leben hatte sich kein anderer Mann je so an mich geschmiegt, Wange an Wange, nur Albrecht.

Bei diesen Zeitreisen ist es allein das eigene Gefühl, das die Authentizität der Erlebnisse bestätigt, ich könnte es auch – vielleicht sogar besser – WISSEN nennen. Es ist ein Gefühl, ein Wissen um Wahrhaftigkeit, das unerschütterlich IST, das die eigene Seele bebildert. Meiner Meinung nach ist es völlig unerheblich, ob es sich jemals wirklich so zugetragen hat oder nicht. Wichtig ist, dass die eigene Seele mit maßgeschneiderten Bildern – wie bei deinen Träumen – den Zugang zu gespeicherten, fixierten, nicht gelösten Emotionen preisgibt. Das Zellgedächtnis ist unbestechlich. Anders kann ich es nicht er-klären. Der Unterschied zu Phantastereien oder zu noch nicht manifestierten oder gespeicherten Vorstellungen ist jedem, der es erlebt, unzweifelhaft fühlbar. Unser Wissen wird durch eine oftmals völlig veränderte Realität und Beziehung zu der Person nach diesen Zeitreisen sofort bestätigt.

Ort und Zeit in meiner Bilderflut, konnte ich nicht wirklich erkennen, es kam mir vor wie ein luftiges Zimmer in einem italienischen oder spanischen Haus, es kann genauso gut Südfrankreich gewesen sein. Mir schien alles sehr hell, heiß und sonnig und ich glaubte, den Geruch von Thymian in der Nase zu haben. Die Atmosphäre zwischen uns zwei Männern war liebevoll, aber ich hatte das Gefühl von Zeitdruck und Heimlichkeit, die diese Situation noch erregender machte.

Plötzlich fiel ich.

Es war wie ein Sog. Ich fiel und fiel immer weiter durch die Bilder hindurch, in einen dunklen Abgrund hinein. Ein Gefühl des Schmerzes und der Traurigkeit fraß mich auf. Auf einmal wusste ich: Er, mein Geliebter, war nicht mehr da, er hatte mich verlassen. Dieser Angebetete, meine große Liebe. Ich konnte einen freudestrahlenden blonden Mann sehen, mit einer hübschen, sehr jungen Frau im Arm und wie sie mir zuwinkten. Ein neuer blutiger Ab-grund öffnete sich vor mir und ich erlebte meinen Tod. Ich hatte mich von einem Felsen in ein trockenes Bach-bett gestürzt. Kein Schmerz, kein Horror, keine Angst. Ein neutraler Sturz, ein Aufprall – ich sah Blut und ich sah mich, als zerschmetterten, jungen Mann liegen – aber, wie einen Film, der nichts mit mir zu tun hatte: Ich fühlte nichts.

Jetzt wurde mir klar, warum ich, in diesem Leben, immer so unerklärliche Angst vor Felswänden hatte und Albrecht nie in die Dolomiten begleiten hatte wollen. Wie oft hatte er sich darüber lustig gemacht, dass ich so feige war.

Plötzlich fing ich an zu weinen. Der Verlust des damaligen Geliebten spülte einen gewaltigen Schmerz aus den Tiefen meines Seins an die Oberfläche, immer noch. Durch den jähen Sturz war diese Wunde wohl nie geheilt worden. Also ließ ich die Schmerzen einfach zu und schluchzte und heulte, bis es von selbst aufhörte. Innigst berührt und mit Tränen im Gesicht öffnete ich meine Augen. Ich war erstaunt, fassungslos, amüsiert und nachdenklich. Die Puzzlesteinchen unseres Lebenstheaters fügten sich langsam, wie von selbst, zusammen. Ich erkannte, dass ich damals unsere Liebe nicht zu Ende ge-lebt hatte. Das hatte ich in diesem Leben nachgeholt. Ohne erschwerte Bedingungen, diesmal wollte ich dieses Wesen und meine Liebe zu ihm in einer leichteren Spiel-art genießen. Natürlich hätte ich auch in diesem Leben wieder neu entscheiden können, ob ich diese konventionelle Liebe erfahren wollte. Ich hatte mich augenscheinlich dafür ausgesprochen, und Albrecht wollte vielleicht in diesem Leben noch die Erfahrung machen, wie es sich anfühlt, verlassen zu werden. Alles Spekulation. Ich wusste nur zu gut, dass der große Herzensbrecher nicht eine Sekunde damit rechnete, dass ich ihn verlassen würde. Schließlich hatte ER bisher den Frauen immer diese Erfahrung mitgegeben.

Wir erweiterten beide wieder einmal unsere Begrenzungen, und alles lachte – außer uns. Aber ich wusste, das würde sich mit ein bisschen Abstand ändern. Spätesten nach diesem Leben ... Galgenhumor.

Ich dachte über unsere Kinder und ihr bevorstehendes Schicksal nach. Aber auch Tizia und Chiara hatten sich ihre Eltern ausgesucht und wollten irgendeine Erfahrung machen. Davon war ich überzeugt. Also mussten sie eine Trennung ihrer Eltern miterleben, ob sie auf dieser Ebene nun wollten oder nicht. Ich hatte die unerschütterliche Ansicht, dass eine Trennung der Eltern meist ehrlicher und daher auch für alle unbelastender, gesünder und einfacher ist als ein weiteres Zusammenleben in Unehrlichkeit und Geheimnistuerei. Ich betete zur göttlichen Quelle des Universum, dass meine zwei süßen Mädchen eine Trennung gut überstehen würden und vielleicht sogar, so hoffte ich, auch als Befreiung empfinden könnten. Immer wieder reflektierte ich unsere Situation. Ich war eine Schlafende gewesen, die Schutz und Unverwundbarkeit wollte. Ich hatte mich in dieser Ehe der Illusion von Sicherheit und Unangreifbarkeit hingegeben. Ich hatte mich Lebensregeln unterworfen, Kompromisse gemacht und mir Grenzen gesetzt und jetzt war es an der Zeit, mich von diesen einengenden Blockaden, Mustern, Überzeugungen und Selbstbildern zu befreien.

Zunächst beschloss ich die Wurzeln dieser Krankheit auszureißen. ANGST.

Das Ritual mit ANGST war eines der Erregendsten, das ich je in meinem Leben durchführte. Mein Atelier lag in einem einsamen Barackengelände mit vielen Grünflächen und leeren Plätzen. Am Nachmittag sammelte ich Holzprügel und fuhr dann sogar noch zu einer Holzhandlung, um genügend Brennholz zu haben. Ich hatte mir Grablichter besorgt und köstliche Räucherstäbchen. Außerdem sieben wunderschöne rote, altenglische Rosen und neun weiße Lilien. An diesem Abend, einer Vollmondnacht, sollte die Versöhnung mit ANGST und ihre Verabschiedung stattfinden. Alle Vorbereitungen waren getroffen. Es war das erste Mal, dass ich ein Ritual völlig alleine zelebrierte. Ich wollte alleine sein. Schließlich waren es alleine meine kleinen und großen Ängste, die noch einmal beachtet und geliebt werden wollten.

Auf einem Kiesplatz, nicht weit von meinem Atelierfenster, hatte ich einen runden Feuerplatz gestaltet. Einen großen Kreis mit gesammelten Steinen eingegrenzt und einem wundervollen Reisig- und Scheiterhaufen in der Mitte angelegt. Bei Sonnenuntergang fing ich mit meinen Meditationen an, dankte zunächst der Wesenheit Erde, unserer wichtigsten Partnerin und den vier Elementen für ihr Sein. Ich bat die Wesenheit Feuer darum, meine Ängste anzunehmen, in die Arme zu schließen und in reines Licht zu erlösen und umzuwandeln. Zu den magischen Tönen schamanischer Rhythmen schnitt ich die riesige Leinwand aus ihrem Rahmen und trug sie zum Feuer. Die Flammen vermählten sich mit allen meinen Ängsten, reinigten sie und gaben sie als herrlich stieben-den Funkenregen, als reine Energie, dem Universum wie-der. Ich opferte ANGST die sieben Rosen, die unser siebenjähriges, abhängiges Zusammensein symbolisierten, und warf sie ins Feuer. Die neun weißen Lilien blieben am Leben und umdufteten den Aschekreis. Sie symbolisierten den Abschluss einer Ära mit der heiligen Zahl Neun – der Zahl der Vollendung.

Meine Abhängigkeit, mein Dienen und Unterordnen und mein ewiges, neues Erschaffen und Nähren von ANGST waren nun beendet.

Mein Herz hüpfte vor Freude, und es kam mir vor, als ob mir Tonnen von Gewicht von meiner Seele genommen waren. Noch die ganze Nacht hindurch saß ich vor der glimmenden Asche unter dem Mond und schickte meine Visionen und Wünsche hinauf. Hinauf zu meiner Mondin,

dieser gefühlvollen Begleiterin, hinauf ins Universum, hinauf zu allen meinen unsichtbaren Freunden, Helfern und Dienern, die ich so lange vernachlässigt hatte. Am Morgen war ich frisch und ausgeruht, ruhig und weit, wie ein großes Wasser, ohne dass ich auch nur eine Minute geschlafen hätte.
Das Feuer verglühte, langsam und aufrichtig, wie meine Ehe.
Ich fühlte mich wieder lebendig und frei."

Flo war stumm. Er sah hinüber zu Amanuee, die, wie eine weise Königin zart und leicht, bescheiden und strahlend auf ihrem Stuhl saß. Wieder konnte er ihre Aura wahrnehmen, licht und pastellig, die Farben flossen wechselnd ineinander, harmonisch und gleichgerichtet. Aus dem Herzen floss ein magentafarbener Strom bedingungsloser Liebe.

Flo war fasziniert und ganz weich. Was er in den letzten Stunden erlebt hatte, hatte ihn so in Staunen versetzt, dass er sich augenblicklich unfähig fühlte, auch nur einen klaren Gedanken zu erschaffen. Er zwang sich dazu, wenigstens den Recorder abzustellen. Hatte er zwischendurch überhaupt die Kassetten gewechselt, oder hatte er es dieses Mal völlig vergessen? Er wusste es nicht mehr. Aber an den Tapes, die herumlagen, konnte er sehen, dass er noch über einen minimalen Rest an Geistesgegenwart verfügt hatte. Er fühlte sich wie durch die Mangel gedreht, angenehm widerstandslos, denkunfähig, erleichtert und etwas blöde. Sein Gesichtsausdruck glich jemand, der schwerlich komplizierten Gedankengängen folgen kann. Sein Körper war so entspannt, dass er nicht die geringste Lust hatte, ihn aus diesen wunderbaren Kissen zu hieven. So blieb er in den Fauteuils gegossen liegen und fühlte nur. Reine Wahrnehmung – aha – so könnte sich das anfühlen.

Alles im Raum schien lebendig, hell und klar. Er nahm die Energien wahr, in denen jeder Stuhl, jeder Tisch, die Blumen und Bilder, Amanuee – einfach alles vibrierte – war er auf einem Trip? Er hatte sich weder LSD hinein geworfen noch Ayuhasca genommen! Gut, er hatte um 16:00 Uhr einen Joint geraucht, das konnte es aber nicht ge-wesen sein.

Hatte Amanuees Erzählung seine erstaunlichen Erkenntnisse, diese Wahrnehmungserweiterung und Veränderung hervorgerufen?

Diese Fragen konnte er nicht eindeutig beantworten. Diese Wahrnehmungsveränderung war ziemlich unglaublich. Alles um ihn herum schien lebendig und miteinander in Kommunikation zu sein. Er entschied sich dafür, diese Wirklichkeit, in der er sich gerade befand, zu genießen, und die Kontrolle und das Denken aufzugeben. Nach etwa 15 Minuten verblassten die Eindrücke, und Flo saß wieder in einem extravaganten Hamburger Salon.

Amanuee sah ihn mit ihren lächelnden, wachen Augen an und verabschiedete ihn. Er war inzwischen sicher, dass sie alles, zumindest fast alles, wusste, was in ihm vor-ging. Und er war sich inzwischen nicht mehr sicher, ob diese Donnerstagabende Inszenierungen waren, die für ihn ganz persönlich stattfanden, eine sogenannte Initiation, oder wirklich für eine fiktive Reportage bestimmt sein sollten. Aber eines wusste er inzwischen sicher: Er würde wieder kommen!

Flo erhob sich und verabschiedete sich. Heute schien sein Handkuss fast ehrfurchtsvoll. Amanuee erwiderte ihn mit einem fröhlichen Lachen und verabschiedete sich mit den Worten: „Na, dann bis zum nächsten Mal."

Als Flo das verzauberte Haus verließ, nahm er zunächst einige tiefe Atemzüge, setzte sich dann auf einen dieser großen Steine, die den Hofplatz umsäumten und zündete sich eine Gitanes an. Er hatte gewechselt – Gitanes schmeckten ihm zurzeit besser. Er blickte zum sternenklaren Himmel auf und war plötzlich hellwach.

Alle seine Sinne waren DA. Hier. Jetzt. Ein grandioses Gefühl, sensationell. Er fühlte sich mächtig, stark, lebendig und zugleich leicht, fließend und durchlässig. Aha, so fühlt es sich an, wenn ich draußen bin, aus meinen verknorzten und ängstlichen Alltagsidentitäten. Sensationell. Dieses Gefühl war einfach sensationell. Sensationell!

Er setzte sich in sein Auto und fuhr zur Alster. Es war eine herrliche warme Sommernacht und wie geschaffen für einen nächtlichen Spaziergang. Flo schlang seinen dicken Pullover, den er immer im Kofferraum hatte, locker um die Schultern, heute Nacht hatte er keine Lust auf enge, verrauchte und laute Kneipen.

Er ließ den Abend bei Manu an sich vorüberziehen. Seine Weigerung, überhaupt hinzugehen, seine Widerstände dagegen, sich all den Weiberquatsch noch einmal anzuhören. Und dann hatte Amanuee plötzlich von ihrer Angst zu erzählen begonnen. Daraufhin waren in ihm die eigenen Bilderwelten nur so emporgeschossen. Wie hatte er es vergessen können, natürlich: Er hatte Benita, nach dem letzten Donnerstagabend bei Manu, geringschätzig von dem klassizistischen Familienstandbild mit ihr und ihm – sie als unterdrückte Mutter von acht Kindern und ihm als Macho-Kontrolleur – in der Hauptrolle, erzählt. Bei der so intuitiven und feinfühligen Hexe Benita mussten diese Erzählung, diese Bilder irgendetwas aus-gelöst haben.
War Benita das Bild bekannt vorgekommen? Jetzt erinnerte er sich wieder, sie war daraufhin ganz ernst

geworden und hatte eine Zeitlang geschwiegen. Nur, warum war sie daraufhin bei ihm eingezogen? Wollten Benita und er, wie Amanuee und Albrecht, in diesem Leben eine Liebe unter einem anderen Vorzeichen, in anderen Strukturen, mit anderen Spielregeln erleben? Wollte Benita sich an ihm, Florian, für die Kontrolle rächen, die er in einem früheren Leben über sie ausgeübt hatte? Wollte er mit dieser ungezähmten Wildkatze an seine Grenzen gehen, um sich endgültig seines Kontrollthemas bewusst zu werden?

Tausend Gedanken schossen ihm durch den Kopf. Oder hatte er ganz einfach ANGST, Angst vor ihrer Liebe, vor dem Zusammensein mit ihr, vor einer Bindung? Bei diesem Gedanken spürte er eine heftige Reaktion in der Magengegend. ANGST, diesmal wollte er ihr, wie Manu, ins funkelnde Auge blicken. Deshalb also hatte Manu heute das Thema Angst gewählt. Klar, bei ihr gab es keine Zufälle. ANGST. Er missachtete sie, er ekelte sich vor ihr. Die Ängstlichen waren für ihn Politiker und Beamte, die Kleingeister und Angestellten, die von Industrie und Politik, wie Marionetten an Fäden, durch eine langweilige, vorbestimmte Einbahnstraße gelenkt wurden. ANGST hatte es in Flos Augen bisher nur beim großen Heer der Menschen gegeben, die sich bewusst oder unbewusst in eine Opferrolle hineinbegeben hatten und sich dort manchmal sogar recht wohl fühlten: Kranke, Verlassene, Betrogene, Verratene, Eingesperrte, Abhängige, Verzweifelte, und Hoffnungslose.

Amanuee mit ihrer frappierenden Offenheit hatte ihm die Augen geöffnet:

Die Eigenschaft, die ich bei anderen Menschen am meisten kritisiere, die mir sofort ins Auge springt, will ich, mit hundertprozentiger Sicherheit, bei mir selbst nicht sehen!!

Flo wäre im Traum nicht darauf gekommen, dass sich gewaltige Ängste auch bei ihm versteckten und ihn betrogen. Er fühlte Abscheu und Zweifel in sich hochsteigen – nein, das konnte nicht sein.

Er war nicht ängstlich, wie oft hatte er sich dies schon bewiesen. Bungee Jumping, Fallschirm springen, beim Snowboarden galt er als waghalsiger Draufgänger, seinen Freundinnen hatte er immer im persönlichen Gespräch den Laufpass gegeben. Ganz im Gegensatz zu seinen Freunden, die so etwas meist telefonisch erledigten. Nein, er hatte sich nichts vorzuwerfen - er konnte stolz auf sich sein. Ängste? Vielleicht im Zusammenhang mit Benita? Flo setzte sich auf eine Parkbank und starrte auf die Außenalster. Und schon kamen sie angekrochen, wie düstere Reptilien. Er öffnete sich seinen Ängsten, und Worte, Sätze und Bilder erschienen vor seinem inneren Auge: Angst vor emotionaler und sexueller Abhängigkeit von Benita, Angst, Benita und ihre diversen Liebschaften nicht kontrollieren zu können, Angst, von ihr finanziell ausgenommen zu werden, Angst vor einer seelenlosen, geistlosen und nur auf Trieben basierenden Beziehung.

Flo musste grinsen. Diese seine Gedanken schienen ihm ziemlich hausbacken und spießig. Was war schließlich schon gegen ein erfülltes Triebleben einzuwenden? War es nicht die wichtigste Grundlage?
Wovor hatte er nun wirklich Angst? Hatte er Angst, von ihr hochgenommen zu werden? Liebte sie ihn eigentlich? War von ihrer Seite der Einzug bei ihm Zuhause nur Kalkül und Berechnung? Was wollte sie wirklich? Er kam zu keinem befriedigenden Ergebnis. Flo beschloss, mit dem Wissen um seine Ängste nochmals mit der Situation Benita zu leben. Er hoffte, der Mut, diese Angst vor sich selbst zuzugeben, Gefühle der Angst zuzulassen, würde ihm zu einer Lösung verhelfen. Er wollte den Vorhang für

das Theaterstück genannt *Flos Leben* hoch-ziehen und die Position eines Zuschauers, mit Sitz in der ersten Reihe, gegen einen Sitz, dritte Reihe Mitte, vertauschen. Er würde endlich die Rolle des Regisseurs übernehmen und damit die volle Verantwortung.

Bereits bei Manus Geschichten hatten seine verschütteten Ängste angefangen aufzuwachen. Teilweise hörte er Manus Erzählung nur bruchstückhaft zu, denn in seinem Universum tummelten sich Kindheitsbilder und Szenen aus Filmen, die er noch nie gesehen hatte. Gefühle übermannten ihn, die sich zwischen tiefster Sehnsucht, Trauer, Wut und Scham bewegten. Er war aufgerüttelt, unruhig, nervös, dann wieder mit einer gewaltigen Liebe zum Leben erfüllt, die durch seinen Körper wallte wie die unregelmäßigen Atemzüge eines Träumenden. Gegen Ende der Erzählung war er immer ruhiger, weiter, heiterer und friedlicher geworden. Das Denken schien völlig ausgeschaltet. Er war sich noch nicht sicher, ob er diesen Zustand als angenehm oder unangenehm bewerten sollte.

Der junge Mann auf der Bank im Außenalsterpark sah von weitem aus wie ein aus ungeheurer Tiefe und Verworrenheit Emporgestiegener. Einer, der erlöst die Augen öffnet, um zum ersten Mal wieder den Glanz der Sterne über sich, die leichten Bewegungen der Blätter und das Streichen des Windes über Wiesen und Wasser wahrzunehmen. Er schien sich von unsichtbaren Verstrickungen in Spinnweben eines sogenannten Schick-sals, von dem Kokon der Unfreiheit, frei gemacht zu haben und zu erwachen. Dieses Auftauchen an die Oberfläche verlieh ihm eine Helligkeit, die sein Gesicht derart veränderte, dass es in seinem gesamten plastischen, gefühlvollen Ausdruck dem einer griechischen Göttergestalt ähnelte. Flo atmete ruhig. All der Druck, unverzüglich die Warums und Wiesos zu erkennen und zu ergründen, war von ihm gewichen. Er wusste, in den nächsten Tagen oder Wochen würde er eine Entscheidung treffen, und diese würde getragen sein von entspannter, angstloser Klarheit. Er erhob sich von seiner Parkbank und schlenderte sicher und ruhig zu seinem Auto. Es schien also doch etwas dran zu sein an Amanuees Weltbild.

Flo freute sich seit Langem wieder einmal auf den morgigen Tag.

Freiheit

Flo rechnete es Benita hoch an, dass sie endlich, nach langem Streicheln, Bitten und Betteln, mit der Wahrheit herausgerückt war. Die letzten Tage waren spannend gewesen. Benita hatte inzwischen zugegeben, dass sie um das gemeinsame, frühere Leben gewusst hatte. Eine Seherin hatte Benita vor Jahren eben jene Situation beschrieben. Damals hatten diese Informationen Wut, Traurigkeit und Niedergeschlagenheit bei Benita ausgelöst. Ein ungestümer Schwall von erstickten Tränen hatte sich, damals sehr zu ihrem Erstaunen, Bahn gebrochen. Sie musste wohl in jenem Leben sehr unter Florians patriarchalischem Gebahren gelitten haben. In der Kindheit hatte sie durch den Missbrauch des Stief-vaters alles nochmals in unbeschreiblichem Leid erlebt. Dem war sie entflohen. Mit einem Partner wollte sie nie mehr wieder in die Opferrolle kommen. Ihr bislang unbewusster Entschluss, sich in diesem Leben nie mehr von einem männlichen Wesen unterjochen zu lassen, stand nun auf ehernen Füßen.

Als Flo Benita dann im Auto ganz nebenbei, von dem Bild berichtete, das sein Unterbewusstsein an die Ober-fläche getragen hatte, wurde Benita klar, dass Florian mit ihrem früheren Leben im Zusammenhang stand. Benita beschloss sich zu rächen. Sie zog zu ihm. Diese Racheaktion traf ins Schwarze. Sie hätte sich keinen besseren Schachzug überlegen können.

Irgendwann legte Benita die Karten auf den Tisch. Den Ausschlag gab Florians schonungslose Ehrlichkeit und Offenheit. Flo hatte diese Gespräche aus mehreren Gründen angezettelt und sich mutig dazu durchgerungen: Er hatte es satt, sich von Gefühlen, Situationen oder anderen

Menschen abhängig zu fühlen. Er hatte erkannt, dass seine Ängste Benita zu verlieren, ihn unfrei machten. Amanuees Erzählungen motivierten ihn, Experimente zu starten. Er wollte einmal ausprobieren, welche Ergebnisse diese Vorgehensweise in seinem Leben haben würde.

Flo bewunderte Benitas ehrliche Art, ihr Leben zu leben und sich einen Dreck um die Meinungen anderer Leute zu scheren. Sie wusste, was und wen sie wollte und wie sie leben wollte. Und sie tat es auch. Das machte ein Le-ben mit ihr so interessant. Nie versteckte und vertuschte sie ihre heimlichen Wünsche, schämte sich ihrer oder verdrängte sie. Diese Versteckspiele, diese Geheimnistuerei hatte er bei all seinen früheren Geliebten gehasst. Es hatte meist Tage, wenn nicht Wochen gedauert, bis sie endlich mit der Sprache herausrückt waren, zugegeben hatten, was sie wirklich wollten. Er konnte diese versteckten Andeutungen, dieses Sprechen in Rätseln nicht leiden. Er empfand es als Zeitverschwendung, als kompliziert und, rückblickend, als unehrlich oder zumindest unbewusst.

So erzählte er Benita von seiner sexuellen Begierde nach ihrem herrlichen Körper, von seiner Abhängigkeit, seinen Zweifeln, ob sie ihn liebe, ob er sie liebe, seiner Eifersucht, seiner Wut über ihre Eskapaden und ihre Unverschämtheiten und von seinen schrecklichen Ängsten, sie zu verlieren.

Zum ersten Mal hatte ein Mann so offen mit Benita über seine Gefühle gesprochen und schonungslos seine Schwächen offenbart. Das hatte sie beeindruckt.

Nun öffnete auch sie sich, tief berührt. Das Ergebnis war mehr als erstaunlich. Flo und Benita fühlten sich plötzlich, als ob sie sich zum ersten Mal getroffen hätten, sie waren sich fremd und bekannt zugleich. Die offenen Ge-

spräche hatten ihre Körper, ihre Psyche und ihre Seele
verändert. Spannung und Lust lagen wieder in der Luft.
Die langen Tage und Nächte der Auseinandersetzungen
waren vergessen, die Anziehungskräfte wirkten intensiv
wie nie zuvor. So lagen sie nur im Bett. Flo verpasste seine Termine, spielte mit dieser wundervollen Frau, die unerklärlicherweise drei Tage in seinem Bett blieb und ohne
andere Kavaliere zurechtkam.

Dienstag früh, es musste gegen 10:00 Uhr gewesen sein,
hatte sie sich dann mit Ulf, der immer sehr hartnäckig anrief, zum Mittagessen verabredet. Als Flo sie fragte, ob das
denn nötig wäre, hatte sie ihm bereits in einem ab-
wesenden und eher unnahbaren Ton gesagt, dass es so
nicht weitergehen könne. Benita kam um 11:00 Uhr
abends nach Hause. Sie gab offen zu, dass sich Ulf nett um
sie gekümmert hätte. Sie hätten viel Spaß zusammen
gehabt. Flo war fassungslos. Damit hatte er nicht
gerechnet. Natürlich hatte sie mit Ulf geschlafen. Nach
dieser wunderbaren Zeit miteinander fiel Benita wieder in
ihre bekannten Muster und Rollen zurück. Sie hielt fest an
ihrem alten Leben. Flo war klar, dass es mehrere
Möglichkeiten für ihn gab, damit umzugehen.

Er könnte großzügig darüber hinwegsehen und seine Eifersucht verdrängen. Er könnte hoffnungsvoll darauf warten, dass sie irgendwann ruhiger werden würde und ihr die
Lust auf diese Eskapaden verging. Er könnte auch tatenlos
zusehen und leiden. Er könnte sich dafür entscheiden,
einen besonderen Genuss daraus zu ziehen, dass sie so
begehrt war. Er könnte sie ganz einfach bitten, zu gehen
und sich von ihr trennen und sein Begehren nach ihrem
Körper abstellen. Er könnte auch darauf warten, wie die
anderen auch, sie ab und an einmal zu besitzen zu dürfen,
wenn es ihr gerade in den Kram passte.

Flo reagierte äußerlich ruhig. Er nahm seinen dicken Pullover, ein Päckchen Zigaretten und ging nach draußen. Benita hatte noch versucht, ihn zurückzuhalten und ihm signalisiert, dass sie nichts dagegen hätte, jetzt mit ihm zu kuscheln. Seine Reaktion war ungewöhnlich, er fühlte kein Verlangen nach ihrem Körper. Er dachte nicht an Ulf, er empfand nicht einmal Eifersucht. Irgendetwas schien erstorben. Offensichtlich hatten die letzten Tage sein Verhältnis zu Benita grundlegend verändert. Es war ihm nicht mehr darum gegangen, sie zu besitzen, er hatte sie lieben und mit ihr leben wollen. Jetzt war offensichtlich, dass Benita andere Ziele und Bedürfnisse hatte, ein anderes Leben führen wollte. Auf alle Fälle im Moment. Flo ging traurig und aufgewühlt am Alsterkanal entlang. Alles kam ihm plötzlich unwirklich vor.

War das überhaupt noch er selbst, der diese Gedanken dachte und diese Gefühle fühlte? Die Donnerstagabende hatten ihn verändert. Er war, ohne Zweifel, klarer, sicherer und ehrlicher geworden. Er dachte an Amanuees Worte:

„Erst wenn Du bereit bist, die Grenzen deiner alten Realitäten zu überschreiten, kannst du neues Terrain erobern und neue spannende Situationen und Gefühle erleben. Erst wenn du deine alten Realitäten bewusst erfahren und durchlebt hast, bist du offen für neue."

Vielleicht war Benita seine Lehrerin gewesen. Vielleicht hatte er gelernt, was er lernen wollte, vielleicht war es Benitas Aufgabe gewesen, ihn darauf hinzuweisen, dass er kontrollieren und besitzen wollte. Er hatte in den letzten Nächten erfahren, wie schön Liebe ohne Besitzansprüche war. Vielleicht war Benitas Mission erfüllt? Er legte sich auf die feuchte Wiese und sah hinauf in den

Sternenhimmel. Eine wundervolle Ruhe, ein weiter, lichter Frieden machte sich in ihm breit.

O.K. Alles klar. Wir haben zusammen erlebt, was wir zusammen erleben wollten, mein Engel. Ich danke dir sehr für diese Lektion!

Er beschloss, sich endgültig von Benita zu trennen.

Die Trennung verlief genauso undramatisch wie der Einzug.

Benitas schlanke Finger strichen sanft und liebevoll über Flos Unterarme. Sie lag gemütlich an seine Schulter gekuschelt in seinen Armen und gab schnurrende Laute, wie ein kleines Kätzchen, von sich. Vielleicht gerade wegen seiner klaren Entscheidung und sein Wissen darum, dass es das letzte Mal sein könnte war es wunderschön gewesen mit Benita zu schlafen. Beide sahen sich tief in die Augen und lachten auf Kommando gleichzeitig los. Flo liebte diese Albernheiten, nach der völligen Verausgabung. Er fühlte, das war genau der richtige Moment, um mit Benita über Trennung zu sprechen. Er war ihr gerade sehr nahe. Er wollte ihr Verständnis und keinen Streit, keine Auseinandersetzungen, keinen Zorn, keine Aggressionen und keine weiteren Verletzungen.
„Schätzchen, was hältst du eigentlich von unserem Zusammenleben?"
Flo strich Benita zärtlich über die Haare.
„Nicht so rasend viel, ehrlich gesagt. Ohne dich beleidigen zu wollen, ich habe das Gefühl, dass ich dich störe und einenge, dass ich dir weiterhin wehtue und wehtun werde. Dadurch fühle ich mich auch etwas wie in einer Zwangsjacke – unfrei. Empfindest du das auch so? Kannst du das verstehen?"
Benita setzte sich halb auf und bat Florian um eine Zigarette. Sie sah umwerfend schön aus, mit ihren offenen,

langen, dunklen Haaren, der nackten, samtenen, braunen Haut und jenem milden, entspannten Lächeln auf den Lippen. Die Wehmut und der Hauch von Traurigkeit, die sich in ihren Augen spiegelten, verliehen ihr noch mehr Glamour und Größe. Für einen kurzen Augenblick war Florian versucht, das Gespräch abzubrechen. War er denn ein vollkommener Idiot, eine solche Göttin vor die Tür setzen zu wollen? Irgendwie schien sein offener, staunender Mund und sein etwas blöder Blick einen falschen Eindruck gemacht zu haben.

„Honey, ich wollte dich wirklich nicht wieder verletzen. Entschuldige bitte. Ich weiß um mein einnehmendes Wesen.“

Benita bettelte ihn mit einem so unschuldigen Blick an, dass er sie einfach küssen musste. Ein leidenschaftliches Spiel begann aufs Neue. Florian befreite sich jedoch schnell wieder aus den Liebkosungen.

„Sternchen, du Beste aller Geliebten, leider muss ich dir recht geben. Du weißt, ich hatte in diesen Wochen kaum noch Luft zum Atmen. Mir war das alles viel zu viel. Mein Job hat sehr unter dieser neuen Situation gelitten und ich habe riesigen Ärger. Das liegt natürlich daran, dass ich mich nicht mehr konzentrieren kann. Lass das! Bitte!“

Benita war unter die Decke gerobbt, und knabberte an seinen Zehen. Florian befreite sich, etwas ungehalten, zog seine Boxer-Shorts an und setzte sich auf den gepolsterten Stuhl. Er wollte dies Thema jetzt und heute zu Ende bringen.

Benitas Kopf kam wieder zum Vorschein, diesmal am Fußende.

„Wirklich, ist es so schlimm mit mir?“ Sie kicherte albern.

„Willst du eine ehrliche Antwort oder eine Lüge?“

„Eine Lüge.“

„O.K. Benita, ich finde es langweilig mit dir.“

Florian lauerte schon in seinem Sessel auf den Angriff der
Löwin nach dieser ungeheuerlichen Beschimpfung, aber
diese Reaktion blieb aus. Benita drehte sich im Bett nur
wieder zum Kopfende und sah Florian nachdenklich an
und sagte:
„Bitte Flo, spuck's aus! Was ist heute das Problem?"
Flo kratzte sich. Schon wieder hatte irgendein Ungeziefer
ihn als Wirt benutzt.
Er wurde ernst.
„Sternchen, ich bin zu dem Schluss gekommen, dass wir
den Wahnsinn wirklich schon hinter uns haben. Ich bin zu
dem Ergebnis gekommen, dass meine Eifersucht, mein
Wunsch, dich und dein Leben zu kontrollieren, dich besitzen zu wollen, vielleicht noch ihre Wurzeln in diesem
uralten Leben hat. Vielleicht sind es Zellerinnerungen, die
mir überhaupt nicht bewusst sind. Bei keiner anderen Frau
habe ich jemals so gewaltsam reagiert wie bei dir. Noch
nie habe ich mich so ausgeliefert und hilflos ge-fühlt. Da
hab ich keinen Bock drauf. Was meinst du dazu, meine
Schöne?"
Auch Benita war ernst und traurig geworden. Sie fing zu
weinen an. Damit hatte er nun wirklich nicht gerechnet. Er
stand auf, holte eine Packung Taschentücher und setzte
sich neben sie.
„Warum weinst du denn, meine Kleine. Habe ich irgendetwas Grausames gesagt, ohne es zu merken?"
Er streichelte sie sanft.
„Nein, nein, ist schon gut. Aber ich bin so glücklich, dass
du zu dem gleichen Schluss gekommen bist wie ich. Ich
bin tausendprozentig sicher, dass wir schon einmal, in
einem anderen Leben, unter sehr dunklen Vorzeichen zusammen gelebt haben. Ich muss damals sehr, sehr unglücklich gewesen sein. Das Bild, das du mir beschrieben
hast, deckt sich exakt mit meinen Gefühlen. Inzwischen
habe ich es sogar geträumt: Ich träumte davon, eingesperrt
zu sein. Mein Mann duldete keine Freude in seinem Hause.

Ich fühlte mich im Traum wie eine Lebenslängliche, ohne Hoffnung, ohne Liebe und ohne Perspektiven. Mir ist jetzt so klar, warum ich mich gleichzeitig zu dir hingezogen fühle und auch abgestoßen bin. Diese Ambivalenz konnte ich mir vorher nie erklären. Ich brachte meine Albträume immer mit meiner schrecklichen Kindheit in Zusammenhang.“

Benita schniefte und lächelte.

„Meine Rachegefühle sind verflogen, ich habe noch mal versucht über meinen eigenen Schatten zu springen und mich ganz auf dich einzulassen, ich schaffe es nicht. Ich werde gehen!“

Benita zuckte bedauernd mit den Schultern.

„Mein Sternchen. Unabhängig voneinander scheinen wir zu dem gleichen Schluss gekommen zu sein. Ich bedaure keinen Tag dieser Auseinandersetzungen mit dir. Ich weiß jetzt, dass wir uns in diesem Leben wirklich nicht aneinander klammern müssen, ich dich von ganzem Herzen frei geben kann, dich weiter lieben kann, ohne dich besitzen zu müssen. Das ist für mich ein Geschenk.“

Florian sah Benita nachdenklich an. Erst gerade eben, als er diese Sätze ausgesprochen hatte, fielen alle Steinchen, wie bei einem Puzzle an ihren Platz. Erst jetzt wurde ihm klar, welchen unmerklichen Einfluss Amanuees Erzählungen auf ihn ausgeübt hatten.

„Honey, ich bin dir ewig dankbar für deine Worte. Es ist sehr wichtig für mich, dass du mit meinem Auszug einverstanden bist. Übrigens, ich habe ihn für Montag geplant.“

Benita schlug die Augen nieder.

„O.K. Süße, ich mache uns Cappuccino - ich glaube, das können wir jetzt brauchen.“

Flo stand auf und ging zur Bar. Er konnte fast nicht glauben, was ihm Benita gerade eröffnet hatte. Er hatte sich innerlich auf wilde Szenen vorbereitet, auf lange Diskussionen, Streitgespräche, aber nicht darauf, dass sie bereits

ihren Umzug in die Wege geleitet hatte. Er fühlte sich
übergangen. Eigentlich sollte er doch jubeln, dass diese
Trennung so reibungslos und friedlich verlaufen war. Genauso, wie er es sich gewünscht hatte. Er ging zum Eis-
schrank und holte eine Flasche Champagner und zwei
hauchdünne Jugendstil Gläser.
„Meine Pantherkatze, lass uns auf uns trinken. Auf die
Freiheit, die Liebe und unsere neue Freundschaft, die sich
jetzt entwickeln kann!"

Flo küsste Benita voller Verehrung die Hand und prostete
ihr zu. Der letzte gemeinsame Sonntagnachmittag glich
der Vermählung einer duftenden Blumenwiese mit den
stürmischen Winden.

Urteil

Von ihren Schmerzen, unter denen sie schon seit Längerem litt, hatte sich Benita in der Zeit, die sie bei Flo wohnte, nicht so viel anmerken lassen. Erst seit ihrem Umzug in die kleine Wohnung in der Feldstraße, die sie durch Peters Verbindungen schnell und sehr günstig bekommen hatte, litt sie wieder darunter. Es fühlte sich an, als wenn jemand ein scharfes Messer zwischen ihre Schulterblätter gesteckt hätte und vergessen hatte, es wieder herauszuziehen. Sie hatte sich daran gewöhnt, mit diesen Qualen auf die ihr eigene Art umzugehen, sie pumpte sich mit Drogen oder Tabletten voll. Dank ihrer engen Beziehung zu Martin, der in der Klostersternapotheke arbeitete, gab es immer Nachschub. Der Hausarzt hatte eine chronische Schleimbeutelentzündung, eine Bursitis, diagnostiziert. Wie eine Röntgenaufnahme verdeutlichte, rührten die oft unerträglichen Schmerzen von einem Infektionsherd auf den Schulterknochen her. Dieses Leiden hatte sich seit zwei Jahren, trotz Antibiotika und Cortison, nicht verbessert. Langsam hatte sie die Nase gestrichen voll.

Die Schmerzen wurden eher schlimmer. Ihr Hausarzt versorgte sie auch jederzeit mit Rezepten für starke Schmerzmittel. Vor dem Umzug zu Flo hatte sie so gelitten, dass sie einen Termin für eine Computertomographie bei Professor Enger in der Uniklinik Ebbendorf vereinbart hatte. Es konnte doch wohl nicht sein, dass sie sich lebenslänglich mit einer chronischen Schleimbeutelentzündung herumärgern sollte.

Sie wollte endlich klarere Antworten und neue Therapievorschläge. Die Untersuchung war vor etwa einer Woche gewesen. Seit zwanzig Minuten wartete sie nun in dem tristen Klinikwartezimmer auf die Ergebnisse.

„Frau Bestwiek?“

Ein junger, nicht gerade attraktiver junger Arzt öffnete die Tür.

„Bitte kommen Sie mit mir."

Er mochte so um die 30 sein, hatte schütteres, schuppiges Blondhaar, man konnte schon eine Glatze erahnen, die Brille mit dem goldenen Metallgestell saß etwas zu fest auf seiner kleinen Nase. An der rechten Hand trug er einen schlichten Ehering, der weiße Kittel saß schlecht und einige Knöpfe fehlten. Seine Füße steckten, wie sollte es anders sein, in weißen Birkenstock-Latschen. Benita musste an die Ärzte Serien im Fernsehen denken. Dort sahen die weißen Götter weder so überarbeitet noch so nervös, inkompetent und unattraktiv aus. Schade eigentlich, ihr wäre ein braun gebrannter Schiffsarzt als Gegenüber jetzt eigentlich lieber gewesen. Doch es sollte noch schlimmer kommen. Der junge Arzt ging mit ihr in eine ruhige Ecke des langen, nüchternen Krankenhausganges und eröffnete ihr nüchtern und etwas lapidar:

„Frau Bestwiek, es tut mir sehr leid, aber sie haben Brustkrebs in einem so fortgeschrittenen Stadium, dass Sie gleich morgen eine Mastektomie durchführen lassen sollten. Natürlich werden wir auch noch Gewebeproben entnehmen."

Benita stieß einen gellenden Schrei aus, stürzte sich auf den Arzt, der völlig gelähmt in seiner Angst vor ihr stand und biss ihn, wie ein tollwütiger Hund, in den Unterarm. Dann fiel sie in Ohnmacht.

Sie erwachte in einem weißen Klinikbett. Am Rücken zog es, man hatte sie völlig ausgezogen und sie in eines dieser demütigenden, hinten offenen Kliniknachthemden gesteckt. Zunächst wusste sie gar nicht, warum sie in einer Klinik lag. Sie versuchte sich zu erinnern. Die Einstiche am Arm zeigten ihr, dass sie wohl Spritzen bekommen hatte. Aber sie wußte nicht, wogegen.

Sie schloss die Augen. Da war er, ihr gellender Schrei, das angstverzerrte Gesicht dieses kleinen Arztes und die Diagnose:

Brustkrebs – fortgeschrittenes Stadium.

Sie erstarrte. *Lieber Gott, lass mich bitte aufwachen, bitte, bitte lass mich wieder aufwachen, ich bin im falschen Film, bitte, bitte, bitte.*

Sie wollte zum Telefon greifen, aber sie war so schwach und mit irgendwelchen Medikamenten lahmgelegt, dass ihr diese Anstrengung zu groß war.

Bitte lieber Gott, lass mich träumen, sag, dass ich träume, bitte, bitte, lass mich aufwachen. Die Zimmertür ging auf und eine Schwester kam herein.

„Frau Bestwiek, sind wir aufgewacht, wie gehts uns denn?"

Das Säuseln der rundlichen, lieben Schwester hatte zur Folge, dass sich Benita, wie ein kleines Kind, die Decke über den Kopf zog und die Augen zukniff.

Ich bin nicht da, das ist nicht wahr, ich bin nicht da, niemand kann mich sehen, beschwörend flüsterte sie mit sich selbst.

„Wollen wir ein Abendessen, es gibt heute Abend kalte Platte. Ach Frau Bestwiek, ich bringe es Ihnen einfach. Machen Sie sich nur keine Sorgen, das wird alles schon wieder gut. Wenn Sie mich brauchen, klingeln Sie einfach. Übrigens der Herr Doktor wird morgen ganz früh zu Ihnen hereinschauen. Die Nachtschwester bringt Ihnen dann noch ein paar Schlaftabletten."

Benita hörte das schlurfende Geräusch der Schritte der kleinen Dicken und das dumpfe Schließen der Tür.

Jetzt erst fühlte sie wieder den stechenden Schmerz in der Schultergegend. Mit all ihr zur Verfügung stehenden Kraft angelte sie ihre Handtasche vom Stuhl. Der Akku vom Handy war noch ziemlich voll. Sie sprach Flo auf die Mailbox.

Sie erinnerte noch Uniklinik und CT. Dann fiel sie erschöpft in die Kissen.

Mit weit aufgerissenen Augen starrte sie zur Decke. Ihre Hände tasteten sich zu ihren kleinen Brüsten. Sie waren noch da und fühlten sich wunderbar an, wie immer. Schützend legte sie ihre Hände überkreuz über die Brust. Sie wusste, dass ein Irrtum vorlag.

Morgen würde dieser Albtraum vorüber sein.

Schock

Flo war um 23:00 Uhr abends noch im Krankenhaus erschienen und hatte Benita auf Station V ausfindig gemacht. Benitas Zimmer lag am Ende des langen, gespenstisch wirkenden Flurs. Der spezifische Krankenhausgeruch drehte ihm beinahe den Magen um. Schlaflose, nicht gerade appetitlich anzusehende Gestalten schoben ihre Gestelle mit dem Tropf, an dem sie hingen, über die sonst menschenleeren Gänge. Flo klopfte bei Zimmer 218 – kein Laut. Er betrat das dunkle Zimmer.

Immerhin, nur ein Bett. Noch lag sie, obwohl Allgemeinpatientin, im Einzelzimmer. Die Nachtschwester hatte ihm nur sehr vage Andeutungen gemacht, sie dürfte nichts sagen. So rüttelte Flo Benita wach. Er wollte sofort wissen, warum man sie im Krankenhaus behalten hatte, und er wollte die Diagnose, die sie ihm auf Mailbox ge-haucht hatte, von ihr bestätigt wissen. Benita, völlig benommen und gar nicht bei sich, stammelte etwas von Brustkrebs und Wegschneiden der Brüste, schon morgen früh.
Dann sackte sie wieder weg, in einen narkotisierten, dumpfen Schlaf.
Die Nachtschwester konnte Flo den morgigen Operationstermin nicht bestätigen, Benita war nicht für eine OP terminiert. Flo fiel ein Stein vom Herzen. Trotzdem beschloss er, zur Visite um neun Uhr wieder in der Klinik zu sein. Er wollte unbedingt von ärztlicher Seite informiert werden. Wie lautete die Diagnose und welche alternativen Möglichkeiten der Behandlung würden vorgeschlagen werden. Er war über Benitas Zustand erschüttert. Eben noch hatte eine scheinbar kerngesunde junge Frau sein Bett und Haus verlassen, und drei Tage später sollte ihre ganze Brust auf- und abgeschnitten werden. Benita hatte ihm schon einmal von ihrer Bursitis und den grässlichen Schmerzen erzählt, aber so schlimm konnte es nicht

gewesen sein. Immerhin hatte es ihr Zusammensein nie beeinträchtigt. Von Knötchen in der Brust war auch nie die Rede gewesen. War sie nicht vor Kurzem sogar bei einer Vorsorgeuntersuchung gewesen? Er erinnerte sich nicht mehr genau.

Auf jeden Fall wusste er, dass Benita oft und gerne zu Ärzten ging, also hätte Brustkrebs schon längst festgestellt werden müssen, so sie einen hätte. Langsam beruhigte er sich wieder. Sicherlich lag ein Irrtum vor und Benita hatte wieder einmal maßlos übertrieben und viel zu emotional reagiert. Er fuhr nach Hause, um noch eine Mütze Schlaf zu bekommen.

Dieser verdammte morgendliche Stau. Erst nach 9:00 Uhr stürzte Flo abgehetzt in Benitas Zimmer. Sieben Ärztinnen und Ärzte sowie zwei Schwestern standen gerade um ihr Bett. Benita sah schrecklich aus. Sie begrüßte ihn ohne ein Lächeln, mit völlig apathischem Blick, nahm sie ihn überhaupt wahr?

Flo stellte sich als Benitas Freund vor. Professor Kleinert, der sich den Fall der Biss-Patientin einmal ansehen wollte, stellte sich Florian seinerseits mit sympathischem Lächeln vor. Flo war schockiert: Der flüchtige Kuss auf die aschfahlen Wangen Benitas, die drückende Atmosphäre, die verschlossenen Gesichter der Herumstehenden signalisierten ihm den Ernst der Lage. Er wusste zwar nicht, was bereits gesagt worden war, aber er fühlte, es konnte nichts Positives gewesen sein.

„Herr Ciotti, Frau Bestwiek sagte mir, dass Sie ihr nächster Angehöriger sind, wenn Sie auch nicht mit ihr verwandt sind. Daher kann ich Ihnen die Diagnose mitteilen. Leider haben die gestrigen Untersuchungen einen eindeutigen Befund ergeben. Die Gewebeproben werden auch bereits heute Mittag erwartet. Meine Kollegen stimmen mit mir darin überein, dass in diesem Stadium eine sofortige Entfernung beider Mammae vorzunehmen ist. Wir sollten als Vorsichtsmaßnahme auch noch die Lymphknoten aus ihren Achselhöhlen unter beiden Armen entfernen. Leider ist die Patientin in einem akuten Schockzustand und daher für meine Empfehlungen schwer zugänglich."

Flo platzte der Kragen.

„Das ist ja wohl kein Wunder, bei diesen überfallsartigen Schockdiagnosen", zischte er zwischen den Zähnen hervor.
Er nahm sich zusammen und brachte die folgende Frage in einem annähernd sachlichen Ton:
„Herr Professor, könnten Sie uns bzw. mich bitte über alternative Möglichkeiten der Behandlung aufklären?"
„Unserer Einschätzung nach ist es im jetzigen Stadium für eine Chemotherapie oder Bestrahlungen längst zu spät. Die sauberste und Erfolg versprechendste Methode ist eine Mastektomie. Sie sollte, gerade wegen der psychischen Labilität der Patientin, möglichst schnell durch-geführt werden."
Der sympathische Professor sah Florian verständnisvoll und ernst an.
*Der glaubt wirklich, was er da von sich gibt ... Eine Ge*dankenlawine rollte durch Florians Hirn. *Bin ich eigentlich im Irrenhaus, sind das alles Wahnsinnige, die können doch nicht mal eben über eine Brustamputation bei einer 25-Jährigen entscheiden, das muss doch erst mal geprüft werden, die fällen ein Todesurteil und zücken dann das Messer, kennen die überhaupt die Ursachen?*
„Herr Professor, es könnte natürlich sein, dass Sie völlig Recht haben. Ich gebe zu, dass ich auf diesem Gebiet kein Experte bin. Nur, der gesunde Menschenverstand sagt mir, dass diese Krankheit sich nicht in vierundzwanzig Stunden entwickelt haben kann. Daher wird wohl auch noch genügend Zeit sein, alles in Ruhe zu prüfen und zu

überdenken und auch alle anderen gangbaren Wege und Alternativen in Erwägung zu ziehen. Ich möchte gerne, dass meine Freundin die Zeit bekommt, diese Nachrichten zu verdauen, um nicht aus diesem furchtbarem, traumatisierten Zustand heraus entscheiden zu müssen."
Florian hatte all seine gute Erziehung zusammengenommen um diesen Wissenschaftsdiener nicht zu verprügeln. Er fühlte, wie die Wut in ihm aufstieg und er kurz vor einem Ausbruch stand.
„Herr Ciotti, unserer Erfahrung nach schadet das Zuwarten, aus den verschiedensten Gründen, mehr als es hilft. Ich würde Ihnen auf alle Fälle dringend raten, die gestrigen Vorfälle in Betracht zu ziehen und Ihre Freundin stationär und unter ärztlicher Aufsicht hier zu lassen."

Professor Engert wandte sich zum Gehen. Florian hielt ihn auf.
„Welche Vorkommnisse?"
Er sah ihn fragend an. Ein unscheinbarer, junger Arzt aus dem Ärzteteam hob wortlos seinen verbundenen Arm hoch.
„Ach, davon wussten Sie noch gar nichts? Herr Dr. Schmitt informierte Frau Bestwiek gestern von der Diagnose, darauf biss sie ihn so heftig in den Arm, dass seine Wunde geklammert werden musste."
„Und Sie Frau Bestwiek medikamentös ruhig stellten", brach es aus Florian heraus.
„Herr Ciotti, ich kann Ihre Nervosität sehr gut verstehen. Bitte überdenken Sie mit Ihrer Freundin die Operation, zu der ich dringend rate. Ohne Brustamputation kann ich für nichts garantieren."
Mit diesen aufmunternden Worten verschwand der weiße Gott aus dem Zimmer, einen Stab an willfährigen Mittätern hinter sich herziehend.
Florian ließ sich auf das Bett sinken und umarmte Benita, deren Blicke fast bewegungslos an die Zimmerdecke

geheftet schienen. Sie reagierte nicht. In ihren Augen lag abgrundtiefe Angst.

Er hielt mehrere Minuten wortlos ihre feine, kühle Hand zwischen seinen warmen, kräftigen Händen. In seinem Kopf war zunächst eine große, graue Leere. Irgendwann hörte er Amanuees Worte: ... *Dieser Dämon Angst, diese Hure, die ANGST... der schlechteste aller Ratgeber. Sie ist der Verführer, der Teufel ...* Bilder und Gefühle stie-gen an die Oberfläche, die er sofort wieder zur Seite schob. Irgendwann fing er an, wie ein Wasserfall auf Benita einzureden.

Zunächst ließ er all seiner Wut über die Diagnose- und Aufklärungsmethoden dieser Schlächter freien Lauf. Das hätte er vielleicht nicht tun sollen, aber diesmal ging sein Temperament mit ihm durch. Auch er stand unter Schock. Dieses wunderschöne junge Wesen sollte mit einer riesigen Narbe über der Brust durchs Leben laufen? Mit künstlichen Brustprothesen leben? Es musste noch andere Möglichkeiten geben.

Es dauerte fast drei Stunden bis er Benita davon überzeu-gen konnte, sich diesem Martyrium nicht zu unterziehen, ohne vorher noch andere ärztliche Meinungen eingeholt zu haben. Er konnte ihr endlich klar machen, dass sie in ihrer akuten Gemütsverfassung unmöglich solche weitreichenden Entscheidungen treffen sollte. Er versuchte ihr zu erklären, dass es auch noch andere Methoden als nur den schulmedizinische Ansatz gäbe. Er wüsste z.B. von dem Fall einer Frau, die ihren Brustkrebs mit reiner Ernährungsumstellung besiegt hätte. Florian zog alle Register. Er wurde plötzlich zum Verfechter einer sanften Medizin, von der er eigentlich keine Ahnung hatte. Er sprach von Selbstheilungs- und Regenerierungsfähigkeiten des Körpers, von Traumaauflösung, von Meditation und psychischen

Einflüssen aus ihrer Kindheit, von Alternativen, die er bislang nur verlacht hatte. Aber er erreichte sein Ziel.
In einem tranceartigen Zustand verließ Benita mit ihm das Krankenhaus. Sie willigte ein, bei ihrer besten Freundin Corinna, die sich hilfreich angeboten hatte, für die kurze Zeit der Entscheidung das Gästezimmer zu beziehen.

Programmierungen - ABEND IV

„Die Wilden 60ziger erlebte ich mit meinen Töchtern in der Provinzstadt München. Das Salzburger Land und Albrecht hatte ich mit Schwierigkeiten, aber leichten Herzens, verlassen. Chiara und Tizia kamen mit mir nach München. Und die folgenden Jahre holte ich all das nach, was ich glaubte in meiner Ehe vernachlässigt zu haben. Meine Stoffdesign-Entwürfe verkauften sich gut. Daher stand ich auf stabilen eigenen Füßen, auch dank der finanziellen Unterstützung Albrechts. Die Trennung war schmerzhaft, aber friedlich verlaufen und unsere Freundschaft wurde von Jahr zu Jahr wieder vertrauensvoller.

Bereits zwei Jahre nach unserer Trennung heiratete Albrecht zum sechsten Mal. Diese Frau passte, aus meiner Sicht, ausgezeichnet zu ihm. Sie hatte bereits zwei Töchter aus erster Ehe, die etwas jünger waren als Chiara und Tizia und sich sehr gut mit unseren Mädchen verstanden, ein Glücksfall. Dadurch konnte ich unsere Töchter oft zu Albrecht und Marina, seiner neuen Angetrauten, nach Salzburg bringen, wenn ich alleine Ferien machen wollte oder längere Zeit mit einem meiner damals häufig wechselnden Liebhaber verbringen wollte. Über diese Zeit möchte ich nicht allzu viele Worte verlieren. Ich war in einer Schulungsphase. Die Vision, in diesem Leben meinen erträumten Mann und Partner zu begegnen, von dessen Existenz ich nach wie vor überzeugt war, hatte ich noch nicht aufgegeben. Mir war klar, dass ich ihn nicht zu suchen brauchte, er würde mir begegnen, wenn es an der Zeit wäre.

So beschäftigte ich mich mit den Themen, die mich am meisten interessierten und mein Erleben und Erfahren im Alltag am gründlichsten beeinflussten: dem menschlichen Bewusstsein. Damals begann ich auch mit Yoga und Meditation. Die Schriften Rudolph Steiners, die ich bereits in USA, Salzburg und Basel studiert hatte, regten mich erneut an und festigten meine Einblicke in die geistige Welt. Freimaurer, Rosenkreuzer und Essener, Druiden und Schamanen, ihr Wissen und ihre Techniken versöhnten mich mit meinen eigenen Forschungsergebnissen in punkto Metaphysik und brachten mich immer wieder auf neue Ideen, kreativ mit meinen eigenen Möglichkeiten zu experimentieren. Die Zeitreisen machten soviel Spaß, dass mir die Standpunkt-Verschiebungen auch im Alltag immer besser gelangen und die Resultate immer verblüffender wurden. Ich betete viel – aber nicht zu einem kirchlichen Gottvater mit weißem Bart, der die Welt in Sünder und Heilige einteilt. Diese Schöpfung manipulativer Machthaber unterstützte ich nicht. Für mich bedeutete beten Kommunikation mit einer größeren Wirklichkeit.

Ich nahm Kontakt mit anderen Schichten meines eigenen Bewusstseins auf, mit körperlosen Wesenheiten und Helfern, deren lichte Energie ich um mich spürte und die beauftragt werden wollten. Laut sprach ich meinen Dank, meine Bitten, meine Aufträge aus und erfühlte die von mir gewünschten Ergebnisse. Manchmal schrieb ich Briefe, malte Bilder von gewünschten Manifestationen und leitete diese an die zuständige Stelle im Kosmos weiter. Umso präziser meine Anweisungen und Vorstellungen wurden, desto schneller manifestierte sich das Gewünschte. Mein Erstaunen und meine Demut vor unserer eigenen Macht und Göttlichkeit stiegen. Immer klarer verfestigte sich in mir die Vorstellung, dass die Kernbotschaft des Nazareners geheißen haben könnte:

„Gott ist in allem, er ist bedingungslose Liebe, und ihr seid alle Söhne und Töchter Gottes, also geboren mit göttlichem Potenzial. Verwirklicht ihn, wie ich es tat.“

Wir waren im wahrsten Sinne GOTTES KINDER, reine, göttliche Energie. LIEBE und WISSEN. Wir hatten aus Gründen, die ich nur vermuten kann, den Zugang dazu verloren und blieben in diesen begrenzten Rollenspielen stecken, irgendwelcher angenommenen Identitäten.

Und diese physische Hülle, mit der wir uns hier auf Er-den tummelten, war nicht einmal der Schatten dessen, was wir wirklich sind. Das war also unsere Essenz, auch meine Essenz. Nur war mir diese, überlagert und verdeckt von Ideen, Vorstellungen und Überzeugungen, nicht zugänglich. Sie war verhüllt von vielleicht Jahrtau-sende alten Schichten, die keine Göttlichkeit zuließen, sondern unser Licht, unsere Macht und unsere Kraft nur davon abhielten, nach außen zu dringen.

Außerdem hatten alle irdischen Herrscherdynastien, Ty-rannen und auch neuzeitlichen Machtstrukturen, von den institutionellen Kirchen ganz zu schweigen, immer nur ein Ansinnen: die Menschen klein zu halten, ihnen nichts von ihrem ihnen innewohnenden Potential, ihrer Macht und Stärke zu erzählen. Selbstbewusste und Selbstverant-wortliche Untertanen sind schlechte Untertanen.

Lieber Florian, ich will beileibe nicht behaupten, dass meine Vorstellungen die Wahrheit sind. Aber in meinem Weltbild gibt es auch keine objektive Wahrheit. Eine Wahrheit ist immer gefärbt, gefiltert und somit begrenzt. Meine Ansichten und Glaubenssätze sind nicht mehr als eine Wahrheit und meine Wahrheit. Sie funktionieren für mich. Jeder Mensch hat das großartige, herrliche Ge-schenk des freien Willens mit hierher auf die Erde ge-bracht. Er darf an seine eigenen Wahrheiten glauben und sie auch manifestieren. Jeder ist sein eigener Zauberer.

Chiara, Tizia und ich wohnten in einer hübschen großen Altbauwohnung in der Elisabethstraße, mein Atelier hatte ich im Dachgeschoß. Es war eine aufregende Zeit. Das damalige *Blow-up*, Kulttempel der 60ziger Jahre, war nur eine Straße von mir entfernt. In der Szene wurde einiges geboten. Inzwischen kannte ich mich im Dorf München gut aus, hatte eine Menge Freunde und fühlte mich sehr wohl. Von meinen metaphysischen Interessen wussten nur die wenigsten.

Dann traf ich Paul.

Er war ziemlich klein, mindestens einen Kopf kleiner als ich. Was mir sofort an ihm auffiel waren seine Augen. Wach, klar, sanft und tief, sie passten gar nicht zu diesem kleinen, zähen und hageren Männchen. Unsere Blicke waren sich, wie zufällig, in diesem märchenhaften indischen Sitar-Konzert begegnet. Sie hatten sich ineinander verschlungen, hatten sich in Wärme, Farbexplosionen und Tanz verwandelt und waren ineinander verschmolzen. Für einen kurzen Moment hatte ich seine Essenz und Ausstrahlung wahrgenommen, die den ganzen Konzertsaal mit Licht und Schwingung erfüllte.

Ich schaffte es, ihn in der Pause anzusprechen. Meine Beurteilung seiner kleinen Gestalt wich im Moment des Augen-Blicks. Diesen Herrn kannte ich schon länger, daran gab es keinen Zweifel. Ihm schien es genauso zu gehen. Er stellte sich als Paul vor und wir unterhielten uns einige Zeit über Belanglosigkeiten. Eine eigenartige Magie hielt mich bei ihm fest. Bislang konnte ich es mir noch nicht erklären, ich vertraute aber fest auf mein Gefühl.

Ich fasste all meinen Mut zusammen: Wer wagt, gewinnt. „Hätten Sie Lust, mit mir irgendwann einmal, vielleicht zusammen mit Ihrer Frau, Essen zu gehen? Ich habe das

Gefühl, wir könnten noch einige interessante Gespräche führen."

Mühselig, fast stotternd, brachte ich diese Frage hervor.

Der Mann lächelte liebevoll:

„Sehr gerne. Ich werde Ihnen zwar beim Essen Gesellschaft leisten, ich selbst aber esse und trinke seit mehreren Jahren fast nichts bzw. nichts. Aber ich würde Sie sehr gerne begleiten, wenn Sie das nicht zu sehr stört."

Mein Herz blieb kurz stehen, hatte ich richtig gehört? Er hatte behauptet, nicht zu essen und nicht zu trinken. Entweder war er verrückt, ein Lügner oder etwas mir Unbekanntes. Alles fand ich spannend. Ohne Zweifel lag ich richtig mit meinem Interesse an diesem Mann. Die nächsten Tage benahm ich mich wie ein kleines Schulmädchen. Immer hielt ich mich in der Nähe des Telefons auf. Ich konnte weder still sitzen noch arbeiten noch meditieren. Ich fühlte mich nervös und zerstreut. Selbstverständlich hatte ich nach unserer Begegnung in Bibliotheken und Büchereien nach Informationen Ausschau gehalten, um mich über das Phänomen des Nicht-Essens und Nicht-Trinkens zu informieren. Leider hatte ich, außer über die bayerische Bauernmagd Therese Neumann von Konnersreuth und Nikolaus von der Flüe, den Schweizer Nationalheiligen, auch Bruder Klaus genannt, sowie über einige indische Saddhus, wenig darüber in Erfahrung bringen können. Entweder war dieser Mensch aus dem Konzert ein Aufschneider oder ein Erleuchteter.

Ende der Woche trafen wir uns endlich in einem netten, ziemlich dunklen, kleinen, indischen Restaurant. Paul hatte sich in der Zwischenzeit nicht verändert. Als Mann war er in meinen Augen noch genauso klein und unattraktiv wie im Konzert. Nur seine Augen strahlten und umfingen mich mit einer solchen Wärme, dass sich alle Spannungen sofort lösten. Nachdem ich mir ein herrliches Menü bestellt hatte, bat ich ihn, der vor einem Glas Wasser saß, mir von seinem *Nicht-Essen* zu erzählen.

Er begann in einer bescheidenen und sehr humorvollen Art und Weise von einer uralten Nahrungsquelle zu be-richten, die in Zukunft vielen Menschen zugänglich sein würde. Diese neue Nahrungsquelle heiße PRANA, werde auch Lebensenergie oder fälschlicherweise Photonen-energie genannt. In seinen Augen war dies keine korrekte Bezeichnung für diese Art göttlich-kosmischer Liebes-energie, von der sich die Menschen ohne Schwierigkeiten ernähren könnten. Diese Lichtenergie sei jedermann zu-gänglich, die einzigen Vorraussetzungen seien ein bereits energetisch gereinigter Körper, unerschütterliches Ver-trauen, Glaube und Wollen. Er wüsste, dass bereits meh-rere hundert Menschen weltweit sich von dieser Nah-rungsquelle ernährten, und, da sich die Erde und die Menschen in einem umwälzenden Wandlungsprozess befänden, würden es am Anfang des neuen Jahrtausends immer mehr werden. Paul sagte mir damals, dass er sich seit sechs Jahren nicht von normalem Essen und Getränken ernähre und nicht viel anderes zu sich nehmen als sogenanntes *flüssiges Licht*, ab und zu ein bisschen Wasser, Tee oder auch mal einen Keks oder eine Erd-beere.

Meine Verwirrung und Verwunderung waren längst nicht so gewaltig, wie es mir mein Verstand diktierte. Die ruh-igen, sanften Blicke meines Gegenübers erschufen in mir das Gefühl, dass er unumstößlich seine Wahrheit sagte. Auch mein Glauben an und mein Wissen um außerge-wöhnliche Phänomene und Möglichkeiten in unserem Universum machte seine Aussagen für mich möglich.
Dieser erste Abend verging wie im Fluge. Ich fragte Paul Löcher in den Bauch, wie er darauf gekommen wäre, wer ihn unterstützt hätte, warum er diesen Schritt getan hätte, warum es nicht bekannt wäre, warum er es immer weiter und wieder machen würde, was er für Eindrücke und Erlebnisse hatte, ob seine körperlichen Funktionen noch

normal seien – und was sage die herrschende Wissenschaft dazu? Paul versuchte mir auf alle meine Fragen erschöpfend Antwort zu geben, während ich das thailändische Kokoscurry genoss. Er saß mir gegenüber und strahlte Zufriedenheit und Ruhe aus, sodass ich nicht eine Sekunde das Gefühl hatte, er würde etwas vermissen. Allein die Düfte waren so appetitanregend, dass mir mein Gegenüber außerordentlich leid tat. Mein Verständnis für die Spielart *Lichtnahrung* war an jenem Abend noch äußerst gespalten. Ich fand das Phänomen aufregend und revolutionär, aber ich wusste Paul noch nicht einzuordnen. Wollte dieser, in meinen Augen etwas zu kleine und eher unattraktive Mann, nur etwas Besonderes sein und sich mit solchen Aktionen *groß tun*? Musste er sich irgendetwas beweisen? Wollte er Aufmerksamkeit auf sich ziehen? Oder war er mehr der Forscher und Abenteurer? Ohne Frage, ich war voller Bewunderung und geneigt, ihm seine Münchhausen- Geschichten zu glauben. An diesem Abend empfahl mir Paul die Bücher „Reden über Ich Bin" von Saint Germain, aufgeschrieben durch den Amerikaner Godfrey King.

Als wir über diese Bücher sprachen öffnete sich plötzlich einer meiner Wahrnehmungskanäle. Ich saß Paul gegenüber, wie auf einem elektro-magnetischen Stuhl. Ein breiter Strom flüssiger, grünlich-blauer Energie floss durch meinen Kopf in meine Magengegend, verband Paul und mich in der Waagrechten, floss durch Pauls Kopf wieder hinaus und bildete so, weit über unseren Köpfen, die Spitze eines Dreiecks bzw. einer Pyramide. Diese Pyramide pulsierte so stark, dass ich in diesem Feld kein Wort mehr herausbekam, Paul mit großen Augen anblickte und mich, wie gelähmt, diesem Energiefluss überließ. Mein ganzer Körper vibrierte. Ob dieser Zustand nur Sekunden andauerte oder sogar Minuten, konnte ich im Nachhinein nicht sagen. Meine Reaktion war auf alle Fälle ungewöhnlich: Ich war still. Es hatte mir die Sprache verschlagen. Paul sah mich ruhig an. Ich wusste, er hatte diesen Energiefluss wahrgenommen, wenn nicht vielleicht sogar generiert. Ich begann mich mehr und mehr für diesen Mann zu interessieren.

Wir verloren kein Wort darüber.

Unser nächstes Treffen war erst einige Wochen später. Meine Träume hatten verraten, dass unsere Begegnung Eindruck auf mich gemacht hatte. Ich träumte wirre Dinge, meistens mit Paul in der Hauptrolle, wälzte mich unruhig, schwitzend im Schlaf und war meist um Punkt fünf Uhr hellwach. Oft hatte ich das Gefühl, er wäre bei mir im Zimmer, läge bei mir, und eine brennende Begierde nahm Besitz von meinem Körper. Ich hatte dafür nur zwei Erklärungen: Entweder gab sich Paul intensiven, erotischen Träumereien mit mir hin, die sich auf mich übertrugen und mich sogar weckten, oder ich selbst erschuf diese sexuellen Sehnsüchte nach Paul. Das wiederum konnte ich mir beim besten Willen nicht vorstel-len, da ich ihn als Mann weder attraktiv noch erotisch fand.

Inzwischen hatte ich angefangen die Schriften von St. Germain zu verschlingen. Für mich waren es gewaltige Offenbarungen, die mein Herz berührten, meinen Geist überwältigten und meine Seele erweckten. Nach dieser beflügelnden Lektüre schien es mir etwas wahrscheinlicher, dass Paul vielleicht doch kein Scharlatan sei. Über Lichtnahrung hatte ich zwar nach wie vor keinerlei verlässliche Informationen, aber die Schriften von St. Germain ließen keinen Zweifel daran, dass wir einer neuen Zeit entgegengingen, in der es auch den sogenannten Normal-Sterblichen möglich war, Experimente durchzuführen und Realitäten zu erschaffen, die, von allen

Standpunkten einer seriösen Wissenschaft aus betrachtet, noch völlig unerklärlich und abstrus erschienen.

Wir trafen uns zu einem abendlichen Spaziergang im Englischen Garten. Ich stand auf der verabredeten Brücke und wartete auf ihn. Ich hatte mir vorgenommen, ihn diesmal ein wenig über sein Privatleben auszufragen. Das einzige, was ich wusste, war, dass er Physiker und Mediziner war, der seine Approbation zurückgegeben hatte und nun als Homöopath tätig war. Ich wusste, dass er geschieden war und zwei fast erwachsene Buben hatte, die bei seiner Frau in Hamburg lebten.
Der aktuellste Stand war mir nicht bekannt.
Schon von weitem sah ich den unscheinbaren Mann mit dem geschmacklosen Sakko, der zu langen Hose und dem energischen, luftigen Gang auf mich zu kommen. Wollte ich wirklich mit diesem unansehnlichen Typ spazieren gehen? Paul war fast bei mir, da lief vor meinem inneren Auge ein Film ab, den ich aus meinen ängstlichsten und unsichersten Zeiten kannte. Dieser Film hieß „Schütze sich, wer kann!"

In diesem Film ließ ich kein gutes Haar an diesem Wicht, der mir entgegenschlenderte. Zu klein, zu alt, zu grau, zu langweilig, zu unmännlich, zu schlecht angezogen, zu arm, zu spießig, zu esoterisch, zu unsportlich. Mit diesen abwertenden Beurteilungen klammerte ich mich, mit der Anstrengung einer Ertrinkenden, an meine alten Standpunkte. Ich wollte keine Änderungen des Bildes, wie ein passender Partner für mich auszusehen hätte, ich wollte keine Veränderungen meiner Träume und meiner Selbstbilder. Jetzt war ich doch gerade ganz zufrieden mit mir, so wie ich war. Nein, das wollte ich auf gar keinen Fall. Ich fühlte mich gerade sehr wohl in meiner Haut.

Dieser Film „Das Urteil", der gerade bei mir ablief, kam zu dem Ergebnis: Finger weg! Keine Körperkontakte, keine Experimente, freundschaftlichen, geistigen Austausch mit Paul, ja. Gut. Mein Entschluss stand fest. Ich fühlte mich schon besser. Ich hatte mir erlaubt, meine Bewertungen zu behalten und im alten Fahrwasser zu bleiben. Meine Gefühle beruhigten sich, sanken in die Tiefe, ich fühlte mich wie ein stehendes Wasser. Offensichtlich rüttelte dieser Mann auch nicht an meinen Grundfesten, kein Kräuseln trübte mehr die Oberfläche. Mit dieser Entscheidung im Gepäck war es sehr angenehm mit Paul zusammen zu sein, interessant mit ihm zu plaudern, vertraut in seiner Nähe und auch beruhigend.

Wenn er bei mir war, fiel alle Aufregung von mir ab, meine Unruhe war wie weggeblasen, ich war zufrieden. Zufrieden, dieses Wort weckte in mir grässliche Assoziationen. Zufriedenheit war für mich eine Tugend, die kein Vagabund als schmückende Blume am keck, aufgesetzten Hut trug. Zufriedenheit war, in meinen Augen, die Eigenschaft des antriebslosen Verlierers, der sich mit seinem öden Schicksal abgefunden hatte und sich das Etikett *zufrieden* auf den schwabbeligen, kranken Bauch und die trägen Därme geklebt hat. Mit diesem Gefühl konnte und wollte ich sowieso nichts zu tun haben. Ich neigte dazu, diesem Gefühl den Garaus zu machen, indem ich aggressive, beleidigende und provozierende Äußerungen von mir gab.

Leider gab sich Paul nicht einmal auch nur einen Hauch von Mühe, meine spitzen Speerwürfe ernst zu nehmen, auf sie einzugehen oder sie mit einer kleinen Antwort zu bedenken. Da ich wusste, dass dies nicht auf Unsensibilität zurückzuführen war, hinterließ seine überlegene Art mit mir umzugehen, einen gewissen Eindruck. Er verstand es, meinen Spitzen die Schärfe zu nehmen, indem er höchstens lächelte und meine sportlichen Bemühungen wertschätzte. Wenn wir uns in die Augen blickten, was öfter geschah, erlebte ich dieses liebevolle Verständnis und Wissen um die Tiefe unserer Verbindung. Trotz all dieser intensiven Begegnungen mit Paul und der ungestillten Neugierde auf sein Wissen und seine Universen brach ich den Kontakt nach einigen Wochen abrupt ab. Ich gab ihm klar zu verstehen, dass ich ihn erst einmal nicht mehr zu sehen wünschte. Irgendetwas beunruhigte mich an dieser Bekanntschaft. Ich konnte es an nichts wirklich festmachen.

Es war eine immer wiederkehrende Ambivalenz, die mich anstrengte und schließlich zum Abbruch unserer freundschaftlichen Treffen veranlasste.

Meine ausgeglichene Ruhe, wenn wir zusammen waren, stand im krassen Gegensatz zu meiner aggressiven Unruhe, wenn ich ohne ihn war. In seiner Abwesenheit war ich in Gedanken immer mit ihm beschäftigt, aber auf eine sehr kritische, fast verächtliche Art und Weise. Als Mann dünkte er mir ein uninteressantes Wesen zu sein. Ich sprach ihm Charme, männliche Anziehungskraft, Sinnlichkeit und Sexualität völlig ab. Meine Vorstellungen, wie ein richtiger Mann zu sein hätte, filterten eine subjektive Wahrnehmung von Paul heraus, die keinerlei andere Wahrheiten zuließ.

Heute weiß ich, dass ich einem Teil meines Selbst nicht ins Gesicht sehen wollte, mich nicht verändern wollte und krampfhaft festhielt an lieb gewonnenen Identitäten.

Paul schien so weit von mir entfernt zu sein, von meinem *wirklichen* Leben. Nein, als Liebhaber kam er nicht in Frage. Warum also hätte ich weiter mit ihm Kontakt pflegen sollen. Längst wusste ich, dass er mich verehrte. Ich wollte ihm keine falschen Hoffnungen machen, schließlich liebte ich klare Entscheidungen, mochten sie auch manchmal etwas brutal erscheinen. Als ich Paul sagte, dass ich erst einmal ...*keine Zeit mehr für ihn hätte*

..., lächelte er. In dem Moment hatte ich das ungute Gefühl zu lügen, die Unwahrheit zu sagen.

War er nicht in Wirklichkeit derjenige, dem ich am interessiertesten zuhörte, der mich am meisten faszinierte, dem ich am innigsten vertraute, der mich wieder stärker an meine tiefsten Erfahrungen und Erlebnisse von früher erinnerte, dem ich mich so nah und verbunden fühlte wie sonst nur meinen Töchtern?

Ein Standpunkt, von dem aus ich Paul betrachtete, war der, den ich einnahm, wenn ich die Rolle der *Unabhängigen und Selbständigen* spielte. Diese Identität liebte ich. Ich spielte die Königin meines kleinen Universums, mit aufregenden und würdevollen Kleidern, die jeder in meinem, kleinem Hofstaat bewunderte. Die Kostüme waren die der eigenständigen, geschiedenen Mutter, der erfolgreichen Designerin, der hilfsbereiten Freundin, der verrückten Partymaus, und die der phantasievollen Geliebten. Aber: Die Liebhaber hatten sich nach meinen Vorstellungen zu benehmen, nach meinem Geschmack zu richten und somit entweder gegen mich oder für mich zu sein.

Mich als Frau anders wahr zu nehmen, in mir auch die Schwache, Hässliche, Phantasielose, Erfolglose, Versagerin, Dumme oder Sture anzunehmen, bedrohte mich, diese Herausforderung war Furcht erregend. Mein kleines Königreich funktionierte so wie es war, und ich hatte momentan nicht die Absicht, die Grenzen zu erweitern, um Neuland zu kämpfen oder es schlimmstenfalls sogar aufzugeben.

Ablehnung und Bejahung sind die zwei Seiten ein und derselben Münze.

Das hatte ich schon oft gelesen. Ich fühlte mich verwirrt. Warum hatte ich ein ungutes Gefühl gehabt, als ich mich von Paul verabschiedete? Geplant gewesen waren Erleichterung und Befreiung! Ich fühlte mich tagelang, wie in einem dunklen Abgrund. Immer noch weckten mich erotische Träume mit Paul um Punkt 5:00 Uhr früh. Sie waren wunderschön. Aber ich wehrte mich mit aller Macht dagegen.

Was sollte ich mit diesem sanften Hungerkünstler? Ich liebte den Wein, fulminantes Essen, Tanz und Gesang. Spiegelte er mir denn wirklich die Seiten meines Selbst, die ich nicht sehen und nicht annehmen wollte? Ich schloss meine Augen. Waren wir denn so eng miteinander verbunden, dass wir in diesem Leben zusammen ein Stück des Weges gehen sollten? War ich verliebt? Hatten wir unsere Begegnung geplant? Wie lange kann-ten wir uns? Auf all diese Fragen suchte ich in meinem Inneren nach Antworten. Aber ich war völlig blockiert, kein noch so kleines Bildchen wollte an die Oberfläche steigen, um mir Informationen, Hinweise oder Ansatzpunkte zu offenbaren. Ich hatte keinen Zugang zu anderen Leben und Erlebnissen mit ihm. In meinen Gebeten und Meditationen bat ich um Klarheit und beauftragte meine körperlosen Helfer, mich in Situationen zu bringen, in denen mein Groschen endlich fallen würde. Monate vergingen. Paul war nicht mehr so häufig in meinen Fünf -Uhr-früh-Träumen, die Gedanken an ihn wurden immer weniger. An allen Männern, die mir zwischenzeitlich begegneten, hatte ich etwas auszusetzen. Meine große Liebe war nicht dabei. So übte ich mich in Enthaltsamkeit.
Zusehends wurde ich trauriger und starrer. Ich überspielte meine Gefühlsarmut mit lauten Festen. Der Gedanke an einen idealen Partner wurde zur fixen Idee. Ich visualisie-rte: Bei den äußeren Merkmalen verhielt ich mich eher zurückhaltend. Ich machte mir vor, dass Äußerlichkeiten für mich nicht bedeutsam wären, würde ich meinem Traumprinzen erst einmal begegnen.
Mir entging damals völlig, dass ich Paul allein aus äußer-lichen Gründen nicht in den Kreis meiner Liebhaber auf-genommen hatte. Irgendwann setzte ich diesen Spielchen,

die mir unglaublicherweise dennoch einige Klarheit über meine Vorstellungen bescherten, ein Ende. Tief in meinem Inneren wusste ich nur zu gut, dass es nur mit mir und meinen unaufgelösten Blockaden zu tun hatte, ob der passende Partner sich am Horizont zeigen würde oder nicht.

Endlich war ich so weit zermürbt, dass ich bereit war mich von meinen geliebten *Kostümen* zu trennen. Da ich mich gerne über Farbe und Form ausdrücke, wählte ich als Platz für dieses Ritual mein Atelier. Den Zyklus *Partnersuche* wollte ich hiermit beschließen. Ich hatte endgültig die Nase voll. Um meinen Zeremonien den gebührenden Nachdruck zu verleihen, wählte ich eine wunderschöne Vollmondnacht. Wie viele Frauen unterlag auch ich der Magie der Vollmondnächte und glaubte an ihre besondere Kraft. Mein Atelier duftete nach Bergamotte, Rose, Pinie und einem Hauch Lavendel. Der Voll-mond schien durch die Dachfenster. Ich schob meinen Tapeziertisch genau unter das Mondlicht und platzierte Kerzen im Raum. Aufgeregte Vorfreude durchflutete mich. In dieser mystischen Atmosphäre, mit meiner klaren Absicht, unterstützt von dieser magischen Nacht, würde ich sicherlich Veränderungen zustande bringen.

In den großen Kreis der flackernden Teelichter und Kerzen stellte ich die tiefe, ausgebeulte Kupferschale. Lange Zeit hatte ich sie nicht als Feuerstelle genutzt, sondern in ihr Acryl-Farben und Pinsel aufbewahrt. Heute Nacht würde sie wieder zur heiligen Schale werden, in deren Bauch sich meine *Kostüme* und Begrenzungen in Rauch auflösen sollten. Das heilige Feuer sollte diese alten festgefahrenen Schichten wegbrennen, meine alten Überzeugungen von Schönheit und Hässlichkeit, von Attraktivität und Unattraktivität, von Alter und Jugend, unnütze Bewertungen auflösen, um mich frei zu machen für das

JETZT und aufregende neue Begegnungen und Beziehungen.

Mit leidenschaftlichem Spaß ging ich ans Werk: Ich öffnete den virtuellen Kleiderschrank mit meinen *Kostümen* und fing an, mit Akribie und Wonne, detailgetreu und vollständig, alle Aspekte berücksichtigend, ein *Kostüm* nach dem anderen zu zeichnen und farbig auszuschmücken.

Ich begann mit der Identität einer *Selbständigen*. Dieses Kostüm sah aus, wie ein Jil Sander-Hosenanzug, elegant geschnitten, gedecktes Beige. Die strengen Linien ließen keine verspielte Offenheit zu. In dieser Verkleidung spielte ich die *Zugeknöpft-Abweisende*, aber auch die *Erfolgreiche, Gesellschaftlich Anerkannte, Klare und Unabhängige*. Diese Schale übergab ich mit all den dazugehörigen Gefühlen dem Feuer. Mit genussvoller Freude trennte ich mich von meinem hübschen Entwurf, entzündete das Blatt und löste mich von jener Identität.

Die ganze Nacht malte ich zu rhythmischen Klängen, brannte ein Bild nach dem anderen hinweg im gespenstischen Licht des kühlen Vollmonds. In dieser Nacht verabschiedete ich mich von so mancher Hülle, die ich mir zum Schutz vor Kälte und Verletzung, aus Angst vor Kritik und Fehlern, aus einengenden Werturteilen und vermeintlichen, objektiven Wahrheiten wieder erschaffen hatte. Es war erschreckend, wie kreativ ich in den letzten Jahren nach der Trennung von Albrecht gewesen war. Einige altbekannte *Kostüme*, die ich bereits bei Albrecht verbrannt hatte, hatte ich mir wieder zugelegt und musste mich ihrer wieder entledigen.

Die intensivste Zeit ist bekanntlich die Zeit des Überganges zwischen Nacht und Dämmerung, diese Minuten der absoluten Stille, in denen Zeit und Raum innezuhalten scheinen. Die Reinheit dieses Augenblicks, befreit von allem Überflüssigen, durchwoben von zeitloser

Gewissheit und Größe, ist mir immer noch unvergesslich. Diese erleuchtenden Augenblicke der Weite, getragen vom ewigen Atem, hatten den vormals brennenden Wunsch nach einem Traummann hinweggeweht.

Ich fühlte mich wie neu geboren und ließ mich gleiten in den Anbruch eines neuen Tages.

Eine sehr ausgeglichene, schöpferische Phase belohnte mich für diesen Abend. Wochenlang ruhte ich in mir und verlor keinen Gedanken an meine Partnersuche. Dann, plötzlich, eines frühen Morgens erwachte ich wieder einmal mit leidenschaftlichem Verlangen: Ich hatte von Paul geträumt. Er hatte mich unaussprechlich geliebt. Ich flüchtete unter eine kalte Dusche. Meine Gefühle und der Traum beschäftigten mich. Eine Entscheidung war unausweichlich: Ich beschloss, all meinen Mut zusammen zu nehmen, Paul anzurufen, und ihm von meinen leidenschaftlichen Träumen zu erzählen. Paul war nicht zu sprechen. Eine Frauenstimme am Telefon erklärte mir, dass er auf einem Kongress in Paris wäre, anschließend nach Südamerika weiter reisen würde und vor Januar nicht zurückkäme. Ich war enttäuscht und verzweifelt, ich wollte diese Vorkommnisse loswerden und nicht zwei Monate damit warten. Jetzt, da ich mich dazu durchgerungen hatte, ihm mutig von meinen morgendlichen Träumen zu erzählen. Jetzt, da ich entschieden hatte, darüber zu sprechen, gerade jetzt entzog er sich meinen Bedürfnissen einfach dadurch, dass er nicht im Lande war. Probleme und Hindernisse hatten mich schon immer gereizt, sie sollten mich nicht aus der Bahn werfen. Ich rief noch einmal bei ihm zu Hause an, gab vor seine Patientin zu sein und ihn dringend telefonisch konsultieren zu müssen. Die Dame gab mir die Telefonnummer in Paris und den Namen des Kongresses. Bereits am späten Abend hatte ich Paul in der Leitung.

„Paul, hier Amanuee. Ich muss dich sehen. Ich möchte nicht am Telefon darüber reden. Kann ich dich so bald wie möglich sprechen? Kann ich nach Paris kommen? Hast du vielleicht am Wochenende einen Abend Zeit für mich? Es betrifft Dich und mich."
Pauls lapidare Antwort ärgerte mich. Ohne Häme und Zynismus antwortete er nur schlicht, dass er auf mich gewartet hätte und dass er immer Zeit für mich hätte. Er versprach, mir für das Wochenende ein Zimmer in sei-nem Hotel zu besorgen.
Amanuee machte eine kleine Pause, ihr Atem schien etwas kurz geworden zu sein. Regte sie dieses Thema immer noch auf? Hatte die alte Dame Hemmungen darüber zu berichten? Florian blickte zu ihr hinüber.

„Lieber Florian, von unserer erneuten Begegnung möchte ich dir am nächsten Donnerstag berichten. Das würde heute Abend zu lange dauern."

Amanuee sah Flo an. Er lag schweigend in den Kissen und machte keine Anstalten aufzustehen. Er blickte in die Ferne, seine Finger hatte er bereits auf die Stop-Taste des Recorders gelegt, um ihn auszustellen. Klack. Plötzlich richtete er sich auf, legte seinen Kopf in seine Hände und fing an zu weinen.
Er ließ es einfach zu.
Amanuee hatte vielleicht mit dieser Reaktion gerechnet, sie stand auf und reichte ihm liebevoll und kommentarlos ein Taschentuch und setzte sich wieder in ihren Stuhl. Nach einiger Zeit richtete sich Flo auf, schniefte noch einige Male und sagte:
„Vielen Dank, Manu. Jetzt gehts mir wieder besser. Aber dieser Tag war schrecklich. Ich glaube, ich habe viel gelernt. Und das musste jetzt einfach sein. Ich danke dir sehr. Könnten wir uns vielleicht schon morgen gemeinsam mit Nick treffen und über Benita reden?"

„Ja, Nick hat bereits zugesagt, er kommt um 19:00 Uhr. Ist das recht?"
Amanuee drückte ihm die Hand und strich ihm sanft über die Schultern.
„Florian, es gibt immer andere Lösungen. Wirst du Benita heute Nacht sehen?"
Flo schüttelte verneinend den Kopf.
„Wir werden nach Alternativen suchen und ihr gangbare Vorschläge unterbreiten. Florian, es steht nicht in deiner Macht, alles Leid von ihren Schultern zu nehmen. Du kannst nicht die Verantwortung für das Leid der Welt auf deine Schultern packen. Das Beste, was du im Moment tun kannst ist, ihr ruhig, klar und liebevoll andere Perspektiven zu vermitteln. Für sie zu recherchieren, zu organisieren und sie zu unterstützen."
Flo wusste es, aber es tat ihm gut, diese Worte von Manu zu hören. Morgen würden die Telefone heiß laufen. Es musste Alternativen geben.
„Lieber Flo, ich werde heute Nacht noch mit einem jungen Kollegen von Paul telefonieren. Er bat mich, ihn nicht vor 24:00 Uhr anzurufen. Er ist Mediziner, Rechtsanwalt und Homöopath, eine gelungene Mischung in unserer heutigen Zeit, nicht wahr? Er hat viel Erfahrung mit Krebspatienten, auch sehr positive. Er wird uns sicherlich weiterhelfen können. Kopf hoch, Florian."
Florian nahm seinen Recorder und verabschiedete sich. Mit einem etwas müden Lächeln, aber innerlich aufgewühlt, trabte er aus dem Haus in die bewölkte Nacht.

Manu hatte Paul also anfänglich als äußerst unansehnlich empfunden. Flo wusste ja, dass sich daraus später eine traumhafte Beziehung entwickelt hatte. Wie konnte sie anfänglich nur so eine verschobene Wahrnehmung ge-habt haben? In seinen Augen war Paul ein attraktiver, gut aussehender Mann gewesen. Alle Themen vermischten sich in seinem Kopf zu zähem Brei. Unverschämte, arrogante Ärzte, Nicks AIDS-Betrugs-Theorien, Pauls Ausstieg aus dem Medizinbetrieb, Brezels Tod, Benitas Schock, ihre Ehrfurcht vor der *einen Wahrheit* einer wissenschaftlichen Medizin, ihre gelähmte Entscheidungskraft. Erst einmal war Benita bei ihrer alten Freundin, einer 50jährigen, sehr mütterlichen Buchhändlerin gut aufgehoben.

Benita hatte auf keinen Fall zu Florian gewollt. Sie wollte ihre Ruhe und neutrales Terrain. Was konnte nur die Ursache für Brustkrebs bei so einer jungen Frau sein, warum konnte ihm das niemand sagen?
Als er nach Hause kam, schüttete er sich zunächst einen großen Whisky ein. Dann setzte er sich an den Computer und ging ins Internet. Sicherlich würde er hier einige interessante Informationen zum Thema Brustkrebs finden.

Kriegsrat

„Deine vielleicht schwierigste Aufgabe, Florian, wird sein, Benita aus ihrer Lähmung zu holen, die natürlich durch den Diagnose Schock und die alles andere als einfühlsame Vorgehensweise ihres Arztes ausgelöst wurde. Ich tendiere dazu, dem sehr oft angegriffenen deutschen Kollegen Hamer in gewissen Punkten Recht zu geben. Er weist nach, dass die Auswirkungen solcher diagnostischen Schockerlebnisse mit der Entstehung von Krebs im direkten Zusammenhang stehen, die dann wiederum das Wachstum der Krebszellen maßgeblich fördern und vorantreiben.“
Nick schlug seine Beine übereinander und stocherte in seiner Pfeife.
Er saß mit Florian bei Manu im kleinen, gemütlichen Salon, der an das geräumige Wohnzimmer und die Terrasse grenzte. Florians Schilderungen der in seinen Au-gen militanten Vorgehensweise der Ärzte, und dem nicht besonders sensiblen Umgang mit Bekämpfungsstrategien von Brustkrebs im deutschen Klinikalltag passten nur zu gut in sein Bild einer immer unmenschlicher werdenden Medizin-Unkultur. Trotz allem strahlte Nick Ruhe und Gelassenheit aus, Balsam für Florians Seele. Nick hatte am letzten Wochenende noch mehr interessante Unter-lagen für sein Buch erhalten, die ihn etwas über den Verlust Brezels hinwegtrösteten. Nun freute er sich auf die Vollendung seines Werkes und die bevorstehende Veröf-fentlichung des Buches. Morgen würde er nach N.Y. flie-gen, um seinen Verleger nochmals zu treffen.

Amanuee, im weiten, ultramarinblauen langen Seiden-rock mit sportlicher Jeansbluse, natürlich barfuß, harmo-nierte vorzüglich mit der Fülle der Enzianblüten, die in einem Blumentopf nicht weit von ihr, auf dem Fensterbrett standen. Ein Büchlein auf ihrem Schoß enthielt die wichtigsten Notizen, die sich gestern Nacht und heute bei ihren Brustkrebs-Recherchen ergeben hatten.

„Das ist genau die Hürde, die mir von Emil Sonne, du weißt, das ist mein schwäbischer Krebsspezialist, Arzt, Anwalt, Homöopath etc., als eine der unüberwindlichsten geschildert wurde. Die Fragestellung lautet: Wie bekomme ich eine Brustkrebspatientin in diesen so lähmenden Momenten einer endgültig scheinenden Diagnose zu alternativen Entscheidungen? Sonnes Erfahrung nach ist die Macht der Ärzte, die Wissenschaftsgläubigkeit der Patientinnen sowie ihre Angst, im Moment der Entscheidungsfindung aus Unwissenheit Fehler zu machen so ungeheuer groß, dass sie dazu neigen, sich den herrschenden Machtstrukturen bedingungslos unterzuordnen.“

Manu blickte etwas nachdenklich in die Runde.

„Dabei gibt es bereits so viele Erfahrungen und Berichte von Frauen, die Brustkrebs hatten,» fuhr sie fort, und die ohne Operation, Chemotherapie und Bestrahlung geheilt wurden. Den betroffenen Frauen wird ja, wie im Falle Benita, in dem du, Flo, zunächst noch die Rolle eines rettenden Engel spielst, nicht einmal die Möglichkeit gegeben, Alternativen kennenzulernen. Sie werden gedrängt und eingeschüchtert, in eine schnelle OP einzuwilligen. Und das alles, ohne auch nur über Alternativen nachzudenken. Für mein Empfinden ist das fast kriminell.“

Manu hatte ihre Sätze sanft, sachlich und bestimmt vorgetragen. Florian betrachtete sie voller Bewunderung. Ihr Mitgefühl hatte immer die Qualität des Mit-Fühlens und nicht die des Mitleids oder überflüssiger Aufregung. Florian war dem Zufall dankbar, der ihm ausgerechnet in diesen hilflosen Momenten zwei erfahrene Freunde zur Seite gestellt hatte. Bei seiner nächtlichen Internet-Recherche war er auf erschreckende Zahlen gestoßen. Die Brustkrebshäufigkeit und deren Sterblichkeitsrate hatten sich in den letzten hundert Jahren stetig erhöht. Daraus schloss er, dass die konventionelle Medizin nicht gerade erfolgreich gewesen war. Unvorstellbar. Das hätte doch eigentlich Grund genug sein müssen, verstärkt nach alternativen Behandlungsmethoden Ausschau zu halten.

Florian hatte seit dem frühen Morgen Magenschmerzen und nichts gegessen.
„Mein Besuch bei Benita bestätigt leider eure Aussagen. Nachdem ich heute versucht habe, sie dazu zu bewegen, sich mit anderen Behandlungsmöglichkeiten auseinanderzusetzen und andere Meinungen wenigstens an zu hören, hat sich mich irgendwann als naiven Idioten beschimpft und mich völlig erschöpft gebeten, zu gehen. Ich konnte nicht herausfinden, was sie alles an Betäubungsmitteln geschluckt hat. Sie hatte überhaupt keinen Lebenswillen, kein Fünkchen. Dabei habe ich gar nicht versucht, sie von irgendeiner anderen Therapieform zu überzeugen. Ich sagte ihr nur, dass ich der Meinung bin, bevor man einer jungen Frau für immer die Brust wegoperiert, sollte man sich vielleicht etwas Zeit lassen und sich wenigstens kurz über Alternativen informieren dürfen. Man kann doch ein junges Mädchen nicht einfach verstümmeln – das habe ich ihr so natürlich nicht gesagt. Leider ist außer mir niemand in ihrem Bekanntenkreis, den sie sehen möchte. Ich hatte das Gefühl ich erreiche sie gar nicht und habe keinerlei Einfluss auf sie.“

Florian war nervös und zog an seiner Zigarette, er und Nick qualmten und pafften. Weiße Schwaden glitten träge durch den einzigen Raum im Haus, in dem geraucht werden durfte.

„Florian, noch ist nichts verloren. Lass uns mal über verschiedene Möglichkeiten sprechen. Bestrahlung und Chemotherapie sind nach meinen Erfahrungen und meinem Wissenstand keine Alternative. *Ubi virus, ibi virtus*, wo Gift ist, ist auch eine Wirkung – oder: wie ich durch Gift wieder gesund werde, eine kleine Widersprüchlichkeit. Bei diesen Behandlungsmethoden geht es den Krebskranken auch nicht viel besser als den sogenannten AIDS-Kranken – die Kränksten werden aus unerfindlichen Gründen, am meisten vergiftet. Wie kann ein Stoff, der einen gesunden Menschen krank macht, einen kranken Menschen gesund machen? Er kann einen kranken Menschen nur noch kränker machen. Wo bleiben hier Logik und gesunder Menschenverstand? Wir können das heute Abend hier nicht zusammen diskutieren. Wir sollten Alternativen und die dazugehörigen alternativen Ärzte ausfindig machen.“
Nick strich über seinen grauen Schnauzbart. Er hatte die Angewohnheit seine Aussagen mit dieser Geste zu unterstreichen und ihnen Nachdruck zu verleihen.
„Einverstanden.“
Manu und Flo sagten das Wort, wie aus einem Munde.
„Nur nebenbei: Im Internet habe ich irgendwo gelesen,“ warf Florian ein, „dass Angestellte im amerikanischen Gesundheitswesen, die mit Antikrebsmitteln in Berührung kamen, in den frühen 80ern dazu angehalten wurden, bei der Herstellung und dem Umgang mit Krebsmitteln spezielle Sicherheitsvorkehrungen zu beachten. Das Risiko für sie, Krebs zu bekommen, war deutlich erhöht. Also, die Behandlung von Krebs verursacht Krebs. Eigentlich zum Brüllen komisch, wenn es nicht so tragisch wäre.“
Florian war überhaupt nicht zum Lachen zu Mute. Je mehr er sich mit der Sache auseinandersetzte, desto übler wurde ihm. Das ergebene Leiden und die völlige An-triebs- und Hoffnungslosigkeit Benitas hatten ihn tief er-schüttert.

„Florian, ich meine, es gibt einige interessante und gangbare Alternativen und Möglichkeiten. Der berühmte, amerikanische Ernährungswissenschaftler Harvey Diamond zum Beispiel – seine Bücher sind in den USA Bestseller – hat meines Wissens einen Titel geschrieben der *Du kannst Brustkrebs verhindern*! heißt. In ihm beschreibt er auch die Heilung vieler Patientinnen von Brustkrebs, allein durch kluge Ernährungs- und Reinigungsprogramme. Einer meiner Kollegen hat mir irgendwann einmal begeistert von den Erfolgen, die er durch dieses *Diamond Programm* bei seinen Patientinnen erzielte, erzählt. Sieh dich doch auf alle Fälle mal nach diesem Buch um. Soweit ich mich erinnere, vertritt Diamond die Meinung, dass es sehr blauäugig sei, Brüste zu entfernen, ohne die Ursachen des Krebses zu beseitigen.“

„Aber das ist es doch gerade, die Ursachen des Brust-krebs kennt doch niemand!“, unterbrach Florian ungeduldig.

„Diamond vertritt die Meinung, dass ein körperlicher Zustand der Vergiftung zu abnormem Zellwachstum führt. Krebs muss 10 Jahre lang gewachsen sein, bevor man ihn entdecken kann. Das würde heißen, dass Benita das Wachstum ihrer Krebszellen bereits in ihrer Jugend entwickelt hat. Flo, was weißt du über ihre Kindheit? Und hast du nie, in der Zeit mit der du mit Benita zusammen warst, irgendwelche Krankheiten oder Schwächen bei ihr bemerkt?“

Flo zog die Schultern verneinend nach oben.

„Eigentlich nicht viel. Es ging ihr oft nicht gut, dann hat sie sich aus dem Nachtleben immer für kurze Zeit verabschiedet und so viel ich weiß, einiges an Medikamenten geschluckt. Sie hat manchmal diese schmerzhafte Schleimbeutelentzündung erwähnt. Aber sie war nicht auffallend oft krank. Über ihre Kindheit mochte sie nicht reden. Ich weiß nur, dass sie scheußlich gewesen sein muss und sie mit 14 Jahren ausgezogen ist. Zu ihren Eltern hat sie längst jeden Kontakt abgebrochen. Sie wollte nie an ihre Kindheit erinnert werden."

Flo rutschte mit sorgenvollem Gesicht im Sessel hin und her. Nick sah ihn an und meinte:

„Meine Frage stellte ich deswegen, da psychische Ursachen vielleicht die größte Rolle spielen. Meiner Meinung nach sind sogar immer psychische oder systemische Ursachen die Auslöser einer Krankheit. Dazu sagt man dann *Disposition, Veranlagung, Vererbung,* etc. Aber ich will im Moment keine Ursachenforschung betreiben. Jetzt ist es auch nicht an der Zeit zu hinterfragen, was bzw. wer in den letzten Jahren diesen explosionsartigen Anstieg der Krebskrankheiten verursacht bzw. zu verantworten hat. Ratsam wäre auf alle Fälle, dass du mit allen Befunden der Klinik bewaffnet und auch sämtlichen Befunden des Hausarztes aus den letzten Jahren, noch einige weitere ärztliche Meinungen einholst. Natürlich brauchst du dazu die Einwilligung von Benita. Lass die CT Ergebnisse, die Ergebnisse der Gewebeuntersuchungen, alle Röntgenbilder und Befunde von einem befreundeten Arzt anfordern oder vom Hausarzt. Dir werden sie das Röntgenbild, besonders nach deinem gestrigen Auftritt und der Entführung der Patientin, bestimmt nicht in die Hand drücken!"

Nick klopfte zum x-ten Male feinsäuberlich seine mahagonifarbene, dickbauchige, glänzend polierte Pfeife aus, reinigte und stopfte sie.

Er sah zu Flo:

„Ich habe heute auch mit Dr. Sonne telefoniert und dir außerdem die Telefonnummer eines sehr erfolgreichen, naturheilkundlich orientierten Krebsarztes hier in Hamburg herausgesucht. Du solltest unbedingt mit beiden am Wochenende telefonieren."

Die Besprechung dauerte bis in die späten Abendstunden.

Florians Hoffnungslosigkeit im Umgang mit dieser Tragödie wich allmählich. Nun wusste er etwas mehr. Wusste, was er als Nächstes zu tun hatte und wen er um kompetente Hilfe und um Rat bitten konnte. Nick versprach Florian, sich auch sofort in N.Y. umzuhören und ihn über etwaige Alternativen zu informieren.

Allen war klar, die Uhr tickte. Benita musste irgendwie dazu gebracht werden, aus ihrer Dunkelheit aufzutauchen und vernünftig und selbstverantwortlich mit zu entscheiden.

Unerreicht

Florians Überredungskünste waren fehlgeschlagen. Am Montagnachmittag hatte sich Benita, per Taxi, mit dem kleinen, silbergrauen BusinesskÖfferchen in die Uniklinik aufgemacht. Sie hatte es bei Corinna, allein mit sich und dem Dämon Krebs, nicht mehr ausgehalten.

Flo war entsetzt. Den ganzen Montagvormittag hatte er mit Benita zugebracht, mit Ärzten telefoniert, berat-schlagt, geredet und zugehört. Schließlich, gegen 14:00 Uhr, waren sie übereingekommen, dass die nächsten drei Tage mit Besuchen bei alternativmedizinisch behandelnden Ärzten, profunden Überlegungen und Recherchen angefüllt sein sollten. Nach dieser Frist sollte Benita ihre Entscheidung treffen.

Sie hatte diese scheinbare Passivität nicht ertragen und, ohne Florian davon in Kenntnis zu setzen, war sie geflo-hen. Geflohen aus dem einsamen Horror-Labyrinth der eigenen Gedanken, hinein in eine Welt der mächtigen Maschinen und Apparate und wissenschaftlicher Erkennt-nisse. Geflohen in eine Welt, in der man vorgab, die ein-zig mögliche Rettung, vor dem sich am Horizont zei-genden Schnitter Tod zu kennen. In eine Welt, die ihr vorgaukelte, mit Sicherheit den einzig richtigen Lösungs-weg anzubieten. In eine Welt, in der es keine Wahl gab, sondern nur eine Wahrheit, die Wahrheit der herr-schenden Meinung. Eine Welt, in der Benita Opfer sein durfte und unbehelligt ihre Verantwortung für ihren ei-genen, herrlichen Körper abgeben konnte an die weißen Götter. In dieser Welt durfte sich Benita willenlos einer anderen Macht ausliefern. Durfte sich apathisch einem System hingeben, das überzeugt war von der eigenen Un-fehlbarkeit. Benita war erleichtert. Sie fühlte sich *zu*

Hause, fast geborgen. Dieses gewohnte Gefühl des *Ausgeliefertseins,* der *völligen Ohnmacht* kannte sie nur zu gut. Sie sah sich als kleines Mädchen auf ihrem Bett, sie sah die Hosenbeine ihres Stiefvaters, der zur Tür hereinkam, lähmende Angst und Ohmacht legten sich wie eine wattige Hülle über sie und das kleine Mädchen Benita ging aus ihrem Körper. Jetzt konnte sie alles von oben sehen. Alles. Von oben.

Benita kannte diese wattige Hülle, diese Ohnmacht, dieses *Nichtsmehr-Fühlen,* das alles war ihr sehr bekannt. Sie war dankbar, sich in diesen dunklen Momenten nicht noch auf zusätzliche unbekannte Gefühle einlassen zu müssen.

Die ärztliche Routine nahm ihren Lauf. Der OP-Termin für eine beidseitige Brustamputation wurde auf den folgenden Montag festgelegt.

Laborversuch - ABEND V

Florians Gedanken, Gefühle und Gespräche hatten sich in den letzten Tagen um nichts anderes gedreht als um Benitas Krankheit, ihre Entscheidung, ihre Hoffnungslosigkeit und um seine Hilflosigkeit, den Geist einer ihm vertrauten, klaren, freiheitsliebenden, mutigen und lebensfrohen Benita wieder zu erwecken. Sie war für Florian unerreichbar geblieben. Welche Tricks und Tücken er auch angewandt hatte, es war ihm nicht möglich gewesen, den Panzer der Angst, der Ohnmacht, der sie mit stählernen Armen umfasste, aufzubrechen.

Florian war in dieser Zeit ernst und nachdenklich geworden. Ganz gegen seine früheren Gewohnheiten hatte er sich krank schreiben lassen und war nicht mehr in der Redaktion erschienen. Immer wieder hatte er nach Gründen Ausschau gehalten für Benitas Erkrankung, nach Gründen für ihre Passivität, nach Möglichkeiten ihr zu helfen. Irgendwann schloss er Frieden mit sich und erkannte, dass es wohl gar keine richtigen Entscheidungen gab, sondern nur Entscheidungen, die jeder selbst treffen musste. Es tat ihm weh, sich davon zu trennen, seine Meinung als die *richtigere* anzusehen. Langsam wurde ihm klar, dass er auf dem besten Wege war, genauso rechthaberisch zu denken wie diejenigen, die er kritisierte. Benita hatte entschieden, ihre schönen kleinen Brüste wegschneiden zu lassen. Punkt. Es war ihre Entscheidung. Ob frei oder unfrei, stand nicht mehr zur Debatte.

Diese Erkenntnis hatte ihn leichter gemacht, ihn befreit. Sie hatte die Verantwortung von seinen Schultern genommen. Endlich konnte er wieder atmen. Es erstaunte ihn nicht einmal mehr, dass sein Besuch bei Benita, nachdem er seinen Entschluss, ihre Entscheidung voll und ganz zu akzeptieren, verdaut hatte, angenehm entspannt verlief. Auch sie schien befreit zu sein.

Zum ersten Mal sehnte sich Flo nach den Erzählungen von Amanuee. Es dürstete ihn nach diesen friedlichen, belanglosen Erzählungen dieses klaren Geistes, nach den samtenen Schilderungen vergangener Affären und einem Leben, das Wirklichkeit aus völlig anderen Perspektiven zu begreifen schien.

„Dieser Abend", begann eine ganz in dunkles Violett gekleidete Amanuee ihre Erzählung, „gehört nur uns Dreien: dir, Florian, meinem geliebten Paul und mir. Du weißt, mein spontaner Entschluss führte mich flugs nach Paris. Wir waren in einem reizenden kleinen Hotel in der Rue du Bac untergebracht. Das große Kongresshotel war, soweit ich mich erinnern kann, völlig überbelegt. Und so hatte Paul uns kurzer Hand ein Doppelzimmer im Hôtel du Bac bestellt, das nur 20 Gehminuten von seinem Hotel im Kongresszentrum entfernt war. Seinen Vortrag hatte er bereits mit großem Erfolg gehalten und so konnte er sich unbeschwert mir widmen.

Meine Gefühle, ihn zu treffen, waren zwiespältig. Der Grund meines Anrufs, die erotischen Träume, war in den letzten zwei Tagen nicht aufgetreten, und so fehlte mir die Motivation, mich mit Paul auseinanderzusetzen. Ich spürte, dass dies Feigheit war und gab ihr nicht nach. Ich wollte endlich meinem Verhältnis zu diesem Mann auf den Grund gehen. Wir waren in der Zeit in München dicke Freunde geworden und hatten vieles miteinander geteilt, aber mein abrupter Abbruch der Freundschaft und jetzt mein plötzliches Auftauchen musste auf Pauls Seite einiges Stirnrunzeln hervorrufen. Wir trafen uns in einem Restaurant, das Paul ausgezeichnet gewählt hatte.

Das Restaurant, diesmal ein Thai, war klein, hell und sehr gepflegt. Wie immer saß Paul mir gegenüber, ohne etwas zu sich zu nehmen. Irgendetwas war anders, war es sein Anzug, sein Hemd? Sogar seine Schuhe waren nicht mehr irgendwelche Treter. Klar, die Frauenstimme am Telefon, bei ihm hatte sich also etwas verändert. Auch sonst machte er einen ganz anderen Eindruck auf mich, seine unscheinbare Blässe war sportlicher Souveränität gewichen, sein Gestus war kräftiger und bestimmter geworden, die Haare länger, was damals der Mode entsprach, und er schien mir männlicher geworden zu sein. Das musste wohl alles an der neuen Frau liegen, oder hatte es etwas mit dem Kongress und Paris zu tun? Ich wurde eifersüchtig, schließlich waren meine Träume ja auch nicht spurlos an mir vorüber gegangen!

Er gefiel mir – beinahe.

Pauls blaue Augen strahlten wie immer. Sie waren klar, intelligent und sanft, und wieder bannte er mich in die Tiefe und Weite seiner Blicke. Wieder war es da, dieses Gefühl tiefster Verbundenheit.

Nachdem er mir über den Kongress berichtet hatte, platzte es endlich aus mir heraus:

„Hast du eine neue Frau? “

„Ja“, war seine lapidare Antwort.

Gerade wollte ich dazu übergehen, dieses für mich doch sehr heikle Thema, es hatte mir einen dumpfen Schlag in der Magengegend versetzt, mit einem Redeschwall zu überdecken, da nahm er meine Hand.

„Ja, Amanuee, ich habe eine neue Frau. Dich!“

Ich war sprachlos und lächelte ihn irgendwie blöde an. Wie konnte er wissen, dass ich mit dem Gedanken gespielt hatte, meinen erotischen Träumen in dieser oder einer der nächsten Nächte auf den Zahn zu fühlen? Hatte er es durch mein Kommen erraten? War es so naheliegend? Ich muss ziemlich lange wie ein Schaf dagesessen sein, mir hatte es die Sprache verschlagen.

„Woher glaubst du zu wissen, Paul, dass ich deswegen hier
bin?"
„Weiß ich nicht immer ein bisschen mehr?"
Er lächelte mich entwaffnend an.
„Also belästigst und beglückst du mich immer in der Früh
um fünf Uhr?"
Ich muss ihn fast bewundernd angesehen haben. Er strahlte mich liebevoll an und seine Augen verrieten Zustimmung. Ich war platt.
Eine wärmende Welle der Liebe schwappte über mich,
deckte mich licht zu, und ich atmete mehrere Male tief ein.
Meine Sprachlosigkeit hielt an, meine Widerborsten hatten
sich gelegt, ich streckte alle Waffen und gab mich dieser
sanften Macht voll und ganz hin. Da nahm Paul vorsichtig
meine Hand:
„Amanuee, ich bin in diesen Dingen sehr unsicher. Ich
vertraue fest auf deine Hilfe."
„Was meinst du mit >in diesen Dingen<, Paul?"
Natürlich wusste ich, was er damit meinte, aber ich wollte ihn dazu bringen, Dinge auszusprechen, die er fast nicht
über die Lippen brachte. Längst kannte ich die erlösende
und befreiende Wirkung, die das laute und deutliche
Aussprechen einer Peinlichkeit hatte.
Das erklärte ich mir folgendermaßen: Schluckte ich einen
Wunsch, eine Sehnsucht oder ein Begehren, schillernd wie
eine Perle, hinunter, setzt diese immer mehr Perlmutt an.
Je länger sie in meinem Inneren lagerte, desto mas-siver
wurde sie. Manchmal trug ich eine große Menge dieser
Perlen mit mir herum, schwarze und weiße. Sie wuchsen,
wurden größer, immer mehr kamen hinzu und das führte
endlich dazu, dass ich Bauchweh bekam. Außerdem
musste ich immer, wie ein Schießhund auf-passen, dass
mir nicht einmal eine Perle, aus Versehen, aus dem Mund
hüpfte. Eine anstrengende Angelegenheit. Es war also viel
vernünftiger, angenehmer und Energie sparender, die
Perle gleich freizugeben. Im besten Fall erfüllten sich alle

Wünsche, im schlechtesten rollte die Perle unbehelligt von dannen, um sich ohne schützendes und pflegendes Zuhause wieder in reine Energie aufzulösen.
Paul gab sich einen Ruck:
„Lass uns die heutige Nacht zusammen verbringen. Lass es uns versuchen. Ich sehne mich nach dir. Ich habe uns ein Doppelzimmer reserviert."
Er konnte mich bei diesem Bekenntnis nicht ansehen, seine Augenlider hatte er schüchtern niedergeschlagen. Ich war fassungslos. Die klare Einfachheit seiner Worte jagte Blitze durch meinen Körper. Was passierte mit mir. Schweigend und abwartend, immer noch die Blicke gesenkt, saß mir dieser fremde, bekannte Mann gegenüber. Ich konnte nur die Wahrheit antworten:
„Paul, genau deswegen bin ich hier!"

Da sah er mich mit seinen blauen Augen an, deren Farbe inzwischen in ein tiefes, strahlendes türkisgrün gewechselt war. Ein breiter Energie Strom floss von ihm zu mir und durchdrang mich. Ich vibrierte. Dieser Magnetismus, diese fast unerträglichen Spannungen machten mich unsicher. Meine Souveränität schwand dahin wie Schnee im Frühlingswind. Hier hatte ich es mit Kräften zu tun, die ich nicht kannte und nicht einordnen konnte. Ich nahm allen meinen Mut zusammen – denn Mut brauchte ich für dieses Abenteuer. Es kostete mich Überwindung, mit einem Mann ins Bett zu gehen, der mich körperlich nicht reizte, nie gereizt hatte, der meine Sinne nicht erregte. In meinen Träumen war er zwar der wundervollste Liebhaber gewesen, aber das war eine andere Gestalt gewesen, eine geträumte, fließende Form. Und bei unseren Begegnungen flossen zwischen uns diese gleichen, unbeschreiblich kraftvollen, elektrischen Ströme. Sie waren aber in der Realität nicht vergleichbar mit irgendeiner Art von körperlicher Zuneigung, wie ich sie jemals erlebt hatte.

Komisch, irgendwie komisch, mir fehlten Bezugspunkte, mir fehlten Vergleiche, ich stolperte in einen luftleeren Raum.

Mein Unwohlsein vor einer bevorstehenden Begegnung auf der körperlichen Ebene ließen mich erfrieren. Dann wurde mir urplötzlich wieder heiß. Mein Kopf funktionierte auch nicht mehr wie sonst. Es war mir nicht möglich einen klaren Gedanken zu fassen. Ich wusste nur, dass ich nicht ausweichen konnte und wollte. Ich war deswegen nach Paris gefahren, nur hatte ich es vor mir selbst geheim gehalten. Jetzt saß ich in der Patsche. Paul hatte mich besser zu lesen gewusst als ich mich selbst.

Ich überspielte meine Unsicherheiten, Ängste und Schwächen mit einer eigenartigen, kratzbürstigen Frechheit. Ihr würdet, glaube ich, heute *Coolness* dazu sagen, aber sie war natürlich nur schlecht gespielt. Ich versuchte die gewandte, erfahrene Meisterin zu spielen, die locker mit Verklemmungen umgeht. Ich versuchte Paul zu provozieren, um nicht noch mehr Last auf meinen verängstigten Schultern zu spüren. Irgendwie schafften wir es, mit dem Taxi ins Hotel zu kommen. Paul, der Fremde neben mir, war wortkarg und scheinbar auch gelähmt.
Was stand auf dem Spiel? Hatten wir beide so hohe Erwartungshaltungen, die der andere nie würde erfüllen können? Oder war unsere Furcht vor Kritik oder Beurteilung so gewaltig, dass alles in uns erstarb? Konnte es überhaupt zu einer Enttäuschung unter diesen denkbar schlechtesten aller Ausgangspositionen kommen? Wir beide waren Erwachsene, erfahren und geübt genug. Warum dieses Affentheater, warum diese Komplexe, warum dieses Drama?
Langsam fing ich an mich zu ärgern, um mich dann in einen befreienden, aber etwas hysterisch klingenden Lachanfall hineinzusteigern. Das durfte nicht wahr sein. *Viel Lärm um nichts ...* Wir benahmen uns wirklich wie

pubertierende Teenies. Ich beschloss, pragmatisch an diese pikante Nacht heranzugehen und erinnerte mich wieder an mein Spiel aus Jugendzeiten, an meine erste Liebe. Hatte ich nicht erfahren, dass allein meine Beurteilungen und Meinungen meine Gefühle beeinflussten, bzw. verursachten? Dieses Hilfsmittel wollte ich in dieser Nacht anwenden.

Ich heftete meinen Blick, wie damals bei meinem Mitschüler, auf Pauls Hände. Diese Hände waren von einer ganz ungewöhnlichen Schönheit, lange, schmale Finger von einer auffallend sehnigen Kräftigkeit. In ihrem vornehmen Gestus vereinten sie soviel Zartheit mit so viel männlichem Durchsetzungsvermögen, dass es mir leicht fiel, ihren außerordentlichen Reiz in mich aufzusaugen, und mich in sie zu verlieben. Langsam kam ich in Fahrt, das Experiment fing an mich zu reizen. Ich konnte mich an keine Situation erinnern, in der ich einem Mann in dieser Rolle, der Rolle einer Ertappten, gegenüber gestanden wäre. Meine Stärke und Kraft, diesen Schritt gewagt zu haben, und Pauls sicherer Entschluss, sein mir mutiges Entgegeneilen und Sich-Offenbaren, versetzten mich in ein Theaterstück, das ich nicht besuchen wollte. Es schien in dem roten, samtenen Plüschambiente eines öffentlichen Hauses für zu bezahlende Liebesdienste stattzufinden.

Ich fühlte eine sonderbare Unehrlichkeit in mir und mich außerdem äußerst überfordert und unbehaglich. Im schützenden Raum des Taxis hatte meine Hand die Seine gesucht und unsere klammen, steifen und etwas feuchten Finger hatten sich, wie hilfesuchend, eine an die andere geklammert. Kein erotischer Funke verirrte sich zwischen diese kühlen Fingerkuppen, zwischen den sehnigen und starren Gelenke ...fremd ...fremd ...fremd.
Ich wagte es, ihn anzusehen. Sein Profil glich dem einer ebenmäßigen, griechischen Statue, etwas wächsern und

leblos, das einzig Lebendige war die ungebändigte, dunkelblonde, mit grau durchsetzte, dichte Lockenpracht. Schon sah er mich an, in seinen weit auseinander liegenden Augen schien ich Sanftmut und liebevolles Annehmen zu entdecken. Ich fühlte mich wieder ertappt. Mein Kopf fing an zu arbeiten, lag es mir nicht fern, einen sanften, alten Schafsbock aus seinem geduldigen Dornröschen Schlaf zu erwecken?

Wenn er nicht einmal in seiner Ehe gelernt hatte, wie ein Mann mit Frauen umgeht, warum sollte ich in den sauren Apfel beißen und mich mit einem Mann ins Bett legen, der scheinbar keine Ahnung von Erotik hatte? Zweiflerische, abschätzige und aggressive Gedanken jagten durch meinen Kopf, kämpften um das Fünkchen Entschluss, dass mich aus dieser Situation befreien würde. Wiederholt versuchte ich französische Worte über meine Lippen zu bringen, die den Taxifahrer zum Anhalten bringen würden, um diese verrückte und quälende Situation zu beenden. Gegen jedwedes besseres Wissen blieb ich sitzen. Erschöpft und willenlos, gequält durch das laute Durcheinander in meinem Kopf. Schließlich gab ich klein bei und ließ mich nach einiger Zeit auf seine Seite rutschen. Es blieb Paul nichts anderes übrig, als mich unsicher in den Arm zu nehmen. Das gab mir einen Vorgeschmack von dem, was ich zu erwarten hatte und ließ mich noch mutloser in mich zusammensinken. Natürlich war mir klar, dass ich diese Nacht heil überstehen würde. Nur meine Vorfreude war vergleichbar mit der eines Steuersünders auf einen Besuch beim Finanzamt. Die Zeit schien stehenzubleiben. Ich versuchte mich zu erinnern, wie dieses Verlangen, meine Verbindung zu Paul zu ergründen, in mir entstanden war. Dieses Sehnen, das sich über Monate hinweg in einer derart unübertroffenen Art und Weise immer wieder in mein Bewusstsein und meine Zellen gedrängt hatte.

Unser Hotel war eines dieser unvergleichlich charmanten alten Häuser, verwinkelt und romantisch, mit dem unnachahmlichen Flair, das an schwere Parfüms, verwühlte Betten, Mottenkugeln, starken Kaffee, und unordentliche Frauenzimmer mit den dazu passenden Kavalieren erinnerte. Klischeehafte Bilder eroberten in der etwas altmodischen und sympathischen Rezeption mein Fühlen. Bilder aus französischen Filmen, von Spielern und Huren, die sich die Türklinken in die Hand gaben. Von jungen Mädchen mit ihren noch jüngeren Geliebten, ein Duft von Eifersucht und Leidenschaft, von Lust, Liebe, Sehn-sucht und Traurigkeit, von gnadenloser Härte des Alltags, die Träume zerplatzen ließ wie Seifenblasen. Langsam vermischten sich meine Phantasiegebilde mit der mir so unwirklich erscheinenden, Realität und halfen mir, Gefallen an unserem Abenteuer zu finden.

Wie ferngesteuerte Roboter funktionierten Paul und ich, erledigten die Formalitäten, gaben eine Bestellung auf, füllten Formulare aus. Plötzlich fühlte ich die Hand Pauls an meinem Ellbogen. Wie eine Halbkriminelle oder Drogensüchtige schien er mich abzuführen. Ich ließ es willenlos geschehen. Ich war in einem so unwirklichen Zustand, dass es mich zu viel Anstrengung gekostet hätte, auszubrechen.

Paul führte mich. Zimmernummer 18 – Quersumme 9. Gutes Omen. Die Zahl gefiel mir. Ich klammerte mich an sie. Wir standen plötzlich in einem hohen, großen Raum, die Fenster waren in übereinander liegenden Schichten dicht mit Vorhängen zugehängt. Es roch muffig, nach billiger Seife, und war in einem antiquierten Stil hübsch und geschmackvoll eingerichtet. Der Zimmerdiener brachte das Gepäck, die Tür schloss sich. Wir waren allein. Gefangen wie zwei Versuchskaninchen im Käfig.“

Amanuee schlug die hauchdünne Kaschmirdecke, die ihre Knie bedeckte zurück, als ob es ihr zu heiß geworden war, drehte sich zu Florian und sah ihn wortlos an. Er er-widerte ihren Blick mit einem etwas unsicheren Lächeln, um dann sofort die Lider zu senken. Eine Spannung bau-te sich im Raum auf, die Amanuee auflöste, indem sie kurz die Augen schloss, die weiche Decke wieder über ihre Knie breitete und, nachdem sie einmal tief ausgeatmet hatte, aufs Neue zu sprechen begann:

„Verzeih Florian, wenn ich an dieser Stelle unterbrechen möchte. Aber es liegt mir am Herzen, dir mitzuteilen, wie ungern ich über diese erste Nacht spreche, wie ungern ich sie mit dir oder irgendjemand anderem teile. Wie gerne würde ich sie für mich behalten. Denn, wer spricht schon gerne laut aus, was ihn am tiefsten bewegt, wer gibt schon gerne *das Unaussprechliche* preis, dieses Fühlen und Vibrieren, für das die richtigen Worte zu finden ich mich außer Stande sehe. Lange habe ich darüber nachgedacht, ob ich diese eine Nacht, die mein Leben so verändert hat, diese eine Nacht der leidenschaftlichen Suche nach Wahrheit, diese trunkene, zornige, verletzende, verzweifelte, trotzige, lustvolle und zauberische Nacht, diese eine Nacht, die mit einem goldenen, in die zartesten rosa Töne getauchten Sonnenaufgang endete, erzählen soll. Und doch, ist es nicht das Privileg des Alters, über Vorkommnisse reden zu dürfen, denen man vielleicht aus meinem Munde Glauben schenkt, die aus dem Munde einer jungen Frau oder eines jungen Mannes jedoch, unseriös und unglaubhaft erscheinen würden?

Ich habe mich entschieden, diese Vorkommnisse in dieser ungewissen regnerischen Nacht im Pariser Stadtteil St. Germain, in diesem charmanten Hotel in der Rue de Bac, in meiner Geschichte zu erwähnen. Jetzt, da ich weiß, wie einfach es ist, zu lieben, wenn wir mutig genug sind, den Vorhang immer weiter aufzuziehen, um die Zusammenhänge, Verknüpfungen, alte Versprechen oder Verletzungen erkennen zu können und sie in Frieden willentlich zu entlassen. Nie fiel es mir so leicht, wie in jener Nacht, mich wieder-zu-erinnern, mit jenem so fremden und gleichzeitig bekannten Wesen neben mir. Nie wieder fiel es mir so leicht, alte, vergrabene, unbekannte und verdrängte Energien in mir aufzudecken und zu erlösen.

Am Morgen erwachte ich, aus kurzem, unwirklichen Schlaf, als die reichste Frau der Welt. Ich hatte meine Speicher entrümpelt, meine Keller aufgeräumt und unendliche Weite und Raum, um neu und frei zu wählen. Die Wahl fiel auf Paul, der sich inzwischen vom sprichwörtlichen Frosch in meinen göttlichen Prinzen verwandelt hatte. Nie vorher hatte ich, zusammen mit einem anderen Menschen, diese Nähe und Seelenverwandtschaft, diese Grenzenlosigkeit der Liebe, dieses uneingeschränkte Vertrauen und dieses wahrhaftige Ruhen im Miteinander gefühlt.

Du siehst Florian, auch eine alte Frau, die lange das laute Aussprechen geübt hat, muss sich immer wieder neu in dieser Kunst üben, auch ich bin immer noch versucht, vieles für mich zu behalten. Sind wir Menschen es nicht Leid, in unserem Weltentheater verlacht, ausgebuht, behindert oder gar ermordet zu werden, nur weil wir unsere Wahrheiten aussprechen und ehrlich sind? Die Mächtigen und Machthaber wollen keine anderen Regisseure und Götter um sich herum versammelt sehen. Wir sollen ihre Wahrheiten leben und nicht unsere. Deswegen kann es auch heute noch tödlich sein, die eigene Wahrheit laut auszusprechen.

Wir haben es verlernt, und wir haben ganz einfach ANGST. Oft wissen wir nicht mehr, woher diese Angst rührt, weil wir in diesem Leben keine diesbezügliche Erfahrung gemacht haben. Das Vergessen hat sich, wie ein sanfter, dichter schützender Nebelschleier, darüber gelegt.

Diese Überlegungen, Florian, haben dazu geführt, dass ich von dieser einen Nacht erzählen werde, um all denen Mut zuzusprechen, die sich nicht vorstellen können, dass die eigene Ehrlichkeit, die eigene Wahrheit, so viel bewirken kann und vielleicht der einzig erstrebenswerte Lebensinhalt ist. Wer soll mein Leben führen, wenn nicht ich selbst? Der einzige, der mit mir zusammenleben muss, bin auch wieder nur ich. Warum also fremde Wahrheiten leben?

Still, unheimlich und still, war es in diesem hohen Hotelzimmer an jenem Abend um halb elf Uhr. Das Zimmer lag nach hinten, und wir vernahmen nur gedämpft einige wenige Straßengeräusche aus dem kleinen Gässchen. Jedes unserer unsicheren Worte, mit denen wir forsch Sicherheit vortäuschten, klang wie ein Fanfarenstoß oder blechern und metallen, wie aus lauten Instrumenten. Wie sehnlichst wünschte ich mir Musik herbei, amouröse Chansons oder wenigstens etwas schummrigen gewischten Bar Jazz. Diese großen, ungefüllten Löcher in der Atmosphäre waren unerträglich. Jeder Atemzug, jedes Wort fiel in einsame Untiefen, verhallte im Raum ohne wärmende Resonanzen. Ich sah Paul an, wie er dastand, nervös an seinem Koffer herum nestelte und so tat, als ob alles völlig normal und in Ordnung wäre. Sollte ich heulen, lachen oder einen Wutanfall mimen? Ich schüttelte wiederholt meinen Kopf über mich und die Welt, und fing an darüber zu lachen.
„Was hast du?“, grinste Paul verklemmt zu mir herüber.

Nein, nicht ein alter Esel, zwei alte Esel, dachte ich und musste noch mehr lachen. Natürlich fühlte sich Paul unbehaglich und ausgelacht. Ich warf mich aufs Bett.
„Komm doch mal zu mir“, damit war Paul gemeint. Er ließ gehorsam seinen Koffer stehen und setzte sich, wie eine Krankenschwester zu mir ans Bett. Ich verzweifelte.
„Das ist nicht wahr, das ist zum Verzweifeln, ich glaub es nicht, das darf nicht wahr sein, wollen wir zwei wirklich miteinander ins Bett gehen? Ist das wirklich wahr? Paul zwick mich, sag mir, dass das wirklich wahr ist!“
Ich lag auf dem Bett, meine Beine mit den dazugehörigen Füßen und Schuhen trommelten auf die Bettdecke, wie bei einem kleinen, ungezogenen Mädchen. Paul hielt sie mit kräftigem, bestimmtem Druck fest und sagte:
„Ja, Manu, ich möchte mit dir ins Bett gehen.“

Ich gab mir einen Ruck und versuchte wieder sachlich und ernsthaft zu werden.
„Gut. Schätzchen.“
Ich machte mich über das Wort lustig, Schätzchen, „Mon Amour“. Ich flüchtete:
„Ich gehe zuerst ins Bad.“
Ich verschwand und erledigte ordnungsgemäß, mit einem etwas flauen Gefühl im Bauch, meine Toilette. Badewanne, Cremes, Öle, Parfüm. Ich sparte nicht und warf mich in mein feinstes Seidennachthemd mit dazugehörigem Morgenmantel, den ich mit Albrecht in Monaco gekauft hatte. Nach einer halben Stunde erschien ich Paul, verführerisch, wie eine Hollywood Diva duftend verkleidet, ungeschminkt, geföhnt und frisch.
Paul lächelte sein liebevolles, verständnisvolles Lächeln und sagte:
„Du siehst bezaubernd aus. “
Nun verschwand er für die nächste halbe Stunde. Ich wünschte mir in einen erlösenden Schlaf zu fallen, doch ich saß aufrecht im Bett, dachte über diesen schlechten

Film nach, in dem ich mich befand und versuchte mit Rotwein meine grässlichsten Befürchtungen zu bekämpfen. Als Paul aus dem Bad kam, hatte ich immerhin schon eine halbe Flasche des mittelmäßigen Tropfens genossen und mich etwas gelockert.
Der erste Kuss. Paul. Ich hatte es geahnt. Ohne Worte.
Meine schlimmsten Befürchtungen wurden Wirklichkeit, aber tapfer und todesmutig kämpften wir uns vor bis zur Vereinigung. Auch die alten Matratzen quietschten und ächzten noch zu allem Überfluss. Längst habe ich vergessen, wie diese erste Übungsstunde verlief. Was ich niemals vergessen werde, ist dieses Staunen, dieses Wort- und Sprachlossein über die Wunder, die dann in dieser Nacht geschahen.

Nachdem wir es geschafft hatten, miteinander zu schlafen, fingen wir an zu reden, unsere Bilder und Gefühle auszutauschen. Paul erzählte mir, dass er überzeugt da-von war, mich bereits seit Jahrhunderten zu kennen und sehr glücklich sei, mich endlich wieder lieben zu dürfen und mit mir zusammen zu sein. Er hätte sein ganzes Le-ben nach mir gesucht und wäre überglücklich, mich nun gefunden zu haben. Ich war verblüfft. Unsere Körper fühlten sich zwar schon etwas bekannter an, aber die Sicherheit Pauls konnte ich nicht teilen.
„Sag mal, lieber Paul, meine erotischen Träume in der Früh, natürlich warst du das. Wie hast du dich in mein Zimmer und meine Wach-Träume geschlichen?"
Paul lachte.
„Wundervolle Manu, was dachtest du denn? Ich wollte dich nicht ziehen lassen, ich wollte dich nicht verlieren und auch nicht auf dich warten. Was sollte ich tun? Du hattest beschlossen, nicht mehr mit mir zu reden, mich nicht mehr zu sehen! "
„Aber wie machst du das, Paul? "

„Ich richte meine Aufmerksamkeit mit den dazu gehörigen Gefühlen auf dich, ich sehe Bilder, ich fühle mich, ich fühle dich, so erschaffe ich. Wir Menschen tauschen alle Informationen aus. Auch auf für uns nicht sichtbaren Ebenen. Und dieser Informationsfluss trifft auf den Empfänger, der mehr oder minder rezeptiv ist. Da wir zwei, liebe Manu, uns nicht fremd sind und unsere Frequenzen aufeinander abgestimmt sind, ist es für mich ein Leichtes, dich zu erreichen.“
Pauls Ausführungen leuchteten mir ein, waren mir diese Spiele ja auch nicht ganz unbekannt.
„Du warst wirklich frech, Paul.“
Er antwortete darauf nur:
„Das liebst du doch, Amanuee.“
Ich lachte. Damit hatte er Recht.
Noch hatten unsere Liebesspiele nicht die Qualität meiner Träume erreicht, und ich hatte auch gar keine Hoffnung, dass dies einmal der Fall sein könnte. Sein Körper war eher schmächtig, seine Hände zu schüchtern und sanft, seine Berührungen fast feminin. Seine Küsse waren die eines geizigen, unsinnlichen Verwaltungsbeamten. Da ich für schonungslose Offenheit war, genügend Wein getrunken hatte, und vor nichts mehr zurückschreckte, posaunte ich all meine Kritikpunkte lauthals heraus.

Ich kritisierte seine laschen, zarten Berührungen, wies ihn darauf hin, dass auch Frauen Lust am Sex hätten und dass es wichtig wäre, männliche und weibliche Rollen zu spielen. Nicht, dass ich den Holzfäller- und Stierkämpfer-Typus im Bett bevorzugte, aber ich liebte ein gehöriges Maß an leidenschaftlicher Männlichkeit, und Paul fühlte sich eher an wie eine entspannte Sommerwiese. Paul war erstaunlicher Weise weder verletzt noch abgeschreckt.
Sein Verlangen nach Ehrlichkeit und Offenheit deckte sich mit meinen Vorstellungen – ein sportlicher Kämpfer, der einen Schlag entgegennahm mit dem Wissen, dass, zu

gegebener Zeit, auch seine Schläge prasseln würden. Er mochte diese Art der Herausforderung und fühlte sich mir niemals unterlegen. Wir beide waren uns klar darüber, dass nur Offenheit uns aus dieser inzwischen schon etwas entspannteren, aber noch immer etwas peinlichen und unbeholfenen Situation retten konnte. Wir beschäftigten uns mit Themen, die wir sonst lieber weit von uns schoben bzw. sie gar nicht erst an uns heranließen.

Ich für meinen Teil, hatte nie beabsichtigt Lehrmeisterin für einen ungeschickten Liebhaber zu spielen und schon gar nicht für einen zehn Jahre älteren, der schon verheiratet gewesen war, zwei Kinder hatte und also nicht mehr völlig unbeleckt sein konnte.

Ich hatte auch nie beabsichtigt, zu einem Mann nach Paris zu fliegen, den ich als äußerst unattraktiv einstufte. Und ich wollte nie in die Situation gelangen, Liebe zu heucheln und Verliebtsein, Spaß und Orgasmus vorzutäuschen. Also war ich es mir schuldig, aus dieser Situation das Bestmöglichste herauszuholen.

Paul und ich kamen überein, unser Zusammensein dazu zu nutzen, alles auszusprechen und mitzuteilen, was uns an Gedanken, blockierenden Gefühlen, Bildern, Informationen oder Erinnerungen in den Sinn kam. Wir vereinbarten, dass jeder dem anderen seine intimsten Wünsche, Gefühle sowie Hemmungen mitteile, sie laut aussprüche, auch wenn es noch so schwer fiele.

Soweit ich mich erinnere, hatte ich nach der ersten intimen Begegnung mit Paul in Intervallen auftretende, wiederkehrende Magenkrämpfe, die sehr unangenehm waren und eine etwaige Lust auf neuerliches Miteinander geschickt verhinderten. Ich hatte mir angewöhnt, Schmerzen, so ich welche hatte, anzunehmen und mich nicht gegen sie zu wehren. Meist verschwanden sie dann sehr schnell und lösten sich auf oder wurden zumindest erträglich! Ich erzählte Paul also von meinem Bauchweh.

Wir sprachen über die möglichen Ursachen, die klar auf der Hand lagen. Meine Widerstände hatten mir Bauch-weh gemacht und schützten mich außerdem vor neuerlichen Unternehmungen. Diese Erklärung mochte Paul aber nicht so einfach hinnehmen. Intuitiv meinte er, dass er andere Ursachen vermute.

Ich vertraute seiner Intuition und bat ihn, mir die Zeit für eine Reise ins Unbekannte zu geben und mir dabei mit liebevoller Aufmerksamkeit zu helfen. Kaum hatte ich meine Augen geschlossen, stiegen die abenteuerlichsten Bilder in mir auf.

Zunächst schien ich mich in einer Schneiderwerkstatt zu befinden. Es war ein ziemlich verrotteter, sehr großer, alter Raum, es schien ein Nebenhäuschen zu sein. Stoffe, Garnknäuel, Leisten und Rollen standen dort nachlässig und eher schlampig umher. Auf einen großen Tisch waren Stoffe und vielerlei Kleidungsstücke gebreitet. Eine Art Chaiselongue befand sich unter einem offenen Fenster. Am Türrahmen stand ein Paar. Eng umschlungen stand eine Frau, üppige Figur, weite lange Röcke und grobe, leicht geöffnete Bluse, mit einem vollbärtigen Mann in braunem Wams, einem Hemd mit maisgelben, weiten Ärmeln an den Türstock gelehnt. Sie küssten sich gerade leidenschaftlich, da zuckte ich zusammen und mein Bauch begann zu krampfen. Es schien mir, als ob eine Frauenstimme nach ihrem Mann gerufen hätte. Da war er wieder dieser durchdringend, gellende Ruf, der auch der Frau in meinem Film durch Mark und Bein ging.

Das könnte also ein früheres Leben von mir gewesen sein, reflektierte ich gleichzeitig auf einer Jetzt-Ebene. Wie auch immer. Mein Zellbewusstsein reagierte extrem. Ich konnte sicher sein, alte Aufmerksamkeitspartikelchen dort gebunden zu haben.

In einem Moment entfaltete sich das ganze Elend vor mir: Der vollbärtige Mann war Paul, verheiratet, mit einem Stall voll Kinder. Ich war seine heimliche Geliebte. Es schien eine ungute, unglückliche Verbindung gewesen zu sein. Das Antlitz der Frau war von Trauer, Verzweiflung, Hoffnungslosigkeit und Bitterkeit gezeichnet. Der Mann sah unglücklich und verschlossen aus. Wir hatten damals also nicht voneinander lassen können. Wir, die Unglücklichen, Betrüger, die andere mit ins Unglück stürzten. Die Ausweglosigkeit der Situation hinterließ bei mir sehr abweisende Gefühle. Sicherlich hatte ich mich damals nicht nur einmal dazu entschlossen, solch unglückliche Situationen künftig zu meiden. Ich fühlte dies unerfüllte Leben, den aussichtslosen Kampf um Liebe und Leidenschaft. Ich erfasste, sah und fühlte die Trauer jener Frauengestalt, ihre Einsamkeit und ihren Hass. Die-se Abwehr und Wut auf die Lüsternheit der Körper, die Eifersucht, diese Schmerzen in ihrer Mitte, die ihr diese Beziehung bereitete.

Dieses Erlebnis mit Paul in früheren Zeiten steckte mir also noch immer in den Knochen. Diesem Mann, der so viel Leid in meinem früheren Leben ausgelöst hatte, wollte ich in diesem Leben nicht mehr verfallen. Sicherlich hatte ich aus diesem Grund unbewusst entschieden, die Finger von ihm zu lassen.
Ich befreite mich liebevoll von diesen Bildfolgen und Gefühlen, mit großem Respekt und Anerkennung für die Rolle und das Theaterstück, das wir damals so bravourös gespielt hatten, und entließ es in Liebe in den Kosmos.

Längst hatte ich gelernt, wie wichtig die bewundernddankbare Verabschiedung von diesen Bildern und Gefühlen war. Nur dadurch, dass ich diese Filme als Kunstwerke betrachtete, an denen weder Gefühle des Glücks noch des Unglücks, weder Gefühle der Leidenschaft noch des Hasses, weder Gefühle der Sehnsucht noch der Trauer klebten, machte ich mich frei. Beim Film war es der Abspann, in dem die Mitwirkenden Verantwortung übernahmen für ihr Werk, in meinen Traumfilmen stand ich im Abspann und war weit davon entfernt die Protagonisten für ihre Handlungen zu verurteilen. Meine Standpunkt-Veränderung, in der Rolle des Zuschauers und Machers, führte zu dieser angenehmen, friedlichen Neutralität, die Befreiung und Weitblick gewährleistet. Erst dann waren diese alten Bücher wirklich geschlossen, standen ordnungsgemäß an ihrem Platz meiner Lebens-bibliothek, und die Figuren spukten nicht mehr in meinem Leben umher.

Ich öffnete die Augen und sah in die liebevollen, tiefen Blicke von Paul, der, wie ein wahrer Liebender, über mich gewacht hatte. Mein Bauchweh war fort, und wir hatten den ersten Hinweis darauf, dass wir uns schon einmal geliebt hatten. Nachdem ich Paul die Geschichte erzählt hatte, begannen wir uns erneut zu lieben. Etwas hatte sich bereits verändert. Ich fühlte seine Berührungen nicht mehr mit kritischer Distanz, sondern konnte sie an-nehmen und genießen. Auch Paul fühlte sofort diesen Unterschied und fing an zu fließen. Sein Körper fühlte sich bereits viel männlicher an. Was war geschehen?

Plötzlich hielt er inne und bat mich, ihn nicht mehr zu be-rühren. Er legte sich auf den Rücken und schloss die Augen. Sein flaches Atmen mit den rapiden Zuckungen der Augenlider verriet, dass auch er sich auf einer Zeit-Raum Reise befand. Nach etwa 5 Minuten öffnete er die Augen mit klarem Blick und einem Lächeln, und sagte nur:
Mon dieux.
„Liebling, mach dich auf was gefasst.“
So kannte ich ihn noch nicht, ich musste herzlich lachen.

Paul erzählte mir von einer unglücklichen Liaison mit einem sehr jungen Mädchen. Er liebte und verehrte sie unermesslich. Sie war so um die 14 Jahre, ein blutjunges, bezauberndes Mädchen. Er hatte die Fünfzig bereits überschritten. Diese Verbindungen waren ja in früheren Zeiten nicht ungewöhnlich. Kostüm und Ausstattung seines früheren Lebensfilmes erinnerten Paul an das 14./15. Jahrhundert. Er fand sich in einem noblen Ambiente wieder. Der kühl, aber prächtig eingerichtete Raum schien zu einem Schlösschen oder zumindest einem herrschaftlichen Haus zu gehören. Er lag mit dem jungen Mädchen unter dem schweren Himmel eines reich geschnitzten und verzierten Baldachins eines Himmelbettes. Das arme junge Mädchen, anscheinend ihm als Ehefrau angetraut, litt schrecklich unter der körperlichen Vereinigung. So zart er auch gewesen war, sie weinte und verschloss sich. Paul fühlte in sich, als altem Gatten, Ekel und Selbstverachtung hochsteigen. Damals schwor er sich, nie mehr eine Frau mit ungestümer, lustvoller Männlichkeit zu quälen.
Paul segnete seine Bilder und Erlebnisse in der ihm eigenen Art und ließ sie ziehen.

Paul berichtete mir, dass er wohl seit damals davon überzeugt wäre, dass Frauen keinen Spaß am Sex hätten und zart angefasst werden müssten, weil es ihnen Schmerzen bereite. Zu mir meinte er daher nun lächelnd:
„Liebste Amanuee, hast du eigentlich Spaß daran, mit Männern zu schlafen?“ Und ich antwortete daraufhin:
„Ich mache in meinem Leben grundsätzlich nur Dinge, die mir Spaß machen, und mit meiner Liebe zu schlafen, gehört zu meinen bevorzugten.“
„Glaubst du, dass du mit mir Spaß haben könntest?“
„Im Traum, lieber Paul war es sehr lustvoll. Ich glaube wir sollten noch etwas üben. Mein liebster Paul, es kann nur besser werden.“

Und es wurde besser. Auf unerklärliche Weise hatten sich Pauls Hände und sein männlichstes Körperteil bereits so verändert, dass ich und mein Körper sehnlichst nach ihm verlangten. Ich war nicht mehr sicher, ob es wirklich der Paul von eben war, mit dem ich in den Kissen lag.
Diesmal unterbrach ich unseren, immer leidenschaftlicher werdenden Liebesakt. Paul hatte mich mit festem Griff um den Nacken gefasst und ich erstarrte zur Salzsäule. Ein Gefühl der Angst machte sich in mir breit.

„Bitte, lass mich – da ist wieder so ein Gefühl!"

Wir legten uns still nebeneinander.

Erst sah ich nur hügelige Weite und Felder, es war heiß, ich sah Füße, die barfuß über Äcker rannten, einen wehenden Rock, eine junge Frau – Steine, Felsen, eine Grotte, minutenlang sah ich nur ein ausgetrocknetes Bachbett und Steine – plötzlich eine Kirchenbank, dunkles, speckiges abgegriffenes Holz, Düsternis, angenehme Kühle und heißes Verlangen, ein Mann legte die Frau, die wohl ich war, auf die schmale Kirchenbank. Wir liebten uns. Leidenschaft. Eine wundervolle, tiefe Liebe, ich sah in seine Augen.
Natürlich, Paul. Das Begehren, das aus seinen Augen sprach, war unermesslich. Paul als glatzköpfiger, hagerer Mönch, wir verschmolzen. Tränen flossen mir über die Wangen. Der Mönch über mir schien ein Gott zu sein. Über uns strahlte ein himmlisches Licht, eine lächelnde Mutter Gottes. Ich liebe dich, immer ... Da dröhnten plötzlich die Kirchenglocken, wir schraken auf, ich floh, ein unheilvolles Gefühl überkam mich. Es war schon so spät, so spät, zu spät. Wurde ich an einen Pranger gestellt? Gefoltert? Geschlagen? Ich weiß es nicht. Grausame Szenen zogen vor meinen Augen vorüber, Szenen, die

nach Blut rochen, nach grausamer, ekelerregender Gewalt. Ich war froh, sie nicht richtig erkennen zu können.

Ich öffnete die Augen, Tränen strömten mir übers Gesicht. Ich sah Paul, der neben mir lag an, oh je. Ich hatte vergessen, die Bilder liebevoll zu entlassen. Wieder schloss ich die Lider und übergoss die Bildsequenzen mit goldfarbenem Licht, löste sie in tausende und abertausende von Lichtpartikelchen auf. Als ich jetzt die Augen öffnete, lächelte ich Paul an. Er sah wieder verändert aus. Seine Augen waren größer geworden, seine Stirn höher, seine Lippen voller, sein Blick tiefer. Ich nahm seine Hand und küsste sie. Dann erzählte ich ihm alles.

Immer begehrenswerter wurde dieser kleine Mann neben mir für mich.

Beinahe stürzten wir uns aufeinander, beide die Frei-heiten genießend, die wir uns in diesem Leben geschenkt hatten. Als ich Paul an einer bestimmten männlichen Stelle berühren und liebkosen wollte, hielt er mich zu-rück. Er gab mir zu verstehen, dass ihm diese Berührungen unangenehm wären. Ich war erstaunt. Ich fragte Paul, ob es nicht sein könnte, dass dieses Nicht-Zulassen Gründe haben könnte. Wir sahen uns an und mussten lachen.

Paul rollte sich auf den Rücken und begab sich auf eine Reise. Seine Augenlider zuckten. Dann wurde er ruhig, sein Atem ging flach. Ich hatte den Verdacht, dass er ein-geschlafen wäre. Aber nach geraumer Zeit öffnete er wieder die Augen und sah mich an. Sein Blick kam aus einem anderen Universum. Er war wissend, voller Liebe und mit so einer ungeheuren strahlenden Präsenz erfüllt, dass ich seine Blicke kaum erwidern konnte.

Meine Neugier drängte ihn, mir von seinen Erlebnissen zu berichten. Zu meiner Enttäuschung sagte er mir, dass er nichts, aber auch gar nichts erinnere, außer einigen Gefühlen. Diesmal wären keine Bilder, Worte oder Situationen gekommen. Er hätte am Anfang ziemlich dunkle Farben gesehen, dann wäre es ihm kurz übel geworden und schließlich hätte er sich in so lichte Dimensionen hinaufgeschwungen, dass er erfüllt wäre von einer unbeschreiblichen Glückseligkeit. Ich erinnerte mich nun daran, dass mir auch schon einmal Situationen und Bilder gefehlt hatten und ich nur in Gefühle getaucht war. Das tat nichts zur Sache. Hauptsache war, dass die vorhergehende Blockade verschwunden war. Erschaffende Energie war irgendwo gespeichert gewesen, in anderen Leben, in anderen Dimensionen, Paralleluniversen, wo auch immer. Sie hatte an irgendwelchen, für uns nicht mehr nachvollziehbaren Ereignissen geklebt und war nun wieder frei geworden.

Wir gaben uns mit dieser Erklärung zufrieden und unsere darauf folgende liebende Begegnung gab uns nur zu Recht.

Nach diesen Reisen, so nenne ich dieses Erweitern der eigenen Wahrnehmung, fühlten wir uns ein gutes Stück leichter, heller und befreiter. Diese Nacht stand unter einem besonderen Stern, einem unvergleichlichen Zauber, es war eine kosmische Nacht.

Diese Nacht hatte eintausend Stunden. Diese Nacht hüllte uns ein in ihren samtenen Schutz, wie in einen Kokon. Diese Nacht gebar zwei schillernde Schmetterlinge und die Gnade der Vergebung. Jedes frühere Leben erschien plötzlich sinnvoll und schön in seiner Einmaligkeit. Jede Erfahrung fand ihren Sinn in grandioser Farbigkeit. Die Flüsse und Bäche der gelebten Leben mündeten in dieser einen Nacht ein, in den Strom einer göttlichen Liebe. Einer Liebe zum Leben, einer Liebe zu sich selbst, einer Liebe im Spiegel des anderen, einer Liebe zu purem SEIN. Der Liebe zu Gott – allem was IST.

Diese Zeit in dem kleinen französischen Hotelzimmer, von nächtlichen Forschungsarbeiten durchzogen und den dazugehörigen Beweisführungen gefolgt, bezeichneten Paul und ich später als die Nacht unserer *Laborversuche*. Unsere erste Versuchsreihe, wurde am späten Vormittag von uns zu *erfolgreich abgeschlossen* erklärt.
Ich hatte Paul inzwischen in den Olymp erhoben, für mich hatte er göttliche Qualitäten. Ich war mir nicht mehr so sicher, ob es nicht ein verkleideter Zeus gewesen war, der zu mir unter die Decke gekrochen war. Beide hatten wir inzwischen das Gefühl, nie etwas anderes getan zu haben, als himmlische Liebe zu empfinden und uns zusammen im Bett zu vergnügen. An diesem sonnigen Vor-mittag in Paris war ich sprachlos, entspannt, glücklich, verliebt, müde und sehr, sehr hungrig. Das kleine Früh-stück, das uns aufs Zimmer gebracht wurde, genügte mir nicht. Ich drängte Paul dazu, der wieder nichts zu sich nahm, mich in ein Café zu begleiten.
Wir schlenderten die Rue du Bac entlang, Richtung Boulevard St. Germain.

Ich war zu hungrig, noch irgendwelche Hochgefühle wahrzunehmen. Mein müder Körper hing wie ein sich wattig anfühlender Sack an meinem Skelett und an dem hohlen Kopf, der nicht mehr Zentrum des Denkens war. Denken fand nicht mehr statt. Die Quelle des Intellekts hatte sich in einen mir nicht bekannten Winkel in dieser Stadt der Liebe zurückgezogen. Meine kritischen An-merkungen, meine Ängste und Zweifel hatten sich in den Kanonen schlafen gelegt, das Schwarzpulver, sie zu ent-zünden, war in dieser ereignisreichen Nacht scheinbar feucht und unbrauchbar geworden. Nicht einmal die kleinste Boshaftigkeit oder Kritik verließ mehr den sicheren Hafen. Paul hatte sich in meinen Augen frappierend geändert.

Er war in dieser Nacht gewachsen und aufregend attraktiv geworden. Seine lichte, große Aura war schwerlich zu übersehen. Konnte es sein, dass unsere *Arbeit* an uns, sich auch auf das Aussehen ausgewirkt hatte, oder war es nur meine rosa Brille? Inzwischen weiß ich, dass sich auch körperlich viel, sehr viel, bei Paul verändert hat. Ob diese Veränderungen aber alle schon in jener ersten Nacht passierten, kann ich nicht sagen.

In diesem hübschen romantischen Café, wir hatten einen herrlichen Platz im Schatten, stürzte ich mich auf mehrere Croissants mit Butter und Marmelade und einen Café au Lait. Langsam kehrten meine Lebensgeister wie-der zurück. Ich konnte mich gar nicht beruhigen, dass Paul immer noch nichts zu sich nahm. Ich fühlte mich ihm so nah, so verbunden, dass mir zum ersten Mal, die Tatsache, dass er sich seit geraumer Zeit von *Prana* er-nährte, unheimlich wurde, mich fast ängstigte. Seine Er-klärungen hatte ich noch in Erinnerung, auch dass mir die Möglichkeit dieses Verbundenseins mit einer immateriellen, geistigen Nahrungsquelle eingeleuchtet hatte. Jetzt jedoch, da ich so hautnah, im wahrsten Sinne des Wortes, mit seiner unsichtbaren Ernährungsweise konfrontiert wurde, kreisten meine Gedanken intensiver um diese Absonderlichkeit.

Ich bat ihn, mir nochmals genau zu erzählen, wie es dazu gekommen war. Damit zusammen hingen auch einige vergleichbar banale Fragen. Im Rahmen unserer durchgängig experimentellen Forschungsarbeiten und quasi *wissenschaftlichen* Bemühungen fiel es mir jedoch leicht, diese intimen Fragen zu stellen, z.B. nach Körperflüssigkeiten und Ausdünstungen. Ich konnte mir nicht erklären, dass sein Körper Körperflüssigkeiten produzierte, wenn er so kurz gehalten wurde. Und warum hatte Paul keinen unangenehmen Mundgeruch? Paul amüsierte sich über meine Fragen königlich.

„Es gibt keinen Grund, aus dem Mund zu riechen, wenn der Körper von Lichtnahrung ernährt wird. Der Körper behält alle seine Funktionen, nur tauscht er die uns bekannte Nahrungsquelle mit einer anderen, wissenschaftlich nicht anerkannten Quelle aus. Also, kein Grund zur Beunruhigung. Zu deiner Frage nach der Häufigkeit der Orgasmen beim Mann: Seit Jahrtausenden sind Techniken bekannt, die es Männern erlauben, immer wieder hintereinander einen Orgasmus zu haben. Diese Praktik ist vielen Männern geläufig und hat nichts mit der Nahrungsaufnahme durch Prana zu tun."
Paul lachte und fuhr sich durch die lockigen Haare. Er legte die Stirn grüblerisch in Falten und meinte:
„Es müssten so ungefähr bis zu 9 Orgasmen in einer Nacht möglich sein."
Mir blieb der Mund offen stehen.
Wir lachten, umarmten und küssten uns. Leider klebte daraufhin ein ziemlicher Klecks Marmelade an meinem Ellenbogen. Ich beschwerte mich laut bei Paul:
„Ich fühle mich betrogen. Du hattest mit mir zusammen heute Nacht nicht mehr als vier oder fünf Orgasmen!"
„Könnte es sein, meine Geliebte, dass du gar nicht mehr verkraftet hättest?"
„Ach so, es liegt natürlich an mir. Angeber, mach nur weiter so. Du wirst schon sehen, was du davon hast."

So neckten wir uns gegenseitig und Spaß und Wahrheit tanzten miteinander. Insgeheim hoffte ich, dass niemand an einem der benachbarten Café-Tischchen Deutsch verstand und unfreiwillig unsere Gespräche mit anhören musste. Sie waren keineswegs für fremde Ohren bestimmt. Noch einmal bat ich Paul, mir ausführlich zu erzählen, wie er dazu gekommen war, sich von *Prana* zu ernähren.

Paul begann damit, mir von seiner trostlosen Kindheit in einem katholischen Jesuiteninternat zu erzählen, von Strenge, Härte und gnadenloser Disziplin. Da er ein ausgezeichneter Schüler gewesen war, hatte er dort ein, in Maßen, erträgliches Leben geführt. In dieser einsamen, traurigen Zeit hatte er oft nächtlichen Besuch. Erscheinungen von Engelwesen und Lichtgestalten trösteten ihn. Mit seinem persönlichen Schutzgeist verband ihn eine innige Freundschaft, und er besprach und teilte alles mit ihm, was ihn bewegte. In den Nächten trainierte er seine außersinnliche Wahrnehmung, jenseits von kirchlichem Gehabe und doktrinären Wahrheiten. Er erfuhr sich und das Universum als grandiose, multidimensionale Schöpfung, die von unendlich vielen Wesenheiten bewohnt wird, die wir in unserer dritten Dimension meist nicht sehen können, meist aber dafür fühlen oder hören können.
Eines Tages, Paul hatte Ferien, unternahm er alleine eine siebentägige Bergtour im Gebiet des Hohen Kaisers. Mit Zelt und Proviant war er gut ausgerüstet, seine Mutter, die wie immer hart arbeitete, hatte ihn mit seinen sechzehn Jahren alleine ziehen lassen. Am fünften Tag gegen Abend, die Sonne leuchtete golden durch die Zweige, stand auf einem einsamen Bergpfad plötzlich ein stattlicher Mann vor ihm. Aus dem Nichts war er aufgetaucht. Paul war fassungs- und sprachlos. Die überwältigende Liebe, die dieser Herr ausstrahlte, verhieß ihm zu schweigen. Der fremde Herr bedankte sich bei Paul für seine jahrelange Hingabe an die göttlichen Energien. Er erzählte ihm vom Aufbruch in ein neues Zeitalter und von der Möglichkeit, sich von Licht zu ernähren. Paul würde diese Möglichkeit, so er sich dafür entscheide, in einigen Jahren

wahrnehmen können. Wenn diese Möglichkeit ihm begegnen würde, solle er nicht zögern, sie anzunehmen. Die Lichtnahrung würde seine Entwicklung auf dem spirituellen Pfad sehr beschleunigen. Bevor er sich vor den ungläubigen Augen Pauls dematerialisierte, nannte er Paul seinen Namen: Graf von Saint Germain.

Nie mehr seitdem war St. Germain Paul je wieder begegnet. Paul las alles, was er von ihm und über ihn finden konnte und fand heraus, dass er zu der Gruppe der sogenannten *Aufgestiegenen Meister* gehörte, die, wie Jesus, auch Jeshua Ben Joseph oder Sananda genannt, die Meisterschaft über ihren Körper erlangt hatten, aufgestiegen waren und einen Körper jederzeit materialisieren und dematerialisieren konnten.

Lieber Florian, ich wusste damals, in diesem kleinen Café, das ausgerechnet im Stadtviertel St. Germain, nahe der L'église Saint-Germain-des-Prés war, genauso wenig wie du, was ich von dieser Geschichte Pauls halten sollte. Ich hatte inzwischen die Aufzeichnungen Godfrey Kings, diktiert von St. Germain, gelesen. Daher kam mir Pauls Geschichte auch sehr bekannt vor. War nicht die Begegnung des Autors mit St. Germain im Buch sehr ähnlich verlaufen? Vielleicht hatte Paul sie diesen Schriften nachempfunden und gar nicht wirklich erlebt? Ich war misstrauisch. Andererseits waren wir durch unsere enge körperliche Begegnung und unserem tiefen geistigen Austausch so ehrlich und vertraut miteinander, dass ich mir beim besten Willen nicht vorstellen konnte, dass Paul es nötig hatte, mir etwas vom Pferd zu erzählen. Gegen Unwahrheit sprach außerdem Pauls Aura, die im Laufe dieses Gesprächs noch einmal um so vieles strahlender wurde, dass ich fast das Gefühl hatte, mit einem Scheinwerfer im Café zu sitzen.

Dir, lieber Florian, kann ich das so sagen, ich weiß, du siehst manchmal mehr als andere, und du weißt auch, dass im Feinstofflichen nicht geschummelt werden kann. Kurzum, ich hörte mit offenem Mund zu, unfähig mir eine abschließende Meinung zu bilden, jedoch von meinem Gefühl her geneigt, alles zu glauben.
Paul faszinierte mich immer mehr.
Dieses gleichzeitige Bad in begehrlichsten erotischen Gefühlen, die landläufig leider oft als niedere Triebe gewertet werden, und hohen spirituellen Schwingungen, die durch unsere Unterhaltung erwachten, waren für mich der köstlichste Genuss. Das war genau, was ich mir in diesem Leben gewünscht hatte. Diesen Spannungsbogen, zwischen irdisch und himmlisch, der keine Facette des Lebens auf dieser wunderschönen Mutter Erde ausgrenzte. Der alles mit hinein nahm, Tod und Geburt, Materie und Geist, jetzt und ewig, endlich und unendlich.

Paul streifte kurz einige Stationen in seinem Leben, erzählte von seinem Physikstudium, seiner Ausbildung zum Arzt, seiner kurzen Ehe mit Alexandra, die mit seiner Spiritualität nichts anfangen konnte, von seiner Scheidung und seiner homöopathischen Ausbildung. Ständig war er auf Entdeckungsreise gewesen, nach dem Weg in eine vollkommene Freiheit, auf der Reise zu sogenannter Erleuchtung, auf der Entdeckungsfahrt zu seinem eigenen Gott-Selbst. Er meditierte, fastete, reiste zu allen möglichen heiligen Männern, sich immer weiter ausdehnend und erweiternd. Der alten Schichten entledigte er sich wie zu klein gewordener Kleider.

Bei buddhistischen Studien in Ladakh – er hatte sich inzwischen dem Tibetischen Buddhismus zugewandt – übernachtete er im Kloster Spituk. Ein Mönch erzählte ihm von einer europäischen Buddhistin, die sich jeden Sommer drei Monate in einer Eremitage oder Höhle in die Nähe des

Passes zurückzog, um zu meditieren. Die Mönche wussten, dass sie seit mehreren Jahren weder esse noch trinke und sich *Breatharian* nannte. Da diese Kunststückchen in asiatischen Ländern traditionell verwurzelt sind, fand man diese Tatsache nicht so außergewöhnlich. Paul jedoch war wie elektrisiert. Er besorgte sich einen Führer, einige Pferde, genügend Proviant und machte sich auf den Weg.

Der grandiose Himalaya ergriff Pauls Seele und Herz mit dem unnachahmlich tiefblauen Himmel über der unendlich erscheinenden Weite in über 4000 m Höhe, die Farbspielereien auf den nackten Gesteinsmassen, die im Winde wehenden Gebetsfahnen, diese überirdische Schönheit, Macht und Zeitlosigkeit.

Pauls Neugierde und Leuchtkraft schienen ihm vorausgeeilt zu sein, denn eine etwa 50 jährige Lady mit weißen, streichholzkurzen Haaren empfing die kleine Karawane mit offenen Armen. Sie war gewandet wie ein buddhistischer Mönch.

„Ich habe dich erwartet", strahlte die wundervolle Frauengestalt Paul an.

„Für dich breche ich mein Schweige-Retreat, du wurdest mir bereits angekündigt."

Mit einem lustigen Augenzwinkern und herzlichem Lachen lud sie ihn in ihre bescheidene Behausung mit der königlichen Aussicht ein.

Paul erzählte mir, dass er diesen Empfang ganz natürlich empfand. In dieser ewigen, gigantischen Bergwelt, in dieser Höhe, in der die Sterne zum Greifen nah waren, in der der Mensch sich wie ein Staubkorn im Atem des Universums fühlte, in diesem Zauberreich einer allmächtigen, göttlichen Energie, war man auf alles gefasst und jede Begegnung war magisch und essentiell. Das Herz lag auf der Zunge, und ohne sogenannte *Wunder* gab es in diesen Gegenden kein Überleben. Wunder gehörten so selbstverständlich zum Alltag wie Geister und Dämonen. Nach kurzer Zeit bereits kam er mit der Lady aus Deutschland, Helga, überein, die nächsten vier Wochen zu bleiben. Helga hatte bereits eine Eremitage bzw. Höhle in der Nähe für ihn bewohnbar gemacht. Die Gerüchte und Vorhersagen bestätigten sich. Helga behauptete, bereits seit fünf Jahren von Prana zu leben und nur ab und zu, wegen des Geschmacks, etwas zu naschen oder ein wenig zu trinken.

Sie und viele andere auf der Welt würden sich inzwischen von dieser Nahrungsmittelquelle ernähren. Paul könne diese Fähigkeiten innerhalb dreier Wochen erlangen, wenn es sein Ziel wäre, im Einklang mit der göttlichen Quelle zu leben und die universellen Gesetzmäßigkeiten für sich erforschen zu wollen und auch zu beachten. Sie würde ihn auf diesem Weg gerne begleiten. Paul sagte mir, dass er nicht eine Sekunde gezögert hatte zu bleiben. Er fühlte sich euphorisch und am Ziel seiner geheimsten Wünsche. Seine Träger und Pferde schickte er weg, mit dem Auftrag, ihn in einem Monat wieder abzuholen.

Lieber Flo, Schätzungen zu Folge gehen den Weg der Lichtnahrung inzwischen einige tausend Menschen auf dieser Erde weltweit. Diese drei Wochen der Umstellung, ohne Essen und Trinken, in denen du nichts anderes machst als eine grobstoffliche Nahrungsmittelquelle durch eine feinstoffliche zu ersetzen, sind ein Schritt des Herzens hin zum göttlichen Ursprung. Die Erfahrung, nicht von stofflichem Essen abhängig zu sein, ist sehr be-freiend, ein Quantensprung in ein neues Bewusstsein.

Die meisten Menschen, die sich dieser Erfahrung bislang unterzogen haben, beginnen früher oder später wieder mit dem Essen und Trinken. Aber sie haben sich umprogrammiert und können sich jederzeit wieder auf Prana umstellen. Diejenigen, die sich entscheiden, bei Lichtnahrung zu bleiben, so wie Paul und ich, werden von Prana, der göttlichen Energie ernährt und getragen, essen oder trinken nur noch vereinzelt aus Freude am Schmecken, aus purem Spaß, aber nicht mehr, um ihren Körper zu nähren. Bei uns werden Essen und Trinken durch den Verdauungstrakt hindurch geschleust, ohne dass dabei irgendwelche Stoffe vom Körper aufgenommen werden. Stattdessen wird Prana über die Zirbeldrüse aufgenommen und der Körper dadurch ernährt. Solange wir uns von fester Nahrung ernähren, benötigen wir dazu unseren Verdauungsapparat. Sobald wir auf Prana-Ernährung umgestellt haben, wird der Verdauungsapparat nicht mehr benötigt, da die für den Körper notwendigen Säfte ausschließlich über die Wirbelsäule aus dem Prana aufgenommen werden. Wer sich von herrschenden Weltbildern loslösen möchte, z.B. von dem medizinischen Meinungsbild, dass wir den Entzug von herkömmlicher Nahrung und Flüssigkeit nicht länger als drei bis fünf Tage ohne Gesundheitsschädigung überleben können, sollte dieses wundervollste aller Abenteuer wagen. Nur wer glaubt, dass alles, was uns umgibt und Alles-Was-Ist, von Lebensenergie durchströmt und genährt wird und dass wir dieses Wissen in unseren Zellen reaktivieren können, lässt sich auf dieses Sprungbrett in die Leichtigkeit des Seins ein.

Doch ich möchte zu diesem für mich denkwürdigen Tag in Paris zurückkehren:

Unser Aufenthalt in dem charmanten Café endete mit Pauls Beschreibung der Wochen, die er im Himalaya in Begleitung der buddhistischen Nonne Helga im Einklang mit sich selbst verbrachte. Seine Erzählung klang damals für mich wie ein Märchen. Ich war fasziniert von der Machbarkeit des Unmöglichen, die sich in einer Landschaft, in der auch das sagenumwobene Paradies Shangri

La verborgen sein soll, abspielte. Wie im Fluge war die Zeit vergangen, und die Berichte hatten meine Hochachtung und Bewunderung für Paul und meine Neugierde noch mehr entflammt. Trotzdem, langsam wurde ich wieder müde, die Nacht war sehr kurz gewesen. Damals, als ich noch ganz normal aß, schlief ich auch noch dreimal so viel wie heute. Das Schlafbedürfnis nimmt nämlich rapide ab, sobald du dich von Prana-Lebensenergie ernährst. Da keine Energie für die Verdauung grobstofflicher Nahrung benötigt wird, bleibt eine Menge Energie übrig.

Paul bezahlte meine Cafés, Croissants, Salate und das herrliche Crêpe, und glücklich verließen wir Arm in Arm das Café Richtung Hotel. Die nächsten Tage und Nächte waren unbeschreiblich schön. Wir verbanden uns immer inniger miteinander, und um so mehr wir uns von alten Vorstellungen, begrenzenden Ansichten und Weltbildern lösten, desto intensiver wurde der Energiefluss zwischen uns, desto subtiler und feiner unser gegenseitiges Verständnis füreinander. Endlich war ich dem Mann begegnet, für den das Glück dieser Erde in Veränderung und Freiwilligkeit lag und nicht in Stagnation, Kontrolle oder Sicherheit.
Sein Kongress musste ohne ihn auskommen, und mir graute schon vor jener immer näher rückenden Stunde, da auch mich dieses Schicksal ereilen sollte, da Paul nach Südamerika reisen musste, und ich alleine zurück zu meinen Kindern nach München. Unser Abschied war dann, erstaunlicherweise, nicht so tränenüberströmt und herzzerreißend, wie ich ihn mir vorgestellt hatte. Wir beide waren so glücklich, einander gefunden zu haben, unsere Sicherheit und unser Vertrauen in die Verbindung so unerschütterlich, dass wir uns im Wissen, zu den glücklichsten Menschen dieser Erde zu gehören, verabschiedeten.

Wir wussten, wir würden die nächsten Wochen, Monate, Jahre, Jahrzehnte oder Jahrtausende gemeinsam verbringen."

Amanuee beendete den Abend.

Florian saß diesmal kerzengerade in seinem Sessel. Heute Abend war für ihn alles ganz anders gewesen. Ihn hatte eine Erkenntnis nach der anderen ereilt. Irgendetwas hatte „Klick" gemacht und alle seine laufenden Programme durcheinander gewirbelt. Heute Abend hatte er zum ersten Mal Manus Erzählungen aus einem anderen Blickwinkel aufnehmen können. Als ob ein dicker Samtvorhang zur Seite gezogen worden wäre, hatte er heute ein größeres Bild betrachten können. Er hatte eine gänzlich andere Perspektive eingenommen und den Kern ihrer Geschichten herausgehört, die zeitlichen und räumlichen Parameter in einen anderen Kontext gesetzt. Manus ehrliche Schilderung, wie sie im Frosch ihren Prinzen entdeckte und sich langsam und mühselig zur höchsten gemeinsamen Schwingung vorarbeitete, hatte in Flo irgendeine Saite zum Tönen gebracht, die ihn in eine andere Realität versetzte. Das Gefühl, das ihn einhüllte, war das der Geborgenheit, der fernen, friedvollen Erinnerung. Amanuees Erzählungen hatten Flos Herz geöffnet.

War es nicht völlig egal, ob Manu an vergangene Leben und Erlebnisse glaubte, an Lichtnahrung oder Gott? Ob er an Reinkarnation glaubte? Seine Antwort lautete JA, es war völlig unerheblich. Was wichtig zu sein schien, war das Gefühl der Erweiterung, der unendlichen Möglichkeiten, der Freiheit der Wahl, des Wachsens und der Allmächtigkeit des Geistes.

„After all, we are living in a thought world. " „*What? Please, I don't understand*", so hatte er damals in Lon-don den Freund seiner Mutter gefragt, den lustigen Physiker, den er als Junge so verehrt hatte. Ach so, wir leben in einer Gedankenwelt, schoss es ihm wieder durch den Kopf!! Mein Geist erschafft meine Realität. Wir alle er-schaffen unsere eigene Realität durch das, was wir denken, zu denken fähig sind ...

Vielleicht existierte ja wirklich auch weder Vergangen-heit noch Zukunft. Dieses Rätsel würde er jetzt und heute nicht ergründen können. Aber fest stand, dass es Reali-täten und Dimensionen gab, in denen die Gesetze der an-erkannten Wissenschaften, der Zeit und des Raumes nicht existierten, aber die jeder im Jetzt verändern konnte.

Paul war ein lebendiger Beweis dafür.

Nichts anderes hatte auch Amanuee ihr Leben lang getan. Sie hatte Gefühle und damit Erlebnisse, die an die Auf-merksamkeit gebunden waren, immer wieder *bewusst* be-trachtet und aufgelöst. Sie hatte ihre Glaubenssysteme unter die Lupe genommen und sich von ihnen getrennt.

Begrenzungen sind dazu da, sie zu erlösen. Auch er hatte jede Menge Bilder, Gefühle und Symbole gespeichert, die ihn und seine Beziehungen belasteten. Es ging nur darum, sich von Ballast zu befreien, Energien frei zu machen für das Jetzt. Warum und wieso sie, wo auch immer, gebunden waren, warum die Filme jetzt an die Ober-fläche kamen und aus welcher Zeit, welchem Raum oder welcher Dimension sie stammten, konnte ihm völlig schnuppe sein. Fest stand lediglich, dass sie in seinem ei-genen Universum herumgeisterten und ein Teil von ihm geworden waren. War es nicht ein kreativer Akt, ein Kunstwerk, sich diese Dogmen und festgefahrenen Mei-nungen bewusst zu machen, sie sichtbar werden zu lassen und sich von ihnen liebevoll zu verabschieden, sie zu befreien? Es ging also allein darum, gebundene Aufmerksamkeit zu lösen.

Er verstand, dass es nicht um Rückführungen oder Reinkarnationserlebnisse ging, nicht um Manus Liebesleben oder um irgendwelche Rituale. Es ging alleine darum, zu erkennen, dass er selbst der Programmierer seiner Programme war, dass er und jeder andere immer und JETZT die Möglichkeit hatte, behindernde Informationen zu löschen und sich neu zu programmieren. In diesem Spiel des Lebens ging es also darum, die eigene Macht zu erkennen und zurückzuerobern. Die Verantwortung des Programmierens zu übernehmen. Die eigene Göttlichkeit zu erkennen. Die ewige Verbindung mit dem göttlichen Urspung. Woher auch immer die Informationen kamen, die sein Bewusstsein füllten, die seine Speicherplätze im Gehirn und in den Zellen belegten, es war nicht wichtig. Wichtig war, zu begreifen, dass er – und alle anderen auch – diese Informationen mit sich herumschleppten. Wichtig war, sich von allen zu trennen, um im JETZT frei und selbstverantwortlich wählen zu können.

Immer klarer wurden ihm die Vorteile von Manus Art, sich nicht mühselig, wie ein Maulwurf, ans Tageslicht empor zu graben, sondern sich elegant, wie ein erfolgreicher Filmproduzent, in den Vorführraum zu setzen und bunte Bilder an die Leinwand zu projizieren. War es nicht viel zu aufwendig, sich, um an den Kern eines Problems zu kommen, erst alles von der Seele zu schreiben oder zum Therapeuten zu gehen oder andere Menschen mit sich wiederholenden Gesprächsschleifen zu belasten und zu langweilen, immer die Antworten bei anderen suchend, längst wissend, dass wir sie nur alleine in unserem eigenen Inneren finden können?

Flo sah ein Bild von einem menschlichen Wesen, das, losgelöst von Raum und Zeit, im Universum schwebte. Es war mit tausend bunten Drähten mit verschiedenen Filmrollen und dort gespielten Leben verbunden. Durch manche Drähte floss negative, durch manche positive Energie, durch manche mehr, durch manche weniger. Das Wesen bekam immer Informationen aus den Filmszenen, mit denen es durch die meiste Ladung verbunden war, gleichgültig, ob durch positive oder negative Energie.

Durch dieses Bild verstand Flo, dass der Film, in dem er sich gerade bewegte, mit Szenen aus anderen Wirklichkeiten durchsetzt war. Flo wurde klar, dass es völlig gleichgültig war, ob Manu behauptete, Paul schon in anderen Leben, in anderen Verkleidungen und in anderen Rollen getroffen und geliebt zu haben oder aber ob es nur ihre Bilder für Energien waren, die sich an die Ober-fläche bewegt hatten.

Sein Blick ging lächelnd zu Amanuee, die ihn die ganze Zeit lang liebevoll betrachtet hatte. Er dankte ihr und verließ das Haus. Er konnte sich nicht erinnern, sich jemals so selbstsicher, ruhig und machtvoll gefühlt zu haben. Das volle Ausmaß seiner Möglichkeiten breitete sich in einer visionären Schau vor ihm aus. Er erkannte, dass er mit einer leeren Festplatte, mit geputzten, stofflichen und feinstofflichen Körpern, viel mehr Möglichkeiten hatte, seine Träume zu leben. Umso besser er seine gebundenen Energien neutralisieren konnte, desto mehr Energien hatte er zur freien Verfügung. Seine Macht über sein Leben würde in dem Maße zunehmen, in dem er gebundene Energie neutralisieren könnte.

Florian saß auf dem großen Stein in der Auffahrt, spielte mit seinen Autoschlüsseln und starrte in den Kies. Über ihm leuchteten Milliarden von Sternen, und in der Ferne ertönte das sehnsuchtsvolle dumpfe Tuten eines einfahrenden Ozeanriesen. Der Groschen war gefallen. Er schüttelte den Kopf und grinste. Jetzt verstand er auch, warum sich einerseits manches so reibungslos realisierte und er andererseits bei anderen Wünschen und Vorhaben auf Granit biss. Die bloße Verstrickung in alte Dramen, das Festhalten an alten Glaubenssätzen, Versprechen, Gelübden und Vorstellungen machten ihn unfrei und abhängig. Bei manchen Themenbereichen war sein Speicher noch leer, war er nicht gefangen im engmaschigen Netz irgendwelcher alter Muster oder Traumata, wie leicht fiel ihm hier die Verwirklichung seiner Vorhaben. Seine Gedanken schweiften ab. Er stellte sich vor, dass er in einem vergangenen Leben das Gelübde der Keuschheit, in aller Ernsthaftigkeit, abgelegt hatte. Er lachte. Florian als schweigender Karthäuser Mönch, unvorstellbar. Er spann die Phantasterei weiter aus und stellte sich vor, wie er heimlich sexuelle Verhältnisse hatte und ein Leben lang beladen mit dem Makel der Sünde herum-laufen musste und unter seinem schlechten Gewissen fast zusammenbrach. Diese Vorkommnisse würden sicherlich jede Menge Energien binden, und das war es auch, was die Buddhisten und Hindus Karma nannten.

Das Dumme war, dass er in diesem Leben mit Blindheit geschlagen zur Welt gekommen war und seine Verbindung mit Allem-Was-Ist vergessen hatte. So waren anscheinend die Spielregeln. Aber obwohl der Schleier des Vergessens über allem lag, waren vergessene Erlebnisse und Gefühle trotzdem vorhanden und gespeichert und führten zu Reaktionen auf die Reaktion auf die Reaktion auf die Reaktion ... auf den Ursprung. Also konnten Reisen in andere Bewusstseinsschichten Abhilfe schaffen, Versöhnung, Integration und Neutralisierung zu Stande bringen. War es nicht genau so, als ob bei seinem Computer die Speicherkapazitäten völlig ausgelastet wären und dann noch alle Ordner und Dateien gleichzeitig geöffnet würden? Keine Frage, sein PC würde überlastet zusammenbrechen und aussteigen.

Nun kamen Florian auch die die energetischen Funktions-
weisen von seit Jahrtausenden herrschenden Machtstrukturen in den Sinn:
Sie bedienten sich alter Glaubenssätze, Gelübde und Ver-
sprechungen, schürten Ängste, Zweifel und Unsicherheiten, banden so die Menschen, die noch viel Unrat auf
dem Speicher hatten, an sich, und dann versprachen sie
Hilfe und Schutz. Die Institutionen und Organisationen,
übernahmen so angeblich die Verantwortung für das Leben der Geleimten. Meistens mit der Konsequenz, dass
jene noch unfreier, ängstlicher und begrenzter lebten und
den Herrschenden die Machtübernahme noch leichter fiel.
Florian machte sich auf den Weg nach Hause, sein Herz
jubelte. Dieses energetische Weltbild war ganz nach
seinem Geschmack. Ihm war klar, dass auch dieses nur ein
sehr begrenzter Ausschnitt eines dynamischen Universums war, aber immerhin fand er es hilfreicher und
zeitgemäßer als das Weltbild irgendeiner Kirche oder einer den unbegrenzten, ewigen Geist verneinenden Wissenschaft. Sein Loft hatte für ihn heute die Qualitäten eines
Tempels. Er zündete Kerzen an und schaltete die neun
Monitore an, auf denen in Endlosschleife die Bilder eines
Aquariums liefen. Die Zierfische zogen ihre ruhigen,
stummen Runden an ihm vorbei. Er kochte sich einen
starken Tee und machte es sich auf dem Sofa gemütlich.
Er wusste, dass er jetzt Träume realisieren, Visionen leben,
seine Realitäten verändern und erweitern würde. Er würde
bewusst seinen Film erschaffen, in dem er auch wirklich
mitspielen wollte.

War es nicht das, was Manu langsam erkannt und gelernt
hatte, dass sie ihre Realitäten erschaffen hatte und erschaffen konnte? War es nicht das, was sie ihm mitteilen
wollte, indem sie ihm von Liebhabern und Reisen in die
Vergangenheit erzählt hatte? Ihre Nächte waren Arbeit
gewesen, Arbeit zu erkennen, zu neutralisieren und zu in-

tegrieren. Dadurch öffnete sie die Tore in neue Wirklichkeiten. Immer hatte Amanuee den Trick angewendet, Situationen, auf denen am meisten gefühlsmäßige Ladung lag, als Sprungbrett in eine Erkenntnis zu nutzen. Florians Ehrgeiz war entfacht. Das würde er in Zukunft auch versuchen. Er wollte sich befreien, um jeden Preis. Er begann damit, systematisch aufzuschreiben, was ihm in seinem Alltag nicht behagte. Er notierte Situationen, die er nicht im Griff hatte, die sich wiederholten und die er scheinbar nicht beeinflussen konnte. Er schrieb alle Ängste auf, die ihn verfolgten, und mochten sie noch so irrational erscheinen. Er hatte entschieden, die Woche vor dem vorläufig letzten Abend bei Manu zu experimentieren.

Tag für Tag und Nacht für Nacht würde er sich von festgefahrenen Energien liebevoll verabschieden. Er war gespannt.

Dunkelheit

Benitas Haare waren zu einem glänzenden, dicken Zopf gebunden, der sich an ihre linke Schulter schmiegte. Das Ende schmückten schwarze Perlen, die mit grobem, weißem Baumwollgarn zu einem filigranen Kunstwerk geknüpft waren. Das hellblaue, eng anliegende Twinset umschmeichelte ihren schmalen Körper. Zwei kleine Brustspitzen zeichneten sich ab. Sie saß im Schneidersitz auf der zerwühlten Bettdecke ihres Krankenhausbettes. Das Bett neben ihr war noch leer. Benitas Gesicht war etwas blasser als gewohnt, die fein geschnittenen zarten Gesichtszüge schienen zerbrechlicher als sonst, und ihre Augen hatten die Funken ungebändigter Lebensfreude eingebüßt. Nichtsdestotrotz strahlte sie in ihrer Schönheit eine anziehende Unnahbarkeit aus, eine hingebungs-volle Schwäche, die sie mit dem duftenden Hauch einer geheimnisvollen Tragödie umwitterte. Diese junge Frau verweilte mit ihren Gedanken in Welten, zu denen sie weder Florian, noch Freundinnen, Ärzten oder Krankenschwestern Zugang gewährte. Sie bewegte sich in einem Parallel-Universum, ihrer Welt, einer Welt, unerreichbar für die sogenannte Normalität.

In ihrer Wirklichkeit sah Benita immer klarer, sah ihre Bilder immer eindeutiger und präziser. Der Ozean ihrer aufgewühlten Gefühle hatte sich allmählich beruhigt, und gestochen scharfe Aufnahmen tauchten aus den Tiefen auf. Sie betrachtete die Stationen ihres Lebens, in denen sie Spaß und Freude gehabt hatte. Sie erinnerte sich an eine schimmernde Vollmondnacht: das erfrischende Bad in der sanft-weichen Kühle des glitzernden Sees, das Spiel des Mondlichts auf ihren nackten Körpern. Das Funkeln der Tropfen auf Christians Wimpern, ihre feucht-warmen Körper vereinigt in höchster Lust. Sie fühlte wieder und wieder die Blicke von Konstantin, Ulf, Peter und Felix auf ihren kleinen Brüsten, ihre begehrlichen, manchmal schüchternen und manchmal leidenschaftlichen Berührungen.

Sie spiegelte sich und ihren Körper in den Augen dieser männlichen Geschöpfe, die so sehr nach ihr verlangt hatten. Sie sog die eigene Schönheit tief in sich hinein, atmete sie ein, lebte und genoss die eigene Schöpfung nochmals in Gedanken, Bildern und Gefühlen. Ihre Blicke blieben an Details hängen, einem flüchtigen Blick, zusammen mit Klaus, in das Schaufenster Jil Sanders, die Momentaufnahme des attraktiven Paares, seine Hand an ihrem Brustansatz. Sie dachte an Alexanders weiche, sinnliche Lippen, die ihren Busen liebkosten. Sie sah sich elegant von hinten am Tresen lehnen, ihre langen Beine unter dem kurzen Rock, mit dem kleinen Po wippend, lachend und scherzend.

Sie beobachtete sich in der Damentoilette, den Reißverschluss der bunten Schlaghose schließend, plaudernd mit einer ihrer *guten* Freundinnen, die neidvolle Blicke auf die traumhaft aussehende Benita warf. Sie fühlte wieder und wieder die Gefühle des Stolzes und der selbstbewussten Zufriedenheit in sich aufsteigen. Ja, sie war eine Schönheit, ja, sie war begehrenswert, ja, sie hatte einen treffsicheren Geschmack, ja, sie wusste mit ihrem Aussehen, ihrem Charme, ihrer ehrlichen Freiheitsliebe und ihren Widerständen sich an einen Mann zu binden, sich an einen Mann zu verlieren, den Männern den Kopf zu verdrehen.

Ja, sie war begehrenswert und unwiderstehlich.

War …

Was würde von einer Benita übrig bleiben, die all jene Definitionen ihres Selbst durch Verstümmelung verlieren würde? Schönheit und Attraktivität, die Macht ihrer Anziehungskraft würden sich in Luft auflösen. Immer wieder hatte sie ihren nackten Körper vor sich gesehen. Ei-nen wunderschönen Körper, den zwei riesige Narben über dem Brustkorb hässlich entstellten. Über einen Stuhl im Schlafzimmer sah sie einen BH hängen, ausgestopft mit lächerlichen Imitaten. Sie hatte auch die Berichte der Frauen, die sich wieder neue Brüste implantieren ließen, gelesen, sie hatte über ihre Schmerzen gelesen, über den andauernden Leidensweg. Doch nicht die Schmerzen, nicht die Operation, nicht der ungewisse Ausgang beschäftigten sie am meisten. Benita fiel in eine Leere, sobald sie an ein Leben danach, an eine Benita oben ohne, an eine zerschnittene Benita, dachte. Welche Benita war es wert, gelebt zu werden? Welche Rolle würde sie dann spielen wollen, spielen können? Auf diese Fragen fand sie keine Antworten.

Keine einzige Rolle sagte ihr zu. Die tapfere Kameradin? Die zu bemitleidende, starke Kämpferin? Die stolze verkrüppelte Einzelgängerin? Die brustamputierte Heuchlerin, die Schönheit vortäuschte, obwohl jeder Bescheid wusste? Sollte sie sich jetzt in die Arme eines mitleidvollen Mannes, eines mitleidigen Schwindlers retten und sich in eine Mutter- und Ehefrau-Rolle flüchten? Ulf würde sie, vielleicht triumphierend, auch ohne Brüste heiraten, aus masochistischer Lust, sich zu opfern und sadistischen Rachegefühlen, sie endlich besitzen zu können. Er würde sicherlich das Gefühl genießen sie, endlich, ganz für sich alleine zu haben. Benita wurde es übel bei diesen Gedanken. Welche Identitäten wären es wert, gelebt zu werden?
Ihre Phantasie, die sie sonst nie im Stich ließ, konnte mit keiner einzigen Rolle aufwarten, die sie in diesen verzweifelten Momenten nicht verwarf, nicht als unwürdig, beengend oder gar demütigend empfand. Florian zu Liebe hatte sie sich auch über alternativen Heilmethoden un-

terrichten lassen. Sie hatte sich, fast angestrengt, bemüht einen Hoffnungsfunken in sich entstehen zu lassen. Aber sie hatte eingesehen, dass sie ohne eine grundsätzliche, fundamentale Veränderung ihres Lebensstils und ihres Selbst nicht geheilt werden würde. Sie erkannte, dass auch eine Veränderung all ihrer Vorlieben, Lieblingsbeschäftigungen und Wertvorstellungen die Folge sein müssten.

Die nächsten Jahre, vielleicht das ganze ihr verbleibende Leben, würden sich nur noch um diese wuchernden Vampire in ihrem Körper drehen, die gegen ihren Willen die Lebensfreude aus ihr heraussaugten.
Wollte sie sich wirklich auf diesen allgemein heraufbeschworenen harten Lebenskampf einlassen, der Mangel, Verzicht und Schmerz bedeutete? Hatte sie sich nicht geschworen, nachdem sie die gewalttätige Enge ihres Elternhauses verlassen hatte, nie mehr wieder in eine wie auch immer geartete Abhängigkeit zu verfallen?

Ihr Rücken schmerzte fürchterlich. Die Tränen, die sie in der ersten Nacht vergossen hatte, waren längst versiegt. Die Wut, die am zweiten und dritten Tag in ihr gebrannt hatte, war verloschen. Ohnmacht und Hoffnungslosigkeit waren geblieben. Welchen Sinn konnte dieses Leben ihr noch bieten? Wieder landete sie auf der Suche nach Vorstellungen von einer Benita, die es, in ihren Augen wert war, gelebt zu werden. Sollte sie wirklich die alte, bekannte, geliebte Benita in den Müll werfen und sich auf das Abenteuer *Neues Leben - neue Benita* einlassen? Wie sollte das aussehen? Ihr fiel nichts dazu ein.

Lassen Sie sich Zeit, die Zeit heilt alle Wunden, hörte sie in weiter Ferne die Stimme des Professors als Antwort auf ihre Frage nach dem Danach? Was dann? Damals hätte sie noch schreien können. Aber heute rührte sich nichts mehr

in ihr. Die Bilder waren versiegt, die Gedanken erstorben.
Vor ihr breitete sich ein angenehmes dunkles Nichts aus.
Eine merkwürdige Kraft wuchs in ihr. Die Kraft der freien
Entscheidung.

Rätsel

Sie haben drei neue Nachrichten, empfing Florian die Computerstimme aus dem Sound System seines Laptops. Die Kaffeetasse in der rechten Hand haltend, drehte sich Flo auf seinem Stuhl nach links zu seinem Computer um und drückte mit der linken Hand die Tastenkombination *Steuertaste-O.* Er schlürfte einen Schluck Kaffee und entzifferte auf seinem Laptop den Text in englischer Sprache.

Sehr geehrter Herr Ciotti,
Leider muss ich Ihnen mitteilen, dass Herr Filoff gestern tot aus dem New Yorker Hafenbecken geborgen wurde. Die Todesursache ist ungeklärt.

Es liegen keine Anzeichen für Gewaltanwendungen vor. Die Polizei vermutet Selbstmord, da es sich bei Herrn Filoff angeblich um einen hoffnungslos an AIDS erkrankten Arzt handelte.

Herr Filoff hatte mir ihre E-Mail Adresse mit dem Hinweis gegeben, dass ich mich, bei Bedarf an zusätzlichen Recherchen in Deutschland, an Sie wenden könnte. Unser Verlag hat noch nicht entschieden, ob es unter diesen Umständen eine Veröffentlichung des neuesten Titels geben wird.

Mein herzliches Beileid.

Bitte melden Sie sich, falls Sie in nächster Zeit in N.Y. sind.

Mit freundlichen Grüssen

George Mac Shear

Lektor, HUNDT Verlag

<u>Anhang</u>: Zeitungsartikel, N.Y. TIMES

Bekannter Arzt begeht
Selbstmord wegen Aids

Zwei Hafenarbeiter entdeckten am frühen Morgen eine bereits leicht aufgedunsene, männliche Leiche im Becken III des Güterumschlaghafens in New York City. Polizeitaucher bargen den Toten, der als Prof. Dr. Dr. med. Nikolas Filoff identifiziert werden konnte. Die gerichtsmedizinische Untersuchung ergab, dass Prof. Filoff HIV-positiv gewesen war. Gewaltsame Einwirkungen von außen konnten als Todesursache ausgeschlossen werden. Die Kriminalpolizei bestätigte, dass der Aids-Kranke den Freitod gewählt hat.

Florian schlug mit der Faust auf den Tisch.

Verdammt noch mal! Armer Nick, was haben sie mit dir gemacht. Diese Schweine!
Er brüllte seine Wut hinaus und stieß mit dem Schuh gegen das Bein des schweigenden Schreibtischs.
Flos Faust sauste nochmals auf den Schreibtisch nieder. Warum, bitteschön, sollte ein AIDS-kranker Arzt ausgerechnet in ein schmuddelig, öliges Hafenbecken springen, um aus dem Leben zu scheiden, er hätte wohl elegantere Möglichkeiten für einen *Suizid* gefunden. Das stank zum Himmel, schien jedoch niemand zu interessieren. Mit keinem Wort wurde im Artikel das geplante Buch *AIDS-Lüge* erwähnt. Florian dachte an seine langen und ausführlichen Gespräche mit Nick. Dieser blühend aussehende alte Herr, weder schwul, noch drogenabhängig,

hatte kein Wort über eine eventuelle eigene Immunschwäche erzählt. Nie hatte Nick davon gesprochen selbst HIV-positiv zu sein.

Dichtung? Wahrheit? Hatte man ihn noch schnell infiziert, bevor man ihn ins dunkle Wasser geworfen hatte? Wer war an seinem Tod interessiert gewesen? Alles war so klar. So sonnenklar. Die im Buch Angeklagten hatten, wie sie bereits mit Brezels Tod deutlich gemacht hatten, großes, sehr großes Interesse daran, dass der Titel nie veröffentlicht werden würde. Der Tod des Autors und die lapidare Abhandlung als Selbstmord durch die offiziellen Stellen würde dem HUNDT-Verlag gewaltiges Kopfzerbrechen und wahrscheinlich auch kalte Füße bereiten. Das Spiel der Mächtigen würde vor dem relativ kleinen Verlag nicht halt machen. Sicherlich würde es diese Spieler nur ein müdes Lächeln kosten, mit einigen Millionen Dollar den HUNDT Verlag vollständig zu ruinieren.

Florian zitterte. Zuerst das Drama mit Benita und jetzt diese schreckliche Geschichte mit Nick. Ihm wurde übel. Das Schlimmste daran war nur, dass Florians zuletzt gehegte Vermutungen völlig bestätigt wurden.

Erstens: Nick hatte mit der AIDS-Lüge Recht gehabt, die Angstlawine, die er auf der Gegenseite losgetreten hatte, bekräftigte seinen Verdacht.
Zweitens: Der Journalismus war tatsächlich nur noch Handlanger der Mächtigen, der schlecht recherchierte Artikel sprach Bände.
Drittens: Es gibt eine Buch-Zensur.

Zweifel – ABEND VI

Florian stand mit seinem prächtigen Blumenstrauß vor Manus Zimmertür und klopfte leise an. Das Hausmädchen hatte ihn eingelassen und ihm ausgerichtet, er möge nach oben gehen, Amanuee erwarte ihn.
Hell und klar rief Manu:
„Komm herein, Flo, ich erwarte dich!"
Strahlend saß sie an ihrem gewohnten Platz am Fenster. Dieser rituelle Ort war unverändert – aber alles um sie herum hatte sich aufgelöst. Alles atmete Aufbruch. Alles war verändert. Der orientalische Salon hatte sich in ein Lager verwandelt. Die Beutestücke standen scheinbar wahllos im Raum herum verteilt, über-, auf- und nebeneinander. Die Bücherregale waren zum Teil ausgeräumt. Bücher stapelten sich auf Boden, Bett und Tischen. In altmodischen Körben waren, in alte Tücher und Decken gewickelt, Kunstgegenstände, Bilder, Kissen und sonstiger Kram verstaut. Das Gebiet um den Schreibtisch glich einem Schlachtfeld, und die vordem so gemütliche Sitz- und Liegelandschaft war nicht mehr vorhanden.

Amanuee hatte auf einen kleinen Tisch ein riesiges Messingtablett mit einem Meer von leuchtenden, flackernden Teelichtern gestellt. Die dicken, weißen Kerzen nahe der Bücherwand und die Öllampen waren entzündet. Es roch betörend nach Rosen. Florian blieb der Mund offen stehen. Ungläubig sah er sich im Zimmer um, das jetzt in der Abenddämmerung mit den flackernden Lichtern und den überall lagernden Gegenständen auch an einen orientalischen Basar erinnerte. Nur die mit Düften geschwängerte Luft verriet, dass er sich in Amanuees Privatgemächern befand.
Nicht weit von Manu entfernt stand der alte Ledersessel, auf dem immer eines dieser prunkvollen Tücher gelegen hatte. Flo setzte sich, wie benommen, hinein. Sprang aber

gleich wieder auf, um Amanuee seinen üppigen Blumenstrauß zu überreichen. Er hatte Freilandrosen, Sommerblumen und Gräser für Manu gekauft, zur Feier des abschließenden Erzählabends.

„Amanuee, ich wollte mich von Herzen bei dir bedanken, da heute unser letzter Abend ist. Aber bitte sag mir, was ist hier los? Was hast du vor?"

Amanuee sah ihn mit einem spitzbübischen Lächeln an. Sie stand auf und steckte erst einmal, ihm eine Antwort schuldig bleibend, die herrlichen Blumen in einen bauchigen Krug. Zielsicher fischte sie ihn aus einem der großen Körbe. Barfuß, wie immer, huschte sie aus dem Zimmer, um Wasser in die Kanne zu füllen. Florian sah sich um und konnte sich keinen Reim aus dem Chaos machen. Wollte sie den Raum streichen? Zog sie um? Wollte sie den Raum nur verändern und umstellen? Acht Wochen waren vergangen seit Pauls Tod. War das bedeutsam? Nächsten Montag würden es neun Wochen sein.
Er nahm Manu den schweren Krug mit den Blumen ab, und platzierte sie in ihrer Blickrichtung auf einem antiken Kasten, auf dem er gerade noch ein wenig Platz dafür fand.

„Lieber Florian, deine Mutter hat dir scheinbar noch nichts von meinen Plänen erzählt. Sie weiß es allerdings auch erst seit drei Tagen: Ich verlasse euch. Ich gehe auf Reisen. Dieses Haus werde ich freigeben. Meinetwegen, könnt ihr alle hier wohnen, groß genug ist es ja. Die Organisation liegt bei meinem Treuhänder Herbert, er hat die Unterlagen und regelt alles mit euch. Miete muss niemand bezahlen, aber es soll instandgehalten werden. Auf alle Fälle werde ich es erst einmal noch in meinem Eigentum behalten. Du weißt, Abhängigkeit gehört nicht zu meinen Stärken.

Florian, für mich ist wieder einmal der Moment für einen Neubeginn, für eine Veränderung gekommen. Die schreckliche Nachricht von Nicks Tod, eigentlich sollte ich Mord sagen, und auch Benitas Krankheit passen nur noch zusätzlich zu meiner Entscheidung, die schon seit Längerem feststeht. Das Leben geht weiter, wenn auch oftmals anders, als wir gedacht haben. Stagnation bedeutet, dass wir mit unserem eigenen göttlichen Selbst nicht im Fluss sind. Nur geistige Erweiterung und Ausdehnung des Bewusstseins lassen immer wieder neue Freude und neues Licht in unser Leben herein. Aber das bedeutet auch äußere Veränderung, Trennung und Einfachheit. Es bedeutet Aufbruch ins Unbekannte. Ich habe das Gefühl, dass aufregende Abenteuer auf mich warten.

Ich gebe nichts auf. Ich *entlasse* meine Freunde, meine Verwandten, dieses Haus, diesen Platz, all diese Dinge, die in meiner Wirklichkeit sind, mit leichtem Herzen. Ich gebe nichts auf, was ich lieber behalten möchte, denn dann wäre ich nicht bereit, es zu tun.

Florian, gib nie etwas auf, das du nicht aufgeben möchtest, weil du es liebst oder behalten willst. Denn das bedeutet, dass du noch nicht bereit bist. Wenn du es trotz-dem tust, wirst du es beklagen, dich hassen und dich ver-achten. Setze Veränderungen immer entsprechend deinem eigenen Rhythmus um, so kommst du in den natürlichen Fluss deiner ureigenen Weiterentwicklung."

Sie lächelte nachdenklich, strich einige Male mit ihren schmalen Händen über ihren geliebten Kaschmir Schal, den sie locker um die Schultern gelegt hatte. Sie sah Florian herausfordernd an. Florian schüttelte ungläubig grinsend den Kopf. Man sah ihm an, dass seine Gedanken Saltos schlugen.

„Manu, eins muss ich dir lassen, du bist immer für Überraschungen gut. Ich finde es aber wirklich traurig, schade. Gerade jetzt! Ich komme mir ganz verlassen vor!"

Es platzte spontan aus ihm heraus. Er musste über sich selbst lachen. Er, der sich vor Kurzem noch mit griesgrämigen Selbstverwünschungen zu den selbst auferlegten abendlichen Pflichtterminen geschleppt hatte, empfand es als traurigen Verlust, dass die alte Amanuee gerade jetzt ging. Jetzt, da er sie zu seinen engsten Vertrauten zählte, jetzt, da er sie fast attraktiv und jugendlich empfand, jetzt, da er sie zu brauchen glaubte. Sie war die einzige, mit der er seine dringendsten Fragen besprechen konnte.
„Liebe Großmama, bitte verrate mir deine Pläne, ich bin geplättet."
„Gerne, aber nur kurz und nur soweit ich sie selbst schon kenne. Ich gehe auf Reisen, mit ungewisser Dauer. Diesmal zieht es mich zunächst in den Kaukasus, dann in die Mongolei. Zunächst werde ich nach Tiflis, der Hauptstadt Georgiens, fliegen und dort einen befreundeten Künstler aufsuchen. Nicolas ist so um die 50 Jahre, Filmemacher und Regisseur. Er hat einen der für mich aufregendsten Filme gedreht, die ich in diesem Leben gesehen habe. Ein alchemistisches kaukasisches Märchen. Es spielte in den Bergen Georgiens und berührte und verzauberte mich zutiefst und nachhaltig.

Dann möchte ich weiterziehen nach Ulan Bator in die Mongolei. Dort hoffe ich eine Schamanin zu treffen, von der ich gehört und gelesen habe und mit der ich bei meinen geistigen Reisen in Kontakt gekommen bin. Unsere Mutter Erde ist, wie jeder Mensch bewusst oder unbewusst inzwischen körperlich und geistig erfährt, in einem tiefgreifenden Umwandlungsprozess begriffen. Jeder ist hiervon betroffen und kann sich entscheiden mitzumachen oder sich abzuschotten. Gleichgültig, wie er sich entscheidet, die Veränderung findet statt.

Florian, hast du schon einmal etwas vom Aufstieg der Erde und der Menschen gehört oder vom sogenannten Lichtkörperprozess? "

Manu sah Florian fragend an, der wiederum zuckte nur verneinend mit den Schultern und schüttelte den Kopf. Von diesem Eso-Schwachsinn hielt er immer noch nicht allzu viel. Andererseits war nicht zu übersehen, dass Dinge an die Oberfläche kamen, geschahen – und in einem Tempo geschahen –, die er nicht mehr einzuordnen vermochte. So mancher Bezugspunkt war auch ihm bereits flöten gegangen.

Durch die letzten Abende mit Manu und durch die dramatischen Vorfälle der letzten Wochen, rechnete sich Florian inzwischen heimlich schon zu den *Spiri-Infizierten* und *Verseuchten,* zu denjenigen, die in den Augen der Normalbürger bereits nicht mehr normal waren. Und Florian wurde immer klarer, dass er mit dieser NORM auch nichts mehr zu tun haben wollte.

„Aufstieg, Lichtkörperprozess? Keine Ahnung. Nie gehört. Was soll das sein?"

Rat- und planlos blickte Flo zu Manu.

„Vielleicht hast du schon einmal gehört, dass unserem Planeten Erde und uns Menschen eine gewaltige Veränderung in ein neues Zeitalter bevorsteht. Vielleicht war es nie so spannend wie gerade jetzt, auf dieser Erde zu leben. Mutter Erde ist der Planet in den Galaxien und Universen, der am äußersten Rande liegt und daher am weitesten von der Quelle entfernt ist. Hier besteht daher auch die größte Vielfalt, andererseits die größte Dichte, Dunkelheit und Schwere – äußerste Polarität.

Wenn dich das neue Zeitalter interessiert, empfehle ich dir, die entsprechende Literatur zu lesen. Es gibt eine ganze Menge. Nur soviel dazu: Der Mensch und die Erde sind gerade dabei, sich vom weitest entfernten Punkt im Universum wieder auf den Weg zurück zur Quelle zu begeben. Diese galaktische Flutwelle des Lichts bringt eine Schwingungserhöhung, völlig neue Energiestrukturen, neue planetare Magnetgitter – Träger der morphogenetischen Felder – sowie andere biologische und physiologische Strukturveränderungen mit sich.

Kosmisch gesehen ist unser Planet eben ein Versuchsplanet mit der größten Verdichtung der göttlichen Energie. Dank des kosmischen Plans kann sich die Wesenheit Erde und die Menschheit nun auf eine nächsthöhere Stufe in andere Frequenzbereiche entwickeln. Das bezeichnet man als Aufstieg.
Dies bewirkt eine Frequenzerhöhung und damit ein verändertes Bewusstsein der Menschheit – du kannst es bei den Kindern am besten sehen. Sie kommen hier auf der Erde bereits mit veränderten Fähigkeiten an. Vielleicht hast du schon mal von Indigo-, Kristall- oder Spiegelkindern gehört. Das kannst du annehmen oder auch nicht. Toleranz und Gelassenheit sind wichtige Helfer in diesem Prozess.

Mir geht es blendend, und ich möchte in diesem Leben noch eine Menge für mich erreichen und an mir verändern, wie ich überzeugt bin, zum Wohle aller. Sicherlich stimmst du mit mir darin überein, dass tiefgreifende Veränderungen in dieser Welt nur durch die Veränderung jedes Einzelnen ausgelöst werden können. Also werde ich mich wieder auf die Reise begeben, stehen bleiben wäre für mich langweilig und überhaupt unerträglich."

Sie lachte und warf dem verdutzten Flo, der mit offenem Mund in seinem Sessel saß spielerisch ein kleines Kissen in den Schoß. Er schrak auf und schloss seinen Mund. Plötzlich sprang Flo laut johlend aus seinem Ledersessel, vollführte eine Art Indianertanz und sang:
„Amanuee, uh tiki tiki tiki he, Amanuee ee manu, manu, manu, manu uu e iii oo."
Dann drehte er sich nochmals wild im Kreis und rutschte Manu, mit einem langen Bauchplatscher-Delphin auf dem staubigen Parkett, hinweg über Kisten und Körbe, vor die Füße.
„Liebste Amanuee, wenn du nicht meine Großmutter wärst und nicht schon einige Jährchen älter als ich, dann würde ich dir jetzt vielleicht einen Heiratsantrag machen!"
Er umarmte sie herzlich. Beide lachten, Amanuee wie ein junges Mädchen und Florian wie ein kecker Galan aus einem Stegreifspiel. Flo machte befreiende Bocksprünge über Kästen und Bücher, wie ein junges Böcklein. So albern hatte er sich seit langem nicht mehr aufgeführt, so kindisch war er ewig nicht gewesen, aber es machte Spaß, Spaß, Spaß ... und Manu amüsierte sich köstlich. Als er wieder zur Ruhe gekommen war und der Recorder endlich lief, begann Amanuee mit ihrer letzten Erzählung.

„Mein Zusammensein mit Paulchen, so nannte ich ihn teils liebevoll, teils mich über seine Größe lustig machend, war anfänglich, wider Erwarten, ein wilder, manchmal grausamer, aber immer ehrlicher Kampf mit mir selbst. Alles, aber auch alles, war bei ihm anders als bei allen anderen Männern, mit denen ich zusammengelebt hatte. Bei den Äußerlichkeiten ging es los, und ich hatte gedacht, dass ich längst nicht mehr an solchen Din-gen wie Geschmack und Formen klebte. Paul belehrte mich eines

Besseren. Ich lernte Seiten an mir kennen, von deren Existenz ich keinen Schimmer gehabt hatte. So machten mir z.B. unser Größenverhältnis zu schaffen, das mit keinem Klischee übereinstimmten.

Paul spiegelte mir all meine Äußerlichkeiten, wie ein großer, neutraler Spiegel. Mit liebendem Herzen und einem großzügigen Lächeln in den Augen ertrug er meine Ausbrüche und aufgeregt-hysterischen Kritikanfälle solange, bis ich selbst über mich lachen musste. Es war so ungewohnt für mich, mit einem spirituell denkenden und fühlenden Mann zusammen zu leben, dass ich immer wieder versuchte, mir zu beweisen, dass das gar nicht möglich wäre. Immer öfter suchte ich nach Möglichkeiten, mir zu bestätigen, dass diese Beziehung nicht lebensfähig sein würde. Ich konfrontierte Paul mit Menschen, die ihn langweilten, um ihm nachher seine Sprachlosigkeit und sein Desinteresse vorzuwerfen. Ich half in seiner Praxis aus, um ihm danach in langen Gesprächen klar zu machen, dass seine leise und bestimmte Umgangsweise mit Patienten nicht wirkungsvoll sei. Ich schimpfte über seine asoziale Lichtnahrung, über seine Andersartigkeiten – kurzum, ich ließ kein gutes Haar an ihm. Meine Scham über mein Benehmen nahm von Monat zu Monat zu. Chiara und Tizia hatten sich längst auf Pauls Seite geschlagen und konnten mit ihrer keifenden Mutter nichts anfangen.

Vielleicht, lieber Florian, übertreibe ich ein wenig, aber es war ziemlich schrecklich und völlig unnötig, weil ich sehr glücklich mit ihm war, nur eben nicht mit mir. Mehr als einmal überlegte ich, ob ich mich unter diesen Umständen nicht von Paulchen trennen sollte. Das Dumme war nur – ich fand keinen Grund, es gab keinen einzigen triftigen Grund! Noch nie hatte ich mit einem Mann auf jeder Ebene so hervorragend harmoniert. Irgendwann fing ich an, Paul

um Hilfe zu bitten. Unser Gespräch an einem dieser herrlich kuscheligen Winterabende ist mir noch sehr gegenwärtig. Mizzi, meine dreifarbige Tiger-katze, lag auf meinem Schoß, und unser lieber Tacitus, ein strubbeliger Mischlingshund, schnarchte zu Pauls Füßen. Die zwei Mädchen schliefen bereits fest. Am Nachmittag hatte ich Paul eine unnütze, lächerliche Szene hingelegt, weil er sich eine meiner Meinung nach geschmacklose Winterjacke gekauft hatte. Das waren meine allergischen Punkte, bei denen ich völlig irrational und kleinlich überreagierte. Mein letzter Satz war, das weiß ich noch wie heute:
„Dann muss ich dich eben verlassen, wir passen einfach nicht zueinander!"
Am Abend entschuldigte ich mich bei Paul und bat ihn, mir zu helfen, endlich aus dieser sich immer wiederholenden Schleife der Verurteilungen und des *Alles-in-Frage-Stellens* herauszukommen. Paul geleitete mich sanft zu einem einleuchtenden Begriff, den ich in meiner spirituellen Überheblichkeit für mich längst völlig ausgeklammert hatte:

ZWEIFEL.

Dieses unauffällige Wort mit den sieben Buchstaben, sollte bei mir eine Lawine auslösen, samt Erdrutsch, Erdbeben und Vulkanausbruch.
„Z" wie zermürben, „W" wie wiederholen, „E" wie ein-sam, „I" wie irren, „F" wie falsch, „E" wie energielos, „L" wie Langeweile:

ZWEIFEL.

Ich war zerfressen von Zweifeln, die ich gerne mit Etiket-ten wie Vernunft, Realismus oder gar Intuition versah. Was war am Zweifel eigentlich so destruktiv? Ich begann darüber nachzudenken. Sobald ich anfing, mich mit diesem Thema auseinanderzusetzen, fühlte ich mich unangenehm unsicher, kühl und energielos. Meine letzten Designarbeiten kamen mir in den Sinn.

Sie waren, ganz entgegen der Regel, von meiner Vertragsfirma und dem neuen Art Director nicht abgenommen worden. Mich hatte diese Niederlage sehr geärgert, und ich war sauer und fast ein bisschen beleidigt. Ich hatte trotzig beschlossen, auf meiner Vorlage zu bestehen und meine Vorschläge durchzufechten. Schuld an dieser ganzen ärgerlichen Misere, bei der es auch um viel Geld ging, das ich dringend benötigte, war natürlich der neue Art Director. In meinen Augen ein ziemlich unfähiger junger Mann, mit wenig Berufserfahrung, überdimensioniertem Ehrgeiz und der Hybris, von einem der besten Marketing- und Design-Institute des Landes zu kommen.

Natürlich hatte ich schon vorher daran *gezweifelt,* dass wir zusammenarbeiten könnten und dass er die Qualität meiner Arbeiten anerkennen würde. Da war es, dieses unscheinbare, kleine Wörtchen *zweifeln,* das sich so gerne unauffällig einschlich und die herausragende Fähigkeit hatte, sich immer selbst zu bestätigen. Mir fiel auf, dass ich nicht der Typ Mensch war, der ständig seine eigenen Fähigkeiten und Möglichkeiten anzweifelte und der sich dies immer wieder bestätigte. Ich hatte ein anderes eingefahrenes Muster auf Lager, das mich immer wieder behinderte und blockierte:

Ich zweifelte an den anderen! Damit gab ich nur wenigen Menschen in meinem Umkreis eine Chance, kreativ, konstruktiv und harmonisch mit mir zusammen zu leben und zu arbeiten. Da ich in meinem kleinen Leben gelernt hatte, dass man die Fehler, die man bei anderen sehen kann bzw. sieht, immer auch selbst hat, ging bei mir auf einmal eine Glühbirne an: Waren diese Zweifel Projektionen? Ich zweifelte ergo an mir selbst und projizierte meine Zweifel auf Außenstehende, um mich nicht selbst als Zweiflerin zu sehen!

Wieder einmal war alles so offensichtlich, und doch hatte ich nie zuvor die Lupe auf dieses unscheinbare Gebiet gerichtet. Erst unter dem Vergrößerungsglas erkannte ich eine enorme Energieform, die ich ständig nährte. Ich sah eine riesige, graue, wattige Masse, die durch einen Schlauch mit meinem Herzen verbunden war. Wie eine dunkle, unheilvolle Wolke schwebte sie vor mir, an langer Leine, mit mir verbunden, umwolkte und umnebelte meinen Blick auf Menschen und Situationen. Ich konnte eine besorgte Fratze in diesem Wolkengebilde erkennen, die ständig den Kopf schüttelte und warnte:

Das geht nicht, der/die kann das nicht, nein, das wird schief gehen, das kann nicht funktionieren, das ist nicht möglich oder machbar, das ist noch nie gegangen, das wird nicht gehen, das glaube ich nicht, das gibt es nicht, das kann es nicht geben, du musst eben alles selbst machen, sonst klappt es nicht, usw.

Ich war fassungslos. Immer hatte ich geglaubt, dass mein Blick auf Menschen und Situationen verhältnismäßig ungetrübt wäre. Nun konnte ich erkennen, dass meine Zweifel viele Möglichkeiten verhinderten und einen ungehemmten Energiefluss blockierten. Diese dicke dunkle Wolke, mit der ich wie mit einer Nabelschnur verbunden war, hinderte mich am Vorwärtsgehen. Und sie war außerdem das, was ihr heute einen Energy-Sucker oder Aufmerksamkeits-Vampir nennen würdet.
Wie ein Vampir nämlich saugte dieses Wolkenwesen Lebenslust, Vertrauen und Tatkräftigkeit aus mir heraus. Blies sich mit meinen zweiflerischen Gedankenformen immer dicker auf und nahm eine solche Schwere, Größe

und unumstößliche Realität an, dass es mir unmöglich war, durch diese Wand hindurch zu sehen. Meine Zweifel vernebelten alles und machten mich schwer und bewegungsunfähig. So ließ ich von Projekten ab, von Vorhaben, von Zielen und Visionen.

Die machtvolle Präsenz des Zweifels besitzt nämlich eine ganz besondere Qualität: Sie verwirklicht sich sofort und bestätigt damit deine Meinung immer und immer wieder, sowie zugleich damit ihre eigene Existenz. Bezweifelte ich, dass ich einen hohen Preis für einen Entwurf erzielen könnte, traf das genauso ein, und meine Zweifel bestätigten sich. Zweifelte ich an Tizias Zuverlässigkeit, konnte ich sicher sein, dass sie erst um drei Uhr früh und nicht, wie ausgemacht, um Mitternacht nach Hause kam. Bezweifelte ich Pauls partnerschaftliches Verhalten, vergaß er hundertprozentig darauf, seine freien Tage in unsere Ferien zu legen. Mit diesem schweren, undurchdringlichen Wolkengebilde war es wie verhext.

Einerseits übersah ich den Zweifel sehr leicht, andererseits war seine Macht unübersehbar. Umwerfend selbstverständlich bekam er immer Recht und entzog sich hinterlistig meinen Blicken. Er hatte sich mit meinem Intellekt verbündet und meine Vernunft unterstützte ihn, wo sie nur konnte. In meiner alten Gewohnheit, meinen Alltag gerne mit dem Kopf zu regeln, tappte ich daher ständig in dieselbe Falle. Zu diesem Phänomen gehörte, dass ich nur in den seltensten Fällen meine Zweifel anzweifelte, da Zweifel für mich zur Kategorie *Realität, Vernunft, Intellekt, Wahrheit* gehörten.
Glaube versetzt Berge, und Zweifel hält sie an ihrem alten Platz fest. Meine Zweifel hielt ich oft für unumstößliches Wissen, für Realitäten und erkannte sie nicht einmal als Zweifel. Und dabei vergaß ich ganz, dass ich mir mit meinen Zweifeln meine Realitäten erst erschuf.

Situationen zogen an mir vorüber, in denen ich, felsenfest
überzeugt von der Richtigkeit meiner Annahmen, gar nicht
bemerkt hatte, dass es eigentlich Zweifel gewesen waren,
mit denen ich alles erstickte.

Chiara z.B. war immer eine mittelmäßige Schülerin
gewesen, ich hatte *einfach gewusst*, dass sie die 7. Klasse
nicht schaffen würde, anders ausgedrückt, *ich hatte daran
gezweifelt*, dass sie die Klasse schaffen würde. So hatte ich
sie und ihre schulischen Leistungen mit meiner dicken
schwarzen Wolke des Zweifels umhüllt und das Meinige
dazu beigetragen, dass sie dieses Jahr wieder-holen
musste. Wer weiß, wie es ausgegangen wäre, hätte ich an
sie und ihre Fähigkeiten geglaubt!

Auch Geld war meinerseits ein beliebtes Thema die
Zweifel-Wolke zu vergrößern. *Diese Firma kann mir für
meine Arbeit nicht mehr bezahlen, intern haben sie gerade
so viele Schwierigkeiten ..*, oder: *Die Wohnungspreise in
Hamburg sind ebenso hoch, und ohne Maklerprovisionen
zu bezahlen, kann man keine schönen Häuser bekommen,*
oder: *Ich werde keine Aufträge mehr bekommen, der
Markt ist momentan überlaufen,* oder: *Alle Frauen
verdienen in diesem Job weniger als Männer.* Nie war mir
aufgefallen, dass ich zweifelte. Für mich waren all diese
Aussagen unumstößliche Realitäten gewesen, an denen ich
nichts ändern konnte. Sie verwirklichten sich so, weil es
Naturgesetze waren. Nie war ich auf die Idee gekommen,
dass es an mir und in meiner Macht lag, diese Realitäten
zu ändern. Beinahe noch im Moment der Erkenntnis
zweifelte ich daran, dass diese *Es ist so / Es geht nicht / Es
war so / Es wird so sein*-Realitäten durch meinen Glauben
veränderbar wären. Ich bekam damals sofort eine gute
Gelegenheit serviert, meine neuen Er-kenntnisse
auszuprobieren.

Der neue Art Director, ein Herr Fenchel, hatte zum Ende der Woche um die Veränderung meiner Entwürfe gebeten. Nachdem ich bereits seit vier Wochen wie ein störrischer Esel die Arbeit verweigert hatte, blieben mir nun noch drei Tage Zeit, eine neue Porzellankollektion zu entwerfen, das war zu wenig. Also musste ich mich nach einer anderen Strategie umsehen. Systematisch ging ich daran, meine Zweifel an Fenchels Fähigkeiten abzubauen, meine Zweifel an seinem Geschmack, an seiner Berufserfahrung, meine Zweifel an seinen menschlichen Qualitäten, meine Zweifel an seiner Kompetenz. Je mehr ich mich mit diesem Fenchel beschäftigte, desto aggressiver wurde ich. Mit Entsetzen wurde mir klar, mit wie viel unschönen Adjektiven und borstigen Prädikaten ich diesen armen Wurm versah. Ehrlich gesagt ließ ich kein einziges gutes Haar an ihm! Für mich war er ein Emporkömmling, Schleimer, Aufschneider und eingebildeter Nichtskönner. Ich zweifelte also nicht nur an seinen Fä-higkeiten, sondern auch an der Möglichkeit, mit einem solchen Menschen jemals in kollegialer und freundschaftlicher Beziehung zu stehen. Das Wolkengebilde, mit dem ich diesen armen Menschen würgte, war also nicht ein-mal grau, sondern bereits tiefschwarz. Nur zu verständlich, dass Fenchel keinerlei Veranlassung hatte, mich als freie Mitarbeiterin weiter zu beschäftigen. Außer er hätte masochistische Seiten in sich befriedigen wollen.

Inzwischen, lieber Florian, bin ich mir sehr sicher, dass jeder Mensch alles, was wir über ihn denken, von ihm halten, alle unsere Meinungen, Wünsche und auch Widerstände, die wir gegen ihn haben, empfängt, energetisch speichert und registriert.

Daher kommen dann unsere Beurteilungen wie: *Der/die ist mir sympathisch, wir schwingen gleich* oder auch *wir haben nichts gemeinsam, ich kann den/die nicht riechen.*

Diese unsichtbare Resonanz der Felder kommt zustande oft ohne auch nur ein Wort miteinander gewechselt zu haben. Und je mehr Aufmerksamkeit oder Energie wir in Themen projizieren, desto mehr Widerhall, in welcher Färbung auch immer, wird sich einstellen.

Zurück zu Herrn Fenchel: Ich begann damit, mit ihm Frieden zu schließen, indem ich versuchte, meine Standpunkte zu verändern, meine negativen Gedanken zu neutralisieren und mit Licht zu lockern. Dieser unscheinbare Fenchel gehörte zu den hartnäckigsten Nüssen, die ich zu knacken hatte. Gerade weil ich dieses Thema als so lächerlich und klein betrachtete, hatte es mir seine wahre Größe gar nicht enthüllt. Bei Fenchel war es mir fast nicht möglich, meinen Standpunkt zu verlassen. Ich beharrte mit einer Selbstverständlichkeit in meiner Betrachtungsweise und Realität, die keinerlei Platz für Veränderung öffnete. Erst als ich, angeregt durch Pauls Rat, Herrn Fenchel immer wieder in Wolken des Mitgefühls hüllte, mich mit Mitgefühl in seine Kindheit versetzte, mich mit Mitgefühl in sein Privatleben schlich, seine Karrierepläne und Ziele mit Mitgefühl verfolgte, fing sich an mein Standpunkt allmählich zu verändern an.

Ich entdeckte endlich ein zerbrechliches, liebenswertes Wesen Mensch, das einen festen Schutzwall um sich herum aufgebaut hatte, um nicht von Gegnern wie mir schmerzlich verletzt zu werden. Ich hörte mit meinen, zugegebenermaßen, mühseligen Übungen erst auf, als ich auf das Wort Fenchel nicht nur nicht mehr reagierte, sondern ihn sogar mochte. Irgendwann kam ich zu dem Punkt, dass ich davon überzeugt war, unsere Arbeitsbeziehung würde eine positive Wendung nehmen.

Florian, ich konnte es nicht fassen, aber unser nächstes Telefonat verlief positiv. Er setzte mich davon in Kenntnis, dass er mich an die internationale Abteilung der Firma weitergereicht hätte, die von meinen alten Entwürfen begeistert wären und meine neue Kollektion in einem Monat erwarteten. Ich war sprachlos. Seit einigen Jahren hatte ich bereits mehrmals versucht, bei dieser Ab-teilung zu landen, und immer war ich gescheitert. Nun hatte er es für mich getan, Fenchel hatte mir das Entrée bereitet. Es war unglaublich.

Nach diesem Erfolgserlebnis war Paul an der Reihe, mein viel geliebter Paul. Zunächst wollte mir gar nichts einfallen! Ich zweifelte weder an unserer Beziehung noch an seiner Liebe zu mir und umgekehrt noch an unserem dauerhaften Glück. Wo lag denn dann der Hase im Pfeffer? Woran zweifelte ich bei mir, dass ich meinen Zweifel auf ihn projizierte?
Da mir nichts einfiel, legte ich mich hin, wie es so meine Art war, und schloss die Augen. Eine Stunde später wachte ich aus einem tiefen, dumpfen Schlaf auf. Untrügliches Zeichen dafür, dass ich mir diese Problematik gar nicht ansehen wollte. Immer, wenn ich mit etwas nichts zu tun haben wollte und meine Widerstände besonders groß waren, schlief ich ein. Welch wunderbare Flucht.
Irgendwann schaffte ich es, mich damit zu befassen ohne gleich einzuschlafen: Ich sah mich auf einem Stein in einer herrlichen Blumenwiese sitzen. Ein zahmes Rot-kehlchen saß auf meinem Knie, eine Schwalbe setzte sich auf meine Hand. Alles schien paradiesisch zu sein. Die Vögel zwitscherten, am Horizont sah ich ein Reh äsen, die Sonne schien warm auf meine Stirn. Ich legte mich als diese zarte Frau nieder und schloss die Augen. Es war ein Film im Film:
Die Träumende sah einen monumentalen Schwarzweiß-Film vor ihren Augen ablaufen. Hauptdarsteller waren Männer, in einem mir nicht erkenntlichen Land, in einer mir fremden Zeit, welche unendliches Leid über die

Frauen brachten, sie im Kindesalter missbrauchten, sie kaum geschlechtsreif zu ihren Frauen machten, sie, kaum zwanzig Jahre alt, bereits als verbraucht wegwarfen, sie untertan und abhängig machten, quälten, wie Dreck behandelten und sie mit ihren Kindern mittellos sitzen ließen. Einige dieser Männer trugen bekannte Züge: Raimon und Ben schienen unter ihnen zu sein. Als diese Träumende, noch immer in der herrlichen Blumenwiese liegend, erwachte, fasste sie den Entschluss, sich nie mehr mit Haut und Haar auf eine Beziehung zu einem Mann einzulassen.

Sie gelobte einem fernen Gott, dem Vater allen Seins und der strahlenden Mutter Erde, solange sie in einem weiblichen Körper auf ihr wandle, sich nie mehr von männlichem Sein abhängig zu machen. Ich sah die junge Frau zu einem Ort, eingebettet in grüne Hügel, schreiten. Das Ritual der Träumenden, die in das lange, weiße Kleid einer Hohepriesterin geschlüpft war beinhaltete Feuer, Wasser, Erde und das Blut einer Henne. Der Vollmond leuchtete hinter gespenstischen Zypressen grell auf den magischen Ort, an dem sie, umgeben von Frauen, jungen und alten, ein Ritual vollzog und wiederum den Schwur ablegte, sich nie mehr dieser männlichen Kraft auszuliefern. Irgendwann verschwammen die Bilder vor meinem Blick.

Als ich meine Augen wieder aufschlug, hatte ich Tränen in den Augen und war von einer lichten Zufriedenheit und Ruhe erfüllt.

Paul, der mich auf dieser Reise mit liebevoller Aufmerksamkeit begleitet hatte, erinnerte mich daran, die Bilder aufzulösen, auch wenn sie ein angenehmes Gefühl in mir hinterlassen hätten. Diese wundersame Geschichte, die ich vor meinem inneren Auge gesehen hatte, machte mich nachdenklich. Konnte es wirklich sein, dass ich, die die

Männer so liebte, einmal gelobt hatte, mich nie mehr auf sie einzulassen? Zweifelte ich tief in mir an der Möglichkeit einer harmonischen, friedvollen und liebevollen Beziehung zwischen Mann und Frau? War es möglich, dass ich nicht an heile Beziehungen glaubte, sondern nur an den Kampf der Geschlechter? Wenn mein Zweifel an der Liebe zwischen Mann und Frau so gewaltig war, dann würde ich niemals mit Paul eine gesunde Partnerschaft leben können.

In den nächsten Tagen beschäftigten mich diese Erlebnisse noch sehr. Nach und nach tauchten Puzzleteilchen auf, die perfekt in dieses Bild meines plötzlich an der Oberfläche erschienen Themas passten. Wenn mir vorher jemand gesagt hätte, dass ich im Grunde meines Herzens nicht an die Harmonie und Liebe zwischen Mann und Frau glaubte, ich hätte ihn fröhlich ausgelacht. Bei diesem Thema war ich meiner selbst immer sicher gewesen und hatte im Außen wie im Innen, die Liebe zwischen Mann und Frau immer verteidigt und als selbst-verständlich erklärt. Doch das Leben spielt sich in dieser Dimension eben noch in der Dualität ab, und gegensätzliche Meinungen über ein und dasselbe Thema schließen sich keineswegs aus, sondern bedingen sich gerade zu.

Dieses Erlebnis hatte mich völlig verändert. Meine Zweifel an Paul waren wie weggeblasen und für uns begann eine unbeschreibliche Zeit. Unsere Wahrnehmung wurde immer feiner, wir entwickelten andere Möglichkeiten der Kommunikation, die man gemein hin mit Telepathie umschreibt. Wir erforschten immer weiter die Möglichkeiten unseres Bewusstseins. Zeit bekam eine neue Dimension, und das belebte Universum begann uns ganz allmählich einige seiner Geheimnisse zu offenbaren. In den Nächten verschmolzen wir zu göttlichem Licht.

Pauls geniale erotische Techniken, mit der er Orgasmen nacheinander haben konnte, hatte sich inzwischen überholt. Sie hatte uns mehrere Jahre viel Freude bereitet, aber nun eroberten wir andere Bereiche. Paul erzählte mir, dass diese Praktiken seit Jahrtausenden zum elementaren Wissen höherer Einweihungsgrade spiritueller Schulen gehöre. Otto Normalbürger durfte davon natürlich nichts erfahren, schließlich ist die Lust ein machtvoller Einflussbereich aller Tyrannen.

Wir entwickelten uns weiter und fanden nach und nach zu spannenderen Möglichkeiten, uns in göttliche Vibrationen einzuschwingen und uns in Liebe zu verbinden.

Vor fünf Jahren entschloss dann auch ich mich, meine Ernährung auf Lichtnahrung umzustellen. Dieser einundzwanzig Tage-Prozess waren ein unbeschreibliches Erlebnis, und es war weit einfacher und müheloser, als ich mir es vorgestellt hatte. Nun habe ich auch in diesem Bereich immer die Freiheit der Wahl: Ich kann essen, was mir Spaß macht, ich darf unendlich genießen, aber ich brauche es nicht und bin völlig unabhängig von grobstofflicher Nahrung. Mehr denn je bin ich der Meinung, dass wir Menschen in diesem dritten Jahrtausend eine Entwicklung durchleben werden, die die Menschheit und die wundervolle Wesenheit Erde und die göttliche Menschheit in eine neue Schwingung, eine neue Wahrnehmung und ein erweitertes Bewusstsein versetzen wird. Ich weiß, dass wir göttliche Wesen sind, die eine Menge Einfluss auf diese Entwicklung haben.

Wie unten so oben. Unser freier Wille und unsere Entscheidungen verhallen nicht ungehört in diesem riesigen Universum. Es ist unsere freie Entscheidung, welchen Weg wir einschlagen. Und das Licht unserer Herzen wird auch noch in dem am weitest entfernten Universum empfangen, denn wir sind mächtige, göttliche Wesen, und alles basiert auf Resonanz. Das ist es, was uns die Machtgierigen, Angstmacher und Religionsführer, das Schattenkabinett der mächtigen Logenbrüder und Magier in aller Welt, die überall unsichtbar die Fäden ziehen, absprechen wollen.

Aber lieber Florian, wir wissen – in Wahrheit sind wir das Abbild Gottes und jeder von uns hält Macht in Händen. Wenn wir unsere Fähigkeit, Mitschöpfer unserer Wirklichkeiten zu sein, JETZT annehmen, werden wir den Schleier der Illusion zerreißen und das Eins-Sein im Kleinen wie im Großen leben! Meine Liebesbeziehungen haben mir die Heimkehr in die göttliche Freiheit erschlossen und leicht gemacht. Für mich waren die intensiven Trennungsgefühle, die ich zwischen Männern und Frauen erlebte, das Vehikel, um mich aus der illusionären und verzerrten Anschauung dieser polaren Begrifflichkeiten herauszuschleudern und mich wieder mit der Urquelle zu verbinden. Jeder wählt einen anderen Weg, der Meine führte mich durch das verworrene Dickicht und den magnetischen Tanz vergessener Begegnungen. Durch das Erkennen erlebte ich alchemistische Prozesse der Reinigung und Transformation hin zur Einfachheit, Klarheit und Liebe, die beide Seiten in mir harmonisierte. Sobald ich mir der natürlichen Einheit der Gegensätze bewusst geworden war, stand Paul und mir nichts mehr im Weg. Wir erschufen neue Wirklichkeiten."

Amanuee lachte laut und vergnügt, zwinkerte Florian zu und sah plötzlich, wie abwesend aus dem Fenster.

Florian sah, wie sich eine lichte Frauengestalt aus ihrem Körper löste, die wie Amanuee aussah, nur jünger und hübscher. Sie blickte ihm direkt in die Augen, lächelte ihm zu und gebot ihm, ihr zu folgen. Dann schwebte sie durch das Fenster hinaus. Flo fühlte, wie sein Körper, wie paralysiert, klamm und unbeweglich wurde. Er fühlte sich schwer, fast wie in Hypnose, und erinnerte sich nur noch daran, dass er versuchte, die Augen offen zu halten, was ihm nicht gelang. Ein ungeheurer Sog erfasste ihn und riss ihn aus seinem Körper heraus. Hier setzte sein Erinnerungsvermögen aus, bis er sich, er hatte keine Ahnung wieviel Zeit verstrichen war, in einem halbdunklen Raum wieder fand.

Körperlos schwebte er in einen Raum mit einem offenen Fenster, mit wehenden weißen Vorhängen. Draußen konnte er einen hellen, menschenleeren Strand und die Weite des Meeres erkennen. Konnte es früher Nach-mittag sein? Er versuchte etwas im halbdunklen Zimmer zu erkennen. Es war spartanisch eingerichtet, Schrank, Stuhl, Kommode und ein Bett mit Moskitonetz. Sein Blick wurde vom Bett angezogen, er konnte ohne Mühe durch das Netz hindurchblicken. Auf dem weißen Laken lag eine bläulich schimmernde, wunderschöne junge Frau, nur mit T-Shirt und Slip bekleidet, die ihn sofort er-blickte und ihm zulächelte. Sie kommunizierten ohne Worte. Sie legte ihre schlanke, bläuliche Hand auf ihr Herz, atmete tief und erleichtert auf und sagte:
Ich wusste, dass du kommst.
Ihre Geisteskraft schien so stark zu sein, dass er den Sog, der ihn aus seinem Körper gehoben hatte, als ihre Energie erkannte.
Wer bist du?
Florians Gedanken formten einen Energiestrahl, der direkt in den weit geöffneten Blütenkelch des dritten Auges der jungen Frau eintrat. Sie lächelte und er wusste, meine Partnerin und eine große Liebe.

Ein unbeschreiblich liebendes Gefühl durchglühte ihn und Tränen traten in seine Augen. Sein Blick fiel auf eine Tätowierung an ihrem nackten Oberarm, die ihm bekannt vorkam und ihn tief berührte. Symbolhaft ineinander verschlungene Tiergestalten. Auf einmal sah er die Gestalt von Amanuee hinter dem Bett seiner Märchenprinzessin erscheinen. Manu sah ihn wissend an und gebot ihm, diesen Ort zu verlassen. Widerwillig fühlte sich Flo hinfortgeweht, immer kleiner und kleiner werdend zog es ihn in einen spiralförmigen Strudel von Raum und Zeit …

Schritt

Das grelle Neonlicht erhellte den ungemütlichen Warte-
bereich vor der Intensivstation. Zusammengekauert und
spannungslos saß Florian auf einer der harten Holz-bänke,
die in einer Nische des menschenleeren Ganges standen.
Es war 4:00 Uhr 48, ein sehr früher Sonntag-morgen. Kurz
vor 4:00 Uhr hatte ihn ein Anruf aus der Universitätsklinik
erreicht.

Benita war tot.

Sie hatte sich klug und in aller Schönheit aus diesem Leben
geschlichen. Heimlich, leise und entschieden.

Nach düsteren, unwirklichen Ewigkeiten erschien die Gestalt eines völlig übermüdeten, bleichgesichtigen schmalen Arztes auf dem Gang um Florian über das Geschehen
aufzuklären. Selbstmord. Benita hatte sich um etwa 23.30
Uhr mit einer dünnen Schnur um den Hals in ihrem
Klinikzimmer vor die Tür auf den Boden gesetzt. Als
kleiner Sitz hatte das Köfferchen gedient, das sie später zur
Seite geschoben hatte. Die Schlaufe der dünnen Schnur
hatte sie um ihren Hals gelegt, das Ende an der Türklinke
verknotet. Dann hatte sie das Köfferchen zur Seite
geschoben, um zu Boden zu sinken. Der sanfte Zug und
Druck auf ihre Halsschlagader hatte ihren Herz-schlag
langsamer und langsamer werden lassen. Keine Atemnot,
kein Erbrechen, kein Blut, das Herz hörte irgendwann auf
zu schlagen. Tod durch Erdrosselung.

Von asiatischen Kampfsportarten wusste Florian um die
Effizienz dieser Tötungsmethode, die bei manchen
Würgegriffen schon durch einen leichten, länger
anhaltenden Druck auf die Halsschlagader eintritt.

Die Nachtschwester hatte Benita gegen 4:00 Uhr gefunden. Die Klinke war leicht heruntergedrückt gewesen und die Tür hatte etwas offen gestanden. Als sie die Türe schließen wollte, hatte sie den grausigen Fund gemacht.

Träume

Die Ostfriesenmischung in dem billigen Teeglas dampfte. Rauchschwaden hingen in der Luft. Dunkles Stimmengewirr hüllte Flo in eine wohlig warme Decke. Seine klammen Finger nahmen vorsichtig das Gefäß mit dem goldfarbenen Getränk an dem gläsernen zerbrechlichen Henkel und führten es zum Mund. Zuviel Rum. Er erschauderte kurz und griff nach den Zuckerstückchen. Zwei Klümpchen sanken in die heiße Flüssigkeit. Die Kristalle lösten sich auf, sanken, schwebten hinunter und verwandelten sich in einen Miniatursandstrand am Bo-den des Glases.

Er führte die herzerwärmende Flüssigkeit erneut zum Mund und schloss beide Augen genussvoll, als er ein, zwei Schlucke zu sich nahm. Seine Augen gelassen auf die transparente, sich sanft bewegende Flüssigkeit geheftet, schien er mit seinem ganzen Sein in sie einzutauchen, sich in ihr zu verlieren. Die rauen Gestalten um ihn her-um, die lauten Stimmen, die Gerüche nach in altem Öl Frittiertem, nach Fisch, Ketchup und Mayonnaise, der leicht säuerliche Dunst von abgestandenem Bier umgaben ihn wie eine Glocke, die ihn und seine Welt nicht be-rührten.

When the angels fall ... der Titel von Sting vibrierte irgendwo in seinem Ohr. Langsam wurde es ihm wieder wärmer. Mit immer noch klammen Fingern zog er seine Mütze ab und legte den dunklen Schal auf den Stuhl neben sich. Draußen heulte der Wind, ab und zu hörte er das Donnern der Brecher, die gegen die Hafenmole schlugen. Sein Zimmerschlüssel lag vor ihm auf dem klebrigen Holztisch. Nr. 9. Vollendung.

Mit einer sonderbaren Ruhe und Achtsamkeit trank er seinen Tee aus und begab sich zu seinem Zimmer, das seit mehreren Tagen sein Zuhause war. Niemand, außer der herzlichen Wirtin mit den von einem Unfall entstellten Gesichtszügen, hatte Notiz von ihm genommen. Abend für Abend stand sie hinter dem Tresen. Sie warf ihm einen freundlichen Blick zu, der ihm wortlos eine gute Nacht wünschte. Florian lächelte und verschwand nach oben.

Noch vor wenigen Wochen hätte er es sich nicht vorstellen können, dass er sich jemals freiwillig in ein billiges Zimmer mit Duschkabine in einer Ecke, einmieten würde. Jetzt bedeutete diese Art der einfachen Logis für ihn Luxus und Freude. Kein Telefon, kein Fax, kein Computer, keine E-Mails, keine unerwarteten Besucher.

Aufmerksam und ohne Eile entledigte er sich seiner Kleider, reinigte sich an dem kleinen Waschbecken, schlüpfte in seine wärmenden langen Unterhosen und ein langärmliges T-Shirt und legte sich in das schmale, bereits etwas altersschwache Bett. Auf dem Nachttischen, einem kleines Ungetüm an Geschmacklosigkeit, entzündete er die Kerzen, die er vor einigen Tagen gekauft hatte. Zusammen mit dem schwachen Licht der Bettleuchte verbreiteten sie ein angenehmes Licht in der schlichten Behausung. Wie jeden Morgen, jeden Tag, jeden Abend in der vergangenen Woche versank er wieder in die Geschehnisse der letzten Monate und letzten Wochen. Er vertraute sich dem Fluss der Bilder an, die in ungebändigter Abfolge in seinem Körper und vor seinen Augen verweilten, flohen, sich hartnäckig festbissen, verschwommen vorbeizogen, sich aufdrängten, ihn bedrängten, sich zurückzogen, hervorquollen, um sich wieder strudelnd in dunklen Tiefen zu verlieren. Gefühle schwemmten an den Strand seines Bewusstseins, wie fremdes Treibgut an die Strände der weiten Meere.

Das wächserne Gesicht des schlafenden, hinreißend schönen Schneewittchens, der kein vergifteter Apfel im Halse steckte, sondern das tödliche Gift verständnislos und flüchtig hingeworfener Urteile, besuchte ihn immer wieder. *Wer ist die Schönste im ganzen Land?* waren die Worte der bösen Schwiegermutter im Märchen gewesen. Benita hatte sich diese Frage, die ihr Selbstwertgefühl ausmachte, wohl auch täglich gestellt. Als das Spieglein an der Wand mit Krebs und Brustamputation geantwortet hatte, hatte Benita sich gegen ein Leben als Zweitschönste entschieden. Florian war es nicht möglich gewesen, den Traumprinz zu spielen, der sie aus dem gläsernen Sarg befreite und erneut zum Leben erweckte. Mit den bohrenden Gefühlen der Ohnmacht und Hilflosigkeit hatte er inzwischen Frieden geschlossen. Sie war gegangen, war es nicht ihr gutes Recht gewesen?

Er hatte Benita, als sie mit der Entscheidung rang, keine verlockenden Perspektiven vermitteln können. Soviel wusste er nun. Immer wieder auch kamen ihm die Worte Amanuees in den Sinn, die sie so klar nach Pauls Tod geäussert hatte: *Geist, die Essenz ist ewig, nur der energetische Zustand transformiert sich, nichts geht verloren. Erfahrungen werden abgeschlossen, und als herrliche Farben und Klänge erweitern sie das Bild der multidimensionalen Wesenheit.*

Flo suchte nach klaren Bildern für diese Aussage, sie offenbarten sich nicht. Jedoch Gefühle der friedlichen und lichten Weite füllten sein Herz. Und Nick? Warum hatte er seinen drängendsten Wunsch nicht zu Ende bringen können? Hatte ihn die Lobby wirklich ermordet oder war es ein Unfall gewesen? Florian sah in die wachen, klugen und humorvollen Augen des sympathischen älteren Herrn, der ihm in dieser unvergesslich spannenden und feuchtfröhlichen Nacht so ans Herz gewachsen war. Was war geschehen, würde jemals ein Mensch die Wahrheit erfahren?

Das Buch würde nicht erscheinen, soviel wusste Florian bereits aus Gesprächen mit Nicks Lektor. Der Verlag hatte kalte Füße bekommen. Die grauen Eminenzen im Hintergrund schienen über eine gewaltige Macht und sehr, sehr viel Geld zu verfügen. Wie Florian es auch drehte und wendete, längst hatte er sich seine Fragen über Nicks Todesursache selbst beantwortet.

Keine Zeitung der Welt würde diesen Fall aufrollen, ihn recherchieren und unnötige Zeit damit verbringen, Fakten zu sammeln, die aus auf der Hand liegenden Gründen niemals gedruckt und veröffentlicht werden würden. Denn wer schaltete die Anzeigen in den Medien, wer finanzierte diese riesigen Meinungsmaschinen. Inzwischen stimmte Florian mit der Vermutung Nicks überein, der geäußert hatte, dass nur eine Handvoll Menschen welt-weit die Fäden zogen und bestimmten, was– und wie dasjenige – an die Öffentlichkeit gelangen durfte.

Diese Erlebnisse hatten Florian zu einem Entschluss gedrängt, den er mit kämpferischer Klarheit und Ehrlichkeit zum Ausdruck brachte. Sein dreißigminütiges Gespräch in der Chefetage hatte zur Folge, dass Chefredakteur Marktwert ihn wutentbrannt aus dem Büro warf und ihn auch noch mit einem Hausverbot mit sofortiger Wirkung belegte. Diese Kündigung würde allerdings eine Abfindung zur Folge haben, das hatte Florian auch so geplant. Florian fühlte sich in all seinen Theorien mehr als bestätigt. Und doch war er geschockt, verletzt und fühlte sich zunächst wie eine Nussschale auf hoher See.
Dieses Gefühl war aber längst gewichen. Stattdessen wuchs die Aufgeregtheit, die die Erwartung des Unbekannten mit sich bringt, die sich leichtfüßig, manchmal

gepaart mit der nervösen Hastigkeit flüchtiger Ängste, unter diese neue prickelnde Lust mischt. Manus schein-bar belanglosen Erzählungen, ihre Offenheit und Weite, hatten seine Horizonte nach allen Seiten hin ausgedehnt. Durch die sieben Abende war er mit Wirklichkeiten konfrontiert worden, die irgendwo auch in ihm geschlummert haben mochten, die sich seither jeden Tag und jede Nacht bei ihm bemerkbar machten. Wieder und wieder begegnete ihm das Gesicht seiner Herzensprinzessin, die ihn mit magischer Gedankenkraft zu sich in das betörend duftende Zimmer, auf ein Bett unter einem Moskito Netz, an einen unbekannten Sandstrand gerufen hatte. Das Gefühl einer unerklärlichen Sehnsucht, Liebe und Vollkommenheit floss durch seine Blutbahnen und erhitzte seine Gefühle.

Was für ein Trip mochte das wohl gewesen sein, dieser absichtslose Trip ohne Drogen, ohne Ankündigung, ohne nachfolgende Erklärungen. In welcher Realität hatte er sich bewegt, in einer vergangenen oder einer zukünf-tigen?
Würde er diese märchenhafte Fee jemals in diesem Leben treffen, sie in seine Arme schließen? War es möglich, ei-nen Partner förmlich mit Geisteskraft zu sich heran zu magnetisieren? Hatte er wirklich seinen Körper verlassen und in einem luziden Traum in das Antlitz einer verwirk-lichten, körperlichen Frau gesehen?

All seine Sinne antworteten mit JA. Erstaunlicherweise fühlten sich diese Augenblicke weit realer an als der kurze Abschied von Benita auf ihrem Totenbett. Vor-sichtig, sanft und mit bebenden Händen hatte er in der Klinik das weiße Laken von ihrem Gesicht genommen, in dieser hässlich-kalten Kammer, diesem mit Formalin Gerüchen geschwängerten Abstellraum. Dort lag eine Fremde, ein Schneewittchen. Ihr feines, bezauberndes Gesicht leblos, umrahmt von schwarzem, dichtem Haar. Puppengleich und schlafend, weit, weit entfernt. Er war erschrocken, nichts Bekanntes sprach zu ihm aus den er-starrten Zügen. Unwirklich und fremd. Er hatte sich ge-schämt und angefangen, leise flüsternd auf die Tote einzureden, sich liebevoll von ihr verabschiedend. Endlich waren Tränen in seine Augen getreten und hatten ihn erlöst. Das bekannte Gefühl tiefer Trauer hatte ihn barmherzig eingehüllt.

Seit Tagen erlaubte es sich Flo nun, seinen Geist frei umherwandern zu lassen. Für den heutigen Abend hatte er sich vorgenommen, sich selbst zu gestatten, sein zukünftiges Leben auszumalen, grenzenlos und unbeschränkt. Durch Manu hatte er begriffen, dass die Vorstellungskraft und der Gedanke Realität erschufen. Seine Phantasien und Visionen wollte er nun entzünden um das Höchste, Unerreichbarste und Schönste für seinen weiteren Weg heranzuziehen.

Ganz allmählich wurde ihm klar, wie oft er sich in seinen Wünschen freiwillig begrenzt hatte, sich mit Zweifeln, Ängsten und sogenannten realistischen Gedanken bremsend, wie wenig er sich zugetraut und erlaubt hatte. Es ging nur darum, Geist durch Leben auszudrücken. Manu und Paul hatten es gelebt.

Bilder verehrungswürdiger Persönlichkeiten tauchten in seinem Blickfeld auf, die bewusst oder unbewusst ihren Geist gelebt hatten, mit unerschütterlichem Wissen um die ihnen innewohnende Macht.

Florian ging auf die Reise. Eine Reise zu seinen geheimsten Wünschen und Visionen über Begegnungen mit den eigenen machtvollen Fähigkeiten.

Er war erschüttert, wie er seine Wünsche immer wieder verkleinerte und begrenzte, sich nicht getraute neue, großartige Szenerien auszumalen. Unzulänglichkeitsgefühle überschwemmten ihn. Durfte er bei diesem Elend auf diesem Planeten so viel an Licht, Frieden, Liebe, Gesundheit und Freude wirklich ganz allein für sich fordern? Seine Mutter Tizia tauchte vor ihm auf, wieviele Jahre hatte sie gekämpft und gerungen, bis sie sich endlich aus den gesellschaftlichen Normen befreit hatte? Deutlich konnte er erkennen, welche Ansichten, Meinungen und Urteile sie in harter Arbeit über Bord geworfen hatte, um nun endlich ein Glück zu leben, dass sie in seinen Augen immer verdient hatte?

Wollte er auch so lange warten? Flo erkannte, dass sein persönliches Glück nur von Entscheidungen abhing, die er fällte, von den Handlungen, zu denen er sich entschied. Sie würden zu dem Glück führen, dass er suchte. Manu hatte von der Stimme des eigenen Gottes in sich selbst gesprochen. Hatte er diese Stimme schon jemals gehört? Er war sich nicht so sicher. Aber er beschloss an diesem Abend, in der einfachen, schmucklosen Pension, nach ihr Ausschau zu halten, in sich hinein zu horchen und sie zu finden. Diese Stimme des Glücks, diese Stimme der eigenen göttlichen Natur, Teil und unabdingbar verbunden mit dem göttlichen ALLES-WAS-IST.

Florians Gesicht strahlte Freude und Zuversicht aus. Es hatte sich verändert. Der coole, manchmal arrogante Ausdruck war völlig aus seinem Gesicht gewichen. Weiche Jugendlichkeit und Frische sprachen aus den unrasierten Zügen. Die Kerzen flackerten, knackten und zischten in ihren letzten Anstrengungen noch einige Minuten zu überleben und leckten an den letzten kümmerlichen Wachsresten. Draußen peitschte der Herbst Regen an das Fenster, und von unten drang das seit Tausenden von Jahren gleich gebliebene trunkene Gelalle der übriggebliebenen Heimatlosen schwach an Flos Ohren.

Sie haben sich auch entschieden und fühlen sich wohl in ihrer Haut oder auch nicht, dachte Flo. *Wissen sie um ihre Möglichkeiten, um ihre Macht?* Ein Gefühl überwältigender Dankbarkeit für Manu erfasste plötzlich sein Herz.

Sie hatte ihm in ihrer hellsichtigen Art ein Geschenk in den Schoß gelegt. Das Geschenk der freien Wahl, des freien Willens, des Wissens um die eigene Göttlichkeit, des Wissens um die Macht, welche wir haben, das eigene Paradies im JETZT zu erschaffen. Und schließlich das Geschenk um die Ahnung der Essenz, die alle und alles miteinander verbindet: Liebe.

Florian atmete dieses Gefühl der Liebe tief in sich hinein. Er richtete seine Aufmerksamkeit auf sein Herz. Eine wundersame Grenzenlosigkeit und Freude zog in ihn ein. Er betätigte den kleinen Lichtschalter und begab sich in sanfte Arme eines samtenen Schlafes.

Neuer Morgen

Draußen schneite es. Flo sah die dicken Flocken fallen und ließ seine Blicke durch seine leere Wohnung streifen. Der Abschied fiel ihm leicht. Mit ein wenig Wehmut dachte er an wunderschöne Nächte mit Benita zurück, an lustige und ausschweifende Trinkgelage mit seinen Freunden, die entspannenden Stunden in seiner geliebten Badewanne und an lange Nächte der vergnüglichen Zweisamkeit mit seinem Computer.

Vergangenheit. Am Horizont erkannte er schemenhaft neue Gestalten, unerwartete Gefühle, verführerische Landschaften mit kargen Bergketten, üppige Wälder, wogenden Wiesen, menschenleer, wilde Meere mit tosenden Wellen, türkise Buchten mit farbenprächtigen Fischen und unendliche Himmel, Brücken zu unvorstellbaren Galaxien. Szenarien, die sich in seinem Inneren abspielten, die er jedoch im Außen zu entdecken suchte. Das Gefühl der diamantenen Klarheit und freien Lebenskraft durchflutete ihn.
Seine Phantasie war in den letzten Wochen immer lebendiger und ausschweifender geworden. Sie hatte ihn mit Lebensfreude versehen und zu Handlungen motiviert, die ihn anfänglich selbst überraschten. Alles hatte sich ohne Anstrengung gefügt, Steinchen für Steinchen war in seinen Platz gefallen. Fast schien es ihm manchmal, als ob sich helfende, unsichtbare Wesen damit beschäftigten, ihm alle Wege zu ebnen. Diese Mühelosigkeit empfand er als ein klares Zeichen. Er war, wie Manu sich ausgedrückt hätte, im Fluss mit seinem göttlichen Selbst oder, wie es ihm leichter von den Lippen kam: *Right Time, Right Place, Synchronizität.*

Nachts, wenn er die Aufnahmen mit Amanuees Erzählungen abgetippt hatte, hatte er sich in andere Welten begeben, von denen niemand seiner Freunde etwas ahnte. Sie hätten ihn als esoterisches Weichei verhöhnt. Wieder und wieder hatte er sich Manus programmatischen Anweisungen unterzogen. Auch ihrem Rat, unsichtbare Wesen um Hilfe und Unterstützung zu bitten und ihnen zu danken, Aufträge laut auszusprechen, folgte er. Manu hatte ihn gelehrt, dass Dankbarkeit der Schlüssel zum Erfolg war.

Er belächelte diese Anweisungen zwar noch immer ein wenig, begann sie aber zu praktizieren – es konnte ja nicht schaden. Er bedankte sich und signalisierte sie an eine ihm noch unbekannte geistige Welt. Er ging davon aus, dass das Adressbuch seines Supercomputers Stammhirn über die richtigen Adressen verfügte. Als stinkfauler Charakter, so seine nicht gerade schmeichelhafte Meinung von sich selbst, leuchtete ihm das Delegieren der Aufgaben sehr wohl ein, und er erforschte den Weg der geringsten Anstrengung.

Tag für Tag, Woche für Woche bekam er die Beweise geliefert, dass seine Botschaften gehört wurden und sich manifestierten. Die richtigen Nachmieter für seine Wohnung tauchten zum richtigen Zeitpunkt auf, seine Abfindung fiel so hoch aus, wie erhofft, aus. Für sein Auto und andere verkäufliche Habseligkeiten waren gut zahlende Käufer von alleine auf ihn zu gekommen. Es war fast unheimlich gewesen, wie sich alle Türen sanft geöffnet hatten, um ihn in eine unbestimmte Zukunft zu entlassen.

Der Entschluss, seine innere Entdeckungsreise mit einer äußeren zu verbinden, war auf der kleinen Nordseeinsel in ihm herangereift. Die Entscheidung, alle Brücken abzubrechen, alles hinter sich zu lassen, war in ihn eingeschlagen wie ein Blitz. Er hatte gefühlt, wie ein heißer Strom seine Wirbelsäule hinaufgejagt war und sich in seinem Herzbereich mit einer Explosion eines ungebändigten Glücksgefühls, das ihn minutenlang mit freudiger Ekstase erhitzte, entladen hatte. Verwundert hatte er die Schweißperlen auf seiner Stirn registriert und sich trotz kalten, windigen Wetters der dicken Lederjacke und des Pullovers entledigt. Stunden war er in der kühlen Meeresbrise am Strand gesessen, durchwärmt von Freude und Glück.

Zum ersten Male erlebte er die Ruhe und Stressfreiheit, die fokussierte Aufmerksamkeit mit sich bringt. Seine Wahrnehmung und Intuition hatten sich im letzten Monat geschärft, sein Vertrauen in seine Fähigkeiten war gefestigt. Auch äußerlich war er nicht mehr der Alte. Sein Gesicht war hager geworden, die Koteletten lang und spitz in gewagter Schräglage über die Wangenknochen rasiert, die Haare wild. In seinen Augen lag der ruhige Blick des Wachen. Er war schmäler geworden, der Wohlstandsspeck und die im Kraftraum aufgebauten Muskeln waren verschwunden. Er strahlte die Ernsthaftigkeit und Willenskraft des Forschers aus, dessen Miene Konzentration und Leidenschaft verrät.

Florian saß auf einem prallen Rucksack und sog genüsslich an seiner filterlosen Zigarette.

In zwei Stunden würde er endlich die lang ersehnte Reise antreten. Eintauchen in das Unbekannte, heraustauchen mit einem neuen Schatz – das Unbekannte als vorwärts schreitende Schöpfung erkennend und erobernd, sich hochschraubend auf der Bewusstseinsspirale dieses Lebens.

Das Abschiedsgelage mit wenigen Freunden, die ihm so weit entfernt und unerreichbar schienen wie liebenswerte Außerirdische, hatte er hinter sich gebracht. Er fühlte, was seine Freunde über ihn dachten. Die Kündigung seines

Jobs, sein Rückzug aus dem gesellschaftlichen Leben hatte Groll, Neid und Unverständnis hervorgerufen. Manche hatten ihn belächelt oder gar bemitleidet. Sie machten Benitas Selbstmord für seine drastische Veränderung verantwortlich. Sie meinten, er bräuchte erst einmal etwas Zeit für sich, um damit klar zu kommen. Florian hatte sie nicht einweihen können und wollen. Er hätte auch beim besten Willen nicht gewusst, was er ihnen erzählen hätte sollen. Hätte er von Großmutters Geschichten berichten sollen? Das wäre eine gute Lachnummer geworden. Oder darüber sprechen, dass es gar kein Virus gäbe, das für AIDS verantwortlich wäre? Sie hätten ihn für verrückt erklärt und ihn als Zyniker beschimpft.

Hätte er sie darüber aufklären sollen, dass die wahren Herrscher in dieser Welt eine Handvoll Leute waren, die Politik, Medien und eine unantastbare Wissenschaft gleichermaßen wie Marionetten an den Fäden zogen? Hätte er seine Vermutung äußern sollen, dass diese Mächtigen auch mit einem müden Schulterzucken über Leichen gingen? Hätte er ihnen von Auras, unsichtbaren Wesen, vergangenen Leben und der Möglichkeit, sich von Licht zu ernähren, berichten sollen? Von Liebesbeziehungen zwischen Menschen, die sich über mehrere Leben oder Inkarnationen erstreckten? Oder über den Gott/die Göttin in jedem Menschen? Sie hätten ihn als völligen Spinner am Ende noch in ein Nervenkrankenhaus eingeliefert. Und das war der letzte Platz, den er in diesem Leben kennen- lernen wollte.

Flo grinste. Eigentlich war es ziemlich einfach, in diesen Institutionen zu landen, man müsste nur einmal zu viel von der eigenen Wahrheit bekannt geben, die vielleicht auch zufällig noch mit den Interessen der Herrschenden kollidierte, und schon säße man, medikamentös *bestens* betreut, in einer dieser geschlossenen Abteilungen für

Andersdenkende und Außenseiter. Möglicherweise saßen dort nicht nur die Nonkonformisten fest, aber sicherlich gab es genügend Fälle, die ihre eigenen Realitäten besser nicht öffentlich preisgegeben hätten. So schwieg Flo lieber und ertrug die neugierigen, schiefen Blicke und ungeduldigen Untertöne des Vorwurfs in den Stimmen seiner Freunde. Rückzug war nicht gestattet, Außenseitersein unerträglich für den eng gesteckten Rahmen einer ferngesteuerten Bürgerlichkeit.

Es klingelte. Seine Mutter stand mit ihrem Wagen unten vor der Tür. Er hatte sich gewünscht, von ihr abgeholt zu werden. Sie war die einzige, der er sich in groben Zügen anvertraut hatte und die Verständnis für derlei außergewöhnliche Absichten, Ansichten und Wahrnehmungen hatte. Er strahlte sie an. Jede Zelle seines Seins vibrierte in purer Freude. Er wirkte so ansteckend, dass Tizia ihn spontan umarmte und er mit ihr einen wilden Tanz um den Wagen vollführte. Der weiche Schnee brachte sie fast zu Fall. Außer Atem ließ sich Tizia auf den Fahrersitz fallen, und ab ging es durch weiß verschneite Straßen Richtung Flughafen. Tizia nestelte unvermutet einen Brief aus ihrer Manteltasche. Diese Aktion führte fast zu einem Auffahrunfall auf der rutschigen, matschigen Fahr-bahn.
„Von Manu" sagte sie kurz „war heute früh im Briefkasten. Lies!"
Flo las die wenigen, heiteren Zeilen, die Amanuee an ihre Tochter geschrieben hatte. Es war nicht der erste Brief. Die Familie in Hamburg wusste, dass sie wohlauf war und abenteuerliche Zeiten hinter sich hatte.

In diesem Brief entschuldigte sie sich für die wenigen Zeilen und teilte mit, dass sie von Dezember bis mindestens April in Südindien sein würde. Sie bat Tizia, Flo auszurichten, er könne sie dort besuchen. Eine Adresse lag bei. Florian war wie elektrisiert. Heute, an seinem

Abreisetag, erreichten ihn diese Zeilen. Würde er sie besuchen? Es gab keine Zufälle. Er legte seiner Mutter seinen Arm um die Schultern und gab ihr einen dicken Kuss, was fast schon wieder zu einem Unfall führte.

„Mami, habe ich mich eigentlich einmal schon bei dir bedankt, dass du so eine wundervolle Zuckermami, die beste, schönste und klügste aller Mamis bist?"

Er strahlte Tizia an. Diese war entzückt und geriet etwas aus der Fassung. Sie hatte den starken Energiestrom gefühlt, der zwischen ihnen von Herz zu Herz geflossen war. Sie wusste, auch ihr Sohn hatte diese Energie gespürt. Sie war glücklich über Flos Veränderung und seine Reise. Beide verloren kein Wort darüber.

Etwas verspätet und unprosaisch flott verschwand Flo im Abflugbereich. Seine Freude über den Aufbruch war so groß wie seine geliebte, wunderschöne Hafenstadt Hamburg, sie war eine Explosion kosmischer Funken. Sein Wesen, beflügelt durch Visionen und Träume, schwang sich zu süßen und fordernden Wünschen, gewaltigen Vorstellungen erfrischender Abenteuer und einer großen und strahlenden Liebe auf. Er würde SIE finden. Das Around-The-World-Ticket, das sechs Monate Gültigkeit besaß, würde ihn zunächst nach New York bringen. Er hatte sich mit Nicks Lektor in Soho zum Lunch verabredet. Dies war sein einziger Anlaufpunkt, sein einziges Ziel, bislang, alles Weitere würde sich ergeben. Er wollte das Experiment wagen, sich tragen zu lassen vom unsteten, unberechenbaren Wind des Geistes, seiner Intuition und Zufällen.

Amanuee hatte ihre Reise in New York begonnen, er tat es ihr gleich. Zwei Generationen später.

Er hatte beschlossen sich auch auf Bewusstseins-Experimente einzulassen, den Spielplatz Welt als

Laboratorium zu nutzen. Das Forschungszentrum sollte immer präzise Ausmaße in Raum und Zeit besitzen. HIER und JETZT. Seine High Tech Zentrale Herz & Hirn, die sich mit den neuesten Technologien beschäftigen würde, würde er immer bei sich haben. Er befand, dass es an der Zeit wäre, aus der Riege der Schauspieler im Weltentheater, die immer noch an fremde Regisseure glaubten, auszutreten. Denjenigen, die sich immer noch einreden ließen, es gäbe diese endliche Welt mit einem besserwisserischen und Schuld zuweisenden strafenden Richter-Gott. Sollten sie weiter blind die Lebensräder drehen, wie einfältige, stolze Pfauen, sich als Opfer und Täter wiederholend, ihre göttliche Potenz verleugnend. Er wollte wenigstens den Versuch unternommen haben diese Grenzen zu erweitern und Regie, Rollen und Theaterstück selbst bestimmen.

Amanuees Worte hatten ihre Wirkung nicht verfehlt.

Jeder Mensch, dem du begegnest, hatte Manu ihm einmal gesagt, *jeder Mensch, dem du begegnest, ist dein Spiegel. Er spiegelt dir einen Aspekt deiner Selbst, eine Eigenschaft, die du angenommen hast oder versteckst und nicht sehen willst, eine Eigenschaft, die du noch beurteilst, sei es positiv oder negativ. Belüge dich nicht, schau hin, sonst bezahlst du dafür mit Traurigkeit, Schmerz, Wut, Zorn, Verzweiflung, mit Hoffnungslosigkeit und Angst, mit Langeweile und mit vielen, vielen Wiederholungen der immer gleichen Erfahrung.*

Florian ekelte sich vor Wiederholungen, ihm graute vor Langeweile. Irgendwie hatten ihn die Ereignisse der letzten Monate davon überzeugt, dass es erst richtig spannend auf dem Weg ins Innere würde. Seither interessierte ihn der Weg des Zauberers, des Alchemisten. Sein Bild war untrennbar mit hohen Wellen und Surfbrettern verbunden, mit Mädchen unter Moskitonetzen, der Supraleitfähigkeit schneller Rechner und psychedelischen Walgesängen. Sein Handy klingelte. Das hatte er vergessen. Er nahm den Chip heraus und warf ihn in den Papierkorb. In New York würde er es verschenken. Die nächsten Monate oder vielleicht Jahre würde er darauf verzichten können.

Flo begab sich auf die Reise ins Unbekannte.

Impressum

Dorothea J. May © 2024
München – Wien 2001
**Verlag: BoD • Books on Demand GmbH, In de Tarpen 42,
22848 Norderstedt
Druck: Libri Plureos GmbH, Friedensallee 273,
22763 Hamburg
ISBN: 978-3-7597-3312-2**